渡海新傳統

——來臺紅學四家論

滿紙荒唐言
一把心酸淚
都云作者癡
誰解其中味

蕭鳳嫻 著

目次

第一章
渡海「新傳統」——民國在臺灣

　　民國三十八年後，退守臺灣的中華民國政府，以中國文化復興基地自居，自許是中國文化、文學的正統延續，對中國文化的形塑是「設定框架，標舉正面價值，形成內向化、新傳統主義。和抒情的藝術視野，側重五四新文學抒情傳統的延續與轉化[1]」。此時臺灣的學術體制中，主要的建立、領導、控制者，是從大陸撤退來臺的學者。其類型有二：一是以傅斯年（臺灣大學校長）為例，不喜歡國民黨政府，也不認同馬克思主義，政治上傾向自由主義的北大學者。二是如薩孟武一般，長期在國民黨內工作、黨校任教，政治上傾向國民政府的學者。

　　擁有抒情的藝術視野《紅樓夢》文本，成為新傳統主義者標舉正面價值的範本。在紅學研究的學術體制中，至民國六十年代左右，有重要的影響力，先後從大陸來臺的學者或作家，有大陸時期即發表著作的胡適、李宗侗、李辰冬、林語堂、方豪等人，也有來臺灣或香港後，才開始書寫紅學論述的蘇雪林、薩孟武、

---

[1] 張誦聖〈臺灣女作家與當代主導文化〉，收於氏著《文學場域的變遷》臺北：聯合文學，二○○一年，頁一二二。

潘重規、杜世傑、高陽等人。還有雖然只來過臺灣一次，卻對臺灣文壇有莫大影響力的張愛玲[2]。

其中胡適仍堅守其〈紅樓夢考證〉中的曹家自敘傳立場，沒有新的研究成果。李宗侗在民國二十年撰寫〈曹雪芹家世新考〉一文後，就沒有關於紅學研究的論述，來臺後任教臺灣大學歷史系，從事中國上古史研究、教學，也持續在紅學中缺席。李辰冬來臺後任教臺灣師範大學國文系，持續他在博士論文《紅樓夢研究》中的論題，發表中國傳統小說論述，肯定胡適《紅樓夢》是曹家自敘傳的結論。並重印《紅樓夢研究》一書，以史傳批評的方法，分析《紅樓夢》的世界、重要人物，曹雪芹的時代、人生觀，用文藝批評技巧，論述《紅樓夢》的結構、風格、表現等藝術價值。

林語堂於民國四十六年，在臺灣中央研究院歷史所集刊，發表其紅學論述〈平心論高鶚〉一文，以考證、文藝批評的方法，論述《紅樓夢》後四十回，非高鶚所偽造，是曹雪芹遺稿，高鶚補定。民國五十四年，林語堂回臺灣定居，在中央日報撰寫專欄，論述其紅學主張，民國五十五年由文星書店，集結其他紅學論述，出版《平心論高鶚》一書。其後也因《乾隆百廿回抄本紅樓夢》，此書的版本問題，與趙岡、潘重規等自傳、索隱派作家，在臺灣報刊上，有一場筆戰。

---

[2] 這份名單的建構，參考了海外學者，陳炳良〈近年的紅學述評〉、潘重規〈紅學六十年〉，這兩篇討論紅學史的文章，和兩篇中國大陸學者討論紅學史的文章，劉夢溪〈紅樓夢與百年中國〉、胡文彬〈紅學世界面面觀〉。陳、潘文見潘重規《紅學六十年》臺北：三民書局，民國八十年，頁一三九～一七〇、一～十七。劉、胡文見張寶坤編《名家解讀紅樓夢下》山東：山東人民出版社，一九九八年，頁八九四～九三〇。

　　方豪在臺灣以六十歲定文稿的態度，持續的收集中西交通史料，修補他自民國三十年秋，在遵義浙江大學，研究明末清初傳入中國的物品為發端，三十三年五月以〈紅樓夢新考〉為名發表於《說文月刊》，並出版單行本的著作。且加入在臺灣撰寫關於《紅樓夢》後四十回作者爭議、《乾隆百廿回抄本紅樓夢》爭議的文章，以〈從紅樓夢所記西洋物品考故事的背景〉為定名，收入民國五十八年出版的《方豪六十自定稿》中。

　　蘇雪林在民國五十六年，由文星書店出版《試看紅樓夢的真面目》一書，認為曹雪芹，只是一個僅有歪才，並無實學的紈袴子弟，高鶚將前八十回大加改削修潤，又續作了後四十回，《紅樓夢》始成為一部偉大的作品[3]。

　　薩孟武來臺擔任臺灣大學政治系主任後，延續其抗戰前，寫作、出版《水滸傳與中國社會》的立場，將《紅樓夢》視為中國社會政治史料，以中國舊家庭為主題，在民國六十六年，由東大出版公司，出版《紅樓夢與中國舊家庭》一書。

　　潘重規在民國四十年五月二十二日，臺大中文系演講「民族血淚鑄成的紅樓夢」，質疑胡適《紅樓夢》作者是曹雪芹，本事是曹家自傳的說法。認為《紅樓夢》是一部用隱語書寫亡國之痛的隱書，並且成文刊登於《反攻雜誌》，造成一場《紅樓夢》論戰。民國四十八年在新加坡出版《紅樓夢新解》，論證其隱語書寫亡國之痛的隱書主張。民國五十五年起，開始其學院《紅樓夢》研究，在香港中文大學新亞書院中文系，開設《紅樓夢》研究課程，成立《紅樓夢》研究小組，出版了十輯《紅樓夢》研究專刊，與相

---

[3]　馮其庸、李希凡主編《紅樓夢大辭典》北京：文化藝術出版社，一九九一年，頁一二七二。

關研究典籍。民國六十二年來臺任教於中國文化大學中文系，開設《紅樓夢》研究課程，指導了一系列《紅樓夢》索隱、版本研究碩、博士論文，也在臺灣出版了一系列索隱紅學書籍。

　　民國六十一年，杜世傑自印《紅樓夢原理》一書，認為《紅樓夢》是隱悲金悼明的史實，曹雪芹只是一個化名，是抄寫勤的諧音[4]。

　　原名許晏駢的高陽，其紅學研究以曹學為取向，「前期是胡適主導的考證派，後期則自創命理與考據的新索隱，強化宮廷鬥爭，強化江湖行走，形塑他所謂的家族中興史，家在高陽筆下是正面的鼓舞與救贖[5]」。高陽的《紅樓夢斷》曹雪芹傳記系列小說，在其紅樓考證、索隱論述《紅樓一家言》（民國六十六年）、《高陽說曹雪芹》（民國七十二年）的憑藉下，認為曹雪芹是遺腹子，北靜王是平郡王福彭，賈寶玉為曹頫影子。從曹雪芹出世寫起，至筆耕《紅樓夢》前結束，訴說著曹氏家族與平郡王福彭家族，大家族間的興衰故事。

　　張愛玲的紅學研究論述《紅樓夢魘》，臺北皇冠出版社出版，出版於民國六十六年，在書中「張愛玲細讀諸本脂批，對照參詳版本校讀，以脂評的評點方法，探佚紅學，《夢魘》七章，以未完高鶚前奏，五詳——全抄本至舊時真本為主奏與終曲，形式乍看是議題集中的新式論文，實則讀來像讀書手札隨筆，甚至節外生枝，偏離航道。在版本上，張愛玲認為《乾隆百廿回抄本紅樓夢》、

4　同註3，頁一二七三。
5　康來新《遺民血淚——臺灣戰後的索隱派紅學》臺北：國科會計畫報告，民國八十八年。

《楊繼振舊藏本紅樓夢》，比其他抄本時間為早。關於續書評價問題，明確不疑後四十回是狗尾續貂成了附骨之疽[6]」

這些學者與作家，在新傳統主義的大旗下，所選擇的批評知識標準，有胡適新紅學的考證傳統、蔡元培以降索隱紅學的系譜，史論式的人物評論方法，各式各樣的西方文學批評理論、政治、歷史理論，塑造出不同於中國大陸，風貌多采多姿的「現代性」紅學論述，與《紅樓夢》中，中國文化中心價值。這些處於地理中國邊緣，海外的中國知識分子，在海外以《紅樓夢》想像中、西方文化，建構一己中、西文化論述。自是不同於晚清、五四時期，另一種中國文化身分的處境性焦慮，與用「現代性」的論述，想像中國「現代性」的學術企圖。

當晚清至現代的中國知識分子，以西方主義的觀點，想像小說裡「中國現代性」的論述，不斷的產生，二十世紀也就成為小說的世紀，而這也與知識分子的文化焦慮息息相關。在他們重新界定中國內涵的同時，也建構了一己的中國文化價值中心論述，那是在中國的現實處境，處於世界的邊緣時，書寫中國文化中心價值。而這個中心價值的書寫，又以「西方」做為知識的標準，所以，「中國性」、「西方性」、「現代性」，便成為學術研究的終極課題，也成為學術檢驗的普遍真理。

順著此一學術研究的終極課題，去檢視古典小說與《紅樓夢》的詮釋研究，可以發現晚清、五四、三十八年以後的中國大陸、臺灣，知識分子各有其不同的文化焦慮，各自在不同性質定義下

---

6 康來新〈對照記──張愛玲與紅樓夢〉頁二十九～五十六。收於楊澤主編《閱讀張愛玲：張愛玲國際研討會論文集》臺北：麥田出版社，民國八十八年。

的世界邊緣，書寫中國文化中心價值，建構自己中國文化價值中心論述。

　　本書研究潘重規、林語堂、方豪、薩孟武四位學者紅學論述，他們的學思背景，從五四時期橫跨至當代臺灣，他們是臺灣大學學科體制中，文學、歷史、政治學科研究的開創者之一，而他們在來臺前後的《紅樓夢》論述閱讀位置，是以胡適自傳派紅學，為學術假設系統，在反對胡適紅學論述，所產生的紅學論述中，夾雜了一己學科的語言，與中國、臺灣文化身分、民族主體的意識形態，而四人來臺後，參與的紅學論爭，又形成了對話關係。在他們的《紅樓夢》論述中，有著怎樣的中國文化焦慮？與中國現代性的焦慮？他們用什麼樣「世界性」標準，想像《紅樓夢》的「中國性」，書寫出那些中國文化中心價值？而這些中國文化價值中心論述，與五四時期胡適在西方知識體系中，建構「現代性」中國學術論述、三十八年以後的中國大陸研究者，以馬克思主義為圭臬，建構出的封建社會紅學，又有那些相同與相異？代表了怎樣的臺灣知識分子文化身分、民族主體意識形態？是本書以下文章討論重點。

第二章

遺民、索隱、經學──潘重規紅學論述

一、前言：章太炎、黃季剛的經史承傳

潘重規（一九〇八一二〇〇三）安徽婺源縣人，生於民國前四年，本名潘崇奎，小名夢祥。章太炎先生，期許其如南北朝史學家李重規，將其改名為重規。業師黃季剛先生為之取字襲善，晚年則自號石禪。民國十四年入國立東南大學就讀（即後來之中央大學），民國十九年大學畢業後，先至武昌湖北高中教書三年後，返回中央大學任助教，隨侍業師讀書。民國二十八年轉任三臺國立東北大學中文系，接觸敦煌學。民國三十一年至三十七年間，先後任教四川大學、上海暨南大學、安慶安徽大學。民國三十七年，國共內戰加劇，赤禍漫延，先至廣州文化大學任教，後轉至香港分校任職。又因同門龔慕蘭、高明、高鴻縉先生之請，於民國三十九年來臺，任教於臺灣師範學院。此期間大力提倡經學，建議師範體系學程必修四書，創設臺灣師範學院國文研究所，並利用課餘為社會大眾講授經學。民國四十年五月二十二日，在臺大中文系演講「民族血淚鑄成的紅樓夢」，質疑胡適《紅樓夢》作者是曹雪芹，本事是曹家自傳的說法。認為《紅樓夢》是一部

用隱語書寫亡國之痛的隱書，並成文刊登於《反攻雜誌》，造成一場《紅樓夢》論戰。民國四十五年，為了接母親至海外，赴新加坡南洋大學任教，看了不少海外書（中國古籍），一年後因接母親之事不順利，改赴香港任教。四十六年，開始寫《敦煌詩經卷子研究論文集》、校閱姜亮夫《瀛涯敦煌韻輯》。民國五十五年，在香港中文大學新亞書院中文系，開設《紅樓夢》研究課程，成立《紅樓夢》研究小組，出版了十輯《紅樓夢》研究專刊，與相關研究典籍。民國六十二年來臺任教於中國文化大學中文系，開設《紅樓夢》研究課程。同年至蘇俄列寧格勒訪鈔本《紅樓夢》與敦煌書籍，寫成《列寧格勒十日記》。民國六十五年至巴黎參加漢學會議，完成《敦煌雲謠集新書》校本。民國六十六年創立《敦煌學》雜誌，並於文化大學中文系開設敦煌學研究課程，使臺灣成為海外敦煌學研究中心之一。之後領導學生編成定本《百廿回乾隆鈔本紅樓夢》、《敦煌俗字譜》、《龍龕手鑑新編》等書，自編《敦煌變文集新書》、《敦煌壇經新書》等書。其學術成就，曾獲法國法蘭西學術院，頒發漢學茹蓮獎，韓國嶺南大學，授與榮譽文學博士學位的肯定。民國九十二年四月二十四日病逝臺北國泰醫院，享年九十七歲。

　　觀諸潘重規的學思歷程，可知其學術生涯，養成於南京東南大學，受教於章太炎、黃季剛，在「師長督促下，剛日讀經，柔日讀史，涉獵顧、黃、王三先生作品，縱觀南明野史，清代文字獄檔案[1]」。章、黃兩人經學與史學研究方法，強調文字、聲韻學、

---

[1]　參見游志誠《敦煌石窟寫經生──潘重規教授》臺北：文史哲出版社，民國八十八年，頁肆-一～肆-五。潘重規〈紅學論集序〉，收於氏著《紅樓夢新辨》臺北：三民書局，民國七十九年八月，頁一～十。潘重規先生生平，於博士學位口考時，承蒙王三慶教授多所補充、指正，特此誌謝。

南明史、清代文字獄檔案研究，構成了潘重規學術研究的背景知識。

　　因為戰爭之故，潘重規避居海外，展開一連串的海外漂泊生活，卻也是其學術研究開花結果之時，從香港至臺灣，從臺灣至新加坡，從新加坡至香港，再從香港回到臺灣，這趟海外學術旅程，造就了他學術研究的目的：「對中華民族有所貢獻[2]」。其學術研究的兩大重心是紅學與敦煌學，而這兩大重心的研究方法，是以身在海外的地利之便，搜尋散佚海外漢文書籍，用經學方法下的文字、聲韻校勘學、版本考據學，與存於中國的本子互校，編定善本。與史學方法下的南明時代，漢民族精神史研究，研究其史學意義。其敦煌學研究便屬於方法學中的前兩者，而顧亭林詩文研究、《紅樓夢》研究，則三者兼有。

　　其學思歷程的另一重點，便是引導了學術研究方向。民國三十九年，至民國四十五年，任教於臺灣師範學院期間，從將四書定為必修課程，到創立師範學院國文研究所，在他與同門林尹、高明的主導下，確立了早期以師範體系為主的臺灣中文系，專注研究經學與史學的風氣，並建立了章太炎、黃季剛學術的典範地位。民國五十五年在香港中文大學新亞書院，創立《紅樓夢》研究小組，促成了索隱紅學的學術研究基礎，與研究風潮。民國六十二年來臺任教於中國文化大學中文系，又導引了《紅樓夢》與敦煌學研究風潮，培養出青年研究學者。

　　潘重規學術研究生涯的三大領域：顧亭林詩文、紅學、敦煌學的研究成果，更可證明其受章太炎、黃季剛兩人經學與史學研究方法影響。顧亭林詩文研究成果，集結成《亭林詩文考索》一

---

[2]　同註1游書，頁肆～二十。

書，是以韻目隱語、版本考證方式，研究顧亭林詩文中反清復明
的苦心、苦節。此書文章寫作時間在民國四、五十年間，並曾在
香港出版，後由臺灣三民書局於民國八十一年重新出版。共收有
九篇單篇論文：〈亭林詩發微〉、〈亭林詩鉤沈〉、〈亭林隱語詩叢
論〉、〈亭林元日詩表微〉、〈亭林詩文用南明唐王隆武紀年考〉、〈朝
鮮李朝著述中反清復明之思想〉、〈顧亭林詩自注發微〉、〈亭林先
生獨奉唐王詩表微〉、〈顧詩講義續補序〉，附錄並收有〈黃晦聞先
生顧詩講義〉一文。據潘重規在後記中自述，大學時即聽黃晦聞
先生講授顧詩，在民國三十幾年時，從黃季剛先生住處，拿到〈黃
晦聞先生顧詩講義〉，十分喜愛。後來研究顧詩時，即有參照，故
予以整理，收於附錄。為了證明用隱語表達反清復明思想，是明
末清初時習見之事，所以特別整理了同時代朝鮮李朝，朴趾源《熱
河日記》一書，證明連朝鮮李朝，也是如此書寫詩文，也與漢人
一般，討厭滿清夷狄政權。潘重規並將亭林詩韻目隱語作成簡表，
並考證了六種分屬鈔本、刻本系統的亭林詩集，來證實其隱語發
微無誤[3]。

　　《紅樓夢》研究成果，出版有《紅樓夢新解》、《紅樓夢新辨》、
《紅學六十年》、《紅學論集》、《紅樓血淚史》五書，《紅樓夢新解》
民國四十八年，出版於新加坡青年出版社。主題是以明末清初遺
民史，索隱《紅樓夢》的詮釋觀。認為《紅樓夢》確是一位民族
主義者的血淚結晶，一部用隱語書寫亡國隱痛的隱書。作者是明
代遺民，作者的意志是反清復明，石頭、寶玉都是影射傳國璽，
傳國璽的得失，即是政權的得失；林黛玉代表明朝，薛寶釵代表
清室，林薛爭取寶玉，即是明清爭奪政權，林薛的存亡，即是明

---

[3]　潘重規《亭林詩考索》臺北：東大圖書公司，民國八十一年。

清的興滅。並質疑胡適關於《紅樓夢》作者、版本的考證有誤。《紅樓夢新辨》出版於民國六十三年，《紅學論集》出版於民國八十一年，兩書的主題是《紅樓夢》避諱研究，脂評本《紅樓夢》、《乾隆鈔本百二十回紅樓夢稿》、甲戌本《石頭記》、己卯本《脂硯齋重評石頭記》、《國初鈔本原本紅樓夢》等鈔本系統《紅樓夢》校考、研究，與他人之版本研究辯難，其中也包括了潘重規到蘇俄列寧格勒，訪尋之列藏本《紅樓夢》研究，所收錄文章，有些亦見於香港中文大學新亞書院創辦之〈紅樓夢研究集刊〉。《紅學六十年》出版於民國六十三年，收錄了他對紅學研究六十年來的看法與未來研究方向展望，民國五十年代，在香港中文大學新亞書院時期，與徐復觀、陳炳良、余英時等人論戰的回應文章，並附有對方原文。《紅樓血淚史》出版於民國八十五年，是最晚出版的紅學書籍，內文重申了前四本書的主旨。民國六十二年起，更帶領中國文化大學學生，費了十年光陰，校定出百廿回定本《紅樓夢》。

　　敦煌學研究成果，有一九七〇年香港新亞研究所，出版《敦煌卷子研究論文集》，一九七二年香港新亞研究所，出版《瀛涯敦煌韻輯新編》、《瀛涯敦煌韻輯別錄》兩書。一九七六年臺北石門圖書公司，出版《國立中央圖書館藏敦煌卷子》，一九七七年臺北石門圖書公司，出版《敦煌雲謠集新書》，一九七八年臺北石門圖書公司，出版《敦煌俗字譜》，一九八〇年臺北石門圖書公司，出版《龍龕手鑑新編》，一九八一年臺北石門圖書公司，出版《敦煌變文論集》、《敦煌詞話》兩書，一九八三年臺北中國文化大學中文研究所，出版《敦煌變文集新書》，一九九四年臺北佛陀教育基金會，出版《敦煌壇經新書》，其研究主旨是敦煌書籍抄寫文字研究，書籍校注與定本。

　　綜合以上所述，作為一位漂流海外的中文系學者，潘重規的學術特色是以自身經、史學背景，在海外尋找中華民族精神，希望能對中華民族有所貢獻。他用文字、聲韻校勘學、版本考據學、南明遺民史學，研究顧亭林詩、《紅樓夢》、敦煌學，論證中華民族有堅毅不屈的反抗精神，故終能將暴虐清人驅逐中原。用校定散佚海外的敦煌書籍，來延續中國學術。這位自稱是「敦煌石窟寫經生[4]」的學者，寫的不只是經書，而是出生於大陸，求學於大陸，經歷對日抗戰、國共內戰，而飄泊於大陸、新加坡、香港、臺灣各地，四海為家，四海不是家的生命歷程，與歷史責任。

二、小說：文學形式的歷史

　　潘重規對《紅樓夢》的閱讀與詮釋，著重於《紅樓夢》中歷史經驗的闡發，其詮釋基調是《紅樓夢》「由明代遺民寫成，醮著民族血淚鑄成，書中所記的事實，是當代的信史，用隱語書寫亡國隱痛的隱書。其目標一是反清、二是復明[5]」。對於此種詮釋基調，余英時曾指出是「先有了明、清之際一段遺民的血淚史亙於胸中，然後才在紅樓夢中看出種種反滿的跡象」、「紅樓夢沒有被視為小說，被當作歷史文件（索隱派是政治史）來處理[6]」。余英時的詮釋，已經點出了潘重規紅學詮釋的兩個重點：歷史傳記與遺民史觀的

4　同註 1 游書，頁肆～二十。
5　潘重規〈民族血淚鑄成的紅樓夢〉，收於氏著《紅樓血淚史》臺北：東大圖書公司，民國八十五年三月，頁六、十九、二十三。
6　余英時〈近代紅學發展與紅學革命〉，收於氏著《紅樓夢的兩個世界》臺北：聯經出版公司，一九七八年，頁十、十四。

《紅樓夢》。但卻忽視了極其重要的觀點，也是余英時和潘重規紅學詮釋觀分歧處，即什麼是小說？小說的內涵為何？《紅樓夢》的內涵又為何？在小說的本質、內涵，《紅樓夢》的內涵、意義界定的部分，潘、余兩人的看法，根本南轅北轍。余英時的小說觀，大抵認為小說是作者虛構、創造、抒發情感、價值觀的敘事文類，詮釋重點在於小說中，作者所領悟的人生意義，以及作者內在理想與外在現實世界衝突意義的闡釋，而小說作者的家世、撰述背景所知愈多，愈能把握作品的全部意義。故其認為《紅樓夢》內在結構中，有兩個鮮明而對比的世界，其一是作者對現實世界現象的描述，其次是理想世界價值觀的寄託。舊紅學典範中，自傳、索隱兩派，詮釋了許多書中的現實世界，新的紅學典範，詮釋重點在於理想世界價值觀的闡發[7]。

　　潘重規卻不認為小說，只是作者虛構、創造、抒發情感、價值觀的敘事文類。在〈中國古代短篇小說選注引言〉一文中，他指出中外、古今學者對小說的看法，只有「小說」此一名詞雷同，定義卻完全不同。現代人用新觀念，去觀察中國目錄學上的小說類舊作品，產生了許多混淆不清的觀念。小說「在現代人心目中，是一種文體，和詩、詞曲、駢文、散文同類；它在漢書藝文志諸子略中，是一門學術，和道、儒、墨、陰陽、縱橫同類。兩者的性質，本來截然各異[8]」。在此定義下，他反轉了民國初年以來，多數小說研究者，認為中國古代視小說為街談巷語、殘叢小語、小說家不入流、君子不作小說、小說低劣的觀念。認為小說在中國古代是一門「學術」，小說家是「有益治道的諸子百家的一家，小

---

[7] 同註6，頁二十八、四二。
[8] 潘重規《中國古代短篇小說選注》臺北：學生書局，一九七四年，頁一。

說的作者是管莊孟荀一流的人物，小說家的作品，是儒墨諸家同類的學術文章[9]」。換言之，潘重規從小說社會論觀點，認為小說是表達政治秩序追求的學術文章、小說作者是大思想家，小說在中國古代的地位，等同於經、子類典籍的前提下，塑造了中國古代小說在內容、作者、社會上的神聖性。

　　塑造了中國古代小說在內容、作者、社會上的神聖性後，繼而，從西方小說文類形式論觀點，他認為中國古代文學作品，自春秋戰國時代起，即產生了具備西方小說文類理論定義下的小說，而不是魯迅所認為的「起於傳說、神話，到唐人始有意為小說」。他說：

> 歷代最受人愛好的文學作品，多半是利用具備（西方）小說的結構和技巧而寫成的。春秋戰國是百家爭鳴，諸子爭勝的時代。各家為了發揮他的學說，特別在文辭方面下工夫，他們往往運用具備人物、故事、生動情節的文體，作為他們表達思想情意的利器，同時也是他們著作中深入人心，最具說服力的一部分。可見這種無小說之名而有小說之實的文體，乃是順應形勢，自然地滋長形成，並不需要有了小說理論，纔能產生[10]。

　　此段話中，將西方小說文類的形式特色，歸納為人物、故事、情節。並認為中國先秦諸子的作品，擁有西方小說文類的形式特徵，並且故事情節敘述生動，因此成為他們表達思想情意的利器，是無西方小說之名而有西方小說之實的文體。從小說是作者表達

---

[9]　同註8，頁三。
[10]　同註8，頁三。

政治秩序追求的學術文章、小說作者是大思想家，小說在中國古代等同於經、子類典籍的地位，到善用文辭、人物、故事、生動情節，使小說成為作者表達思想情意的利器，具說服力的部分。顯然潘重規認為小說的內容是作者「思想」，此思想是作者面對其所生存的時代、社會、政治問題，所提出的看法與觀點。而小說的功用與效應，在於以生動的故事形式，保存、散播作者觀點下的時代、社會、政治問題，並影響時代風氣。

　　這種看法，在文學本質論部分，其實源於傳統中國文學評賞法中，從孔子說詩教、漢儒解經以降，用政教立場、言志傳統立論的文學批評法。將小說作者、作品的題材、作品的情感內容，全面斷言為作者藉小說反映社會、政治現實，影響人民。強調的是小說文字記述中，所流露的君子修身、齊家、治國、平天下的理想，與對其生存的時代、社會、政治問題評價。如是，小說便不是一種作者虛構、創造、抒發情感、價值觀的敘事文類，而是用文學形式，寫作出來的學術文章。並且，因為小說是作者對其生存時代、社會、政治問題的記載。所以，小說當然是「真」的發生過的現實世界故事，也是呈現歷史的載體。故他引馮夢龍的話說：

> 史統散而小說興。始乎周季，盛於唐而寖淫於宋。韓非、列禦寇諸人，小說之祖也[11]

此史「統」的意義如何解釋，潘重規並未清楚解釋。衡量馮夢龍的前後文意義，指的也許是傳統中國官方史學中，左史記言、右

---

[11]　同註8，頁五。

史記事，史家反映當時情況的歷史記述傳統，也許是以政治統治
者為軸心的帝系歷史圖貌傳統，也許是編年為史、斷代為史，那
種歷史分期史觀傳統[12]。無論如何，潘重規認為：當官方歷史的傳
統斷裂時，一樣記社會之言、社會之事的小說，便可以修補歷史
記言、記事的空隙，塑造中國各個朝代帝王、臣子的斷代歷史。
如是，先秦經、子、史類作品[13]，與唐代傳奇、宋代話本一般，韓
非、列禦寇等人，與馮夢龍的三言系列，都是屬於用小說的形式，
針對當時的時代、社會、政治問題，寫作出歷史的真實故事，文
學形式化的學術文章。

　　正因為他注重的是小說中，作者的思想與其時代，作者所描
述的當時社會、政治問題，所形成之記言、記事的歷史，使得他
的《紅樓夢》詮釋基調，著重於作者時代、生平、思想的考證，
作者生平與作品故事主旨，所反映的時代、社會、政治問題，《紅
樓夢》版本源流與作者、作品主旨的詮釋。所以，當他在民國七
十年，回顧六十多年來的紅學方向研究時，他說：

> 新舊紅學都可以稱之為考證派，新紅學派著眼於曹氏一家
> 的家事，稱為歷史的傳記的考證方法；舊紅學家注意明末
> 清初，漢族受制於異族整個時代的歷史背景，當然也是歷
> 史的傳記的考證方法。大抵《紅樓夢》的研究，千頭萬緒，
> 可以綜合劃分為兩道巨流：一道是以文學批評的觀念為

---

[12] 此處對史統的看法，參見李紀祥《時間、歷史、敘事——史學傳統與歷史理論
再思》臺北：麥田出版社，民國九十年，頁四十三～六十五。

[13] 潘重規編《中國古代短篇小說選注》中，所選的作品範圍，包括《孟子》、《莊
子》、《晏子春秋》、《韓非子》、《呂氏春秋》、《列子》、《左傳》、《戰國策》八部
古籍。以傳統的目錄學分類，已經是含括了經、子、史三部的作品。

主，其長處在「課虛」，可稱為文學批評派；一道是重在本
書主旨、作者背景、及版本源流等，其長處在「徵實」，可
稱為考證派。……因為一切文學的寫作技巧，都是為作品
的中心思想服務，其技巧的優劣，端視能表達中心思想的
程度高低，做為衡量的標準。作品的主旨不能確定，則文
學批評失去了衡量的依據。[14]

　　這段論述紅學的看法，將新紅學胡適自敘傳說，與自其衍生
的曹學。舊紅學中蔡元培康熙朝政治、反滿說索隱，與自其衍生
的潘氏索隱說並列，自不免有其學術師承，與自我定位的味道。
不過，將兩派的文學批評性質，都稱之為「歷史的傳記的考證方
法」，有相同的閱讀法則（歷史）、共同的批評文類（傳記），這見
解在資料性質上，的確沒有過當。但是，將文學批評派稱為「課
虛」，考證派稱為「徵實」，並且將文學批評派，視為文學寫作技
巧的批評。將考證文學作品的主旨，視為詮釋文學作品的第一要
務，並且認為文學作品的主旨，就是作者中心思想的呈現，文學
寫作技巧只是為作品的中心思想服務。在此思想下，「徵實」的考
證派詮釋工作，自然優先、重要於「課虛」的文學批評派。落實
在兩派紅學批評論述中，則是闡發《紅樓夢》的主旨，是歷史上
真正的曹家傳記史，或漢族受制於異族的隱語小說。求證作者背
景是曹雪芹或反清復明志士，考訂版本傳抄源流、本事異動的文
學考證工作，重要度超過文學批評派，只是文學寫作技巧的批評，

---

[14] 潘重規〈紅樓夢研究的方向〉，收於氏著《紅學論集》臺北：三民書局，民國
　　八十一年一月，頁二十一、二十二。

要在確立作品主旨後，方有批評的意義。正是因為胡適自傳、曹學、蔡元培索隱說、潘氏索隱等派，閱讀《紅樓夢》時有相同的閱讀法則（歷史）、共同的批評文類（傳記），故潘重規挑戰胡適所代表的歷史實證考據、自傳典範時，所用的學術規範，不正是以胡適式的考證方法，用可靠的版本、可靠的材料，去論證他索隱觀念下的作者、作者事蹟、作書年代、《紅樓夢》的本子與來歷[15]。論戰的焦點，便落在為何胡適的研究方式，可稱為歷史的傳記的考證方法，而他就是穿鑿附會、猜笨謎。胡適所考證的曹家家世史，與《紅樓夢》所描述的賈府狀況，有許多矛盾。胡適關於後四十回是高鶚續書的考證方法，不合邏輯[16]。這種論戰法，與胡適當年「願意與索隱派一比高低」、「考本事、考作者、考版本」[17]，豈不是如出一轍，都是視《紅樓夢》為歷史的載體，也都只能在本事、作者、版本下功夫，考證隱去了什麼真事？搜求哪些假語？哪些真言，辯論誰考證的本事、作者、版本、真事、真言、假語合理。

---

[15] 潘重規〈紅學論集序〉，收於氏著《紅樓夢新辨》臺北：三民書局，民國七十九年八月，頁八。

[16] 潘重規〈胡適紅樓夢考證質疑〉，收於氏著《紅樓夢新解》臺北：三民書局，民國七十九年八月，頁二十九～六十八。

[17] 此為陳平原對胡適挑戰索隱紅學心態之看法，參見陳平原〈作為新範式的文學史研究〉，收於氏著《中國現代學術之建立——以章太炎、胡適之為中心》臺北：麥田出版社，民國八十九年，頁二一六～二一七。

三、遺民方法學

（一）遺民：作者（讀者）的存在方式

　　作為歷史載體、歷史的、傳記的、考證方法的《紅樓夢》，在潘重規批評、詮釋法則中，作者的時代、生平、思想問題，是詮釋的首要工作。如前所述，潘重規在民國四十年五月二十二日，於臺灣大學中文系演講中，以「民族血淚鑄成的紅樓夢」為主題，質疑胡適自敘傳說，並以明末清初遺民史，索隱《紅樓夢》的詮釋觀。認為《紅樓夢》「確是一位民族主義者的血淚結晶，一部用隱語書寫亡國隱痛的隱書。作者是明代遺民，作者的意志是反清復明，石頭、寶玉都是影射傳國璽，傳國璽的得失，即是政權的得失；林黛玉代表明朝，薛寶釵代表清室，林薛爭取寶玉，即是明清爭奪政權，林薛的存亡，即是明清的興滅[18]」。在此表述中，作為歷史文獻的「明遺民」，便和《紅樓夢》文本產生關聯，形成一套指涉歷史意義的《紅樓夢》系統。不過，自胡適批駁潘重規的方法，仍是「猜笨謎」的方法以來，討論潘重規的遺民索隱紅學，便多從是或不是「笨謎」的角度討論，少有人觸及潘重規的遺民史觀，是如何建立與形成？有怎樣的歷史背景與歷史因素？

　　事實上，潘重規在數篇文章中，便反覆提及其「課餘讀書，看到了不少明清之間的民族血淚史實（南明野史），看到了不少清初遺老（顧炎武、黃宗羲、王夫之）的文學作品，又看到不少民族志士文字獄的檔案。從他們和環境搏鬥的狀況中，了解到他們使用文字的技巧方法，無意中觸動了腦海裡《紅樓夢》的影像和

---

[18] 同註5《紅樓血淚史》，頁九。

疑團，在歸納了許多證據，未曾經過大膽的假設，而得到《紅樓夢》是民族血淚鑄成的結論[19]」。這段話其實道出他用民族血淚，來指稱《紅樓夢》一書的主旨，以明末清初遺民史，索隱《紅樓夢》的詮釋觀。其詮釋前的先存知識就是清初遺老的文學作品、民族志士文字獄的檔案研究。

　　而他研究明末清初遺老的文學作品、民族志士文字獄檔案的學術淵源。無疑地與清末民初開始盛行，以民族承傳、文化承傳為理想，在章太炎領軍的國粹運動達到高峰，勘刻清代禁抑書籍、明季歷史遺獻的《國粹叢書》、《國粹叢編》、《風雨樓叢書》、《古學彙刊》系列活動有關。章太炎與潘重規，本有學術脈絡相承的關係，潘氏本名崇奎，「章太炎期許其如南北朝史學家李重規，所以為之改名重規[20]」。潘師黃季剛，為章太炎的嫡傳弟子，透過黃季剛的傳授，潘重規在南京東南大學，得聞章太炎之學，並曾奉章太炎之命，至國學講習會教授課程。

　　除了學術脈絡外，國粹運動的精神、成果，也在潘重規的紅學研究中，有一定的背景知識作用。國粹運動的目的，依照王汎森的研究，是為了打倒腐敗的滿清政權，建立反清意識，並且要透過學習西方文化，來復興中國原有的國家、文化之粹。因此，國粹運動有滿族與西學兩個參照系：相對於滿族，則國粹的重要部分，即貯存在歷史、小學、典章制度中的漢族歷史記憶，其實是要恢復被滿族強制以文字獄、禁書、禁毀目錄，用編輯《四庫全書》為由，行刪改書籍之實，所壓抑的明著、明刊、明季遺獻，

---

[19] 潘重規〈我探索《紅樓夢》的歷程〉、〈研究紅學的回顧與前瞻〉，收於氏著《紅學論集》，頁二十九、四十八。

[20] 同註1游書，頁肆-一。

與其中所蘊藏之漢族歷史記憶，對滿清異族政府形成顛覆批判的
作用，達成整合、團結漢族，推翻奴役中國的滿清異族。相對於
西學，被章太炎等人認可的國粹，是中國傳統中，真正的國學，
是中國接受西方思想，開展新局面的基礎，是新中國與舊中國間
連續的基礎[21]。如是，明季遺民的形象，便從明清之際，遭遇政治、
道德上自我認同困境，以存明、存宗為生存價值，以述宋為自我
訴說，義理辨析為經學主流，治親身經歷的「明」史為共同事業，
以歷史為文，以社會文化解詩，以詩存史，[22]那種選擇主流社會邊
緣位置，或者完全拒絕進入主流社會的隱逸、傳奇、遺留之士。
在清末民初，被「發現」成為拒絕滿清社會主流文化，用文辭隱
曲、傳奇、遺留革命種子，反清復明的主流革命志士，中國文化
的真正傳統，中華民族精神的象徵。瞭解這些人與其學術，便成
為中華兒女延續將絕的民族命脈，極為重要、神聖、堅毅的任務。
用潘重規自己的話說，那是「正如探奇選勝的遊人，必須縋幽陟
險，到達峨眉的高峰，夜半寂寥，萬緣都盡，然後纔能發現希有
奇幻的聖燈」，「從爛紙昏墨之餘，感觸到古烈士的苦辛苦語，耿
耿精誠，不禁令人涕泗橫集[23]」。

　　潘重規詮釋《紅樓夢》時，毫不掩飾此「反清復明」先存知
識，與其反清復明史研究學者的批評身分。在他看來研究《紅樓
夢》，就是要轉譯書中藉著文學的形式，所蘊藏的反清復明思想，

---

[21] 王汎森〈清末的歷史記憶與國家建構——以章太炎為例〉臺北：思與言，第三
　　十四卷三期，一九九六年九月，頁一～十八。
[22] 趙園《明清之際士大夫研究》北京：北京大學出版社，一九九九年，頁二五七
　　～四二五。
[23] 潘重規〈亭林詩發微〉，收於氏著《亭林詩考索》臺北：東大圖書公司，民國
　　八十一年，頁一～二。

與填補歷史缺漏的主旨。而他和曹雪芹、脂硯齋、高鶚、程偉元這些人，見識不同的地方，就在於他們都沈醉在「柔情麗旨的妙文中」，不知道「《紅樓夢》是反清復明的隱書」，「只覺得《紅樓夢》是一部哀感頑豔最動人的小說[24]」。他維護了原著者的著作權，確實轉譯了書中的民族思想，揭發了《紅樓夢》中，中國文化的真正傳統。

　　章太炎重建明遺民史的國粹運動，作為先存知識，強化了潘重規以韻目式隱語研究顧亭林詩學，以明末清初遺民史，索隱《紅樓夢》的神聖性。在學思歷程的論述中，可知現實生活中，他經歷對日抗戰、國共內戰，而「花果飄零」[25]於大陸、新加坡、香港、臺灣各地，四海為家，四海不是家的生命歷程。當他面對異族（日本）入侵中國，異文化主張（共產黨）入主中國的情況，明末清初遺民的歷史記憶，遂有解除鄉關何處的辛酸，與承擔、重建文化之粹的薪傳與使命。是故，當他在海外（指旅居新加坡之事），觀亭林之詩，以窮亭林之旨歸，以見亭林之心志，那是「河山有恨，望極中華；日月依辰，痛深元旦。死終是客，別豈無家，數十年流離危苦之詞，以視澤畔行吟，其悽惻為何如也？後之覽者，亦可以哀先生之志矣[26]」！顧亭林為了保存中華文化、民族精神，反清復明，執著於一己的理想，甘願放棄進入主流社會，與隨之

---

[24] 潘重規〈近年的紅學述評商榷〉，收於氏著《紅學六十年》臺北：三民書局，民國八十年，頁一一一～一一二。

[25] 花果飄零一詞，原出於唐君毅，用以指涉他們那一世代的學人，歷經抗戰、內戰，四海為家，四海都不是家的境遇，康來新用以指稱潘重規的生命歷程特色，此處援引之。參見康來新《遺民血淚——臺灣戰後的索隱派紅學》臺北：國科會計畫報告，民國八十八年。

[26] 潘重規〈顧詩講義續補序〉，收於氏著《亭林詩考索》，頁二二七。

而來的榮華富貴，數十年流離危苦，義無反顧的精神與行為。不正是潘重規客途南洋，卻詮釋顧亭林韻目式隱語詩，與《紅樓夢》中反清復明隱語新解，並出版研究專著。散居香港，竟成立《紅樓夢》研究小組，發行研究專刊，在境外用不同的角度，研究中國文化、學術遺產。定居臺灣，未經報備，不懂俄文，冒著被槍斃的危險，勇闖共黨鐵幕列寧格勒，搜尋散落俄國的《紅樓夢》、敦煌學古籍遺編；以境外遺民的身分，期望能對中華民族有所貢獻，志之所向、心之所往、劍及履及的行為實踐。而那遠離了的現實中國，流浪在外的異鄉生活，在重建、詮釋文化中國的民族精神大任之下，也成為可以接受的生存方式。如是，遺民，是文學批評家潘重規，考證《紅樓夢》作者，認為是甘居社會邊緣位置，遠離故土，維護民族大義的作者之文化位置。也是讀者潘重規，閱讀《紅樓夢》的文化位置，更是學者潘重規，生命歷程的文化位置。

（二）隱書：文字名實的知識觀

　　隱書，是潘重規給《紅樓夢》的定義，《紅樓夢》之所以為隱書，照他的說法，是因為在清朝異族箝制思想的酷毒鐵網下，故意建立了一套名不正、言不順的文字名實系統，用以使反清復明的革命大業能夠事成。所以，他要轉譯作者藉文學形式為掩飾，描寫一段失落的歷史，揭示作者遺民身分，使其能名正言順。而《紅樓夢》中，所傳承的中國文學和文字隱藏藝術，是中國文字傳統的習慣，「在中國歷史、文學作品中，五花八門，千變萬化，罄竹難書，只能簡單舉出隱語（隱去意義的巧譎言詞）、離合詩（拆字隱藏法）、諧音（同音相諧的隱藏法）雙關語，三種主要的隱藏

藝術[27]」。這段話，雖然是用以解釋中國文學和文字隱藏藝術，但所舉隱語、離合詩、諧音雙關語三項例子，其實指涉的是中國文字隱藏藝術，而且是文字的字意、字形、字音的隱藏藝術。其後，他的學生劉榮傑在《紅樓夢隱語之研究》中，就沿著此一脈絡，定義隱語是「設辭暗指某事或某物，惟稍露蛛絲馬跡，供人按跡猜測者之謂也，當今修辭學上名之曰雙關語。」隱語的分類，「可分為語意上之雙關、字音上之雙關與字形上之雙關。語意上之雙關凡語句間涉兩意者也。字音雙關，即諧音雙關語，以本字借為另一同音之字來作為雙關者，字形雙關，即以字形的分合來作為雙關者，如離合字謎，離合詩謎是也[28]」。

所以，要揭開《紅樓夢》隱書之謎，就要界定《紅樓夢》中文字指涉何物？要界定《紅樓夢》中文字指涉，要從語意上之雙關所涉為何？字音上之雙關所借為何？字形上之雙關所折為何？而語意上之雙關，又牽涉到語意的本義、引伸義界定，界定字音上之雙關，又要有聲與韻的基礎，字形分合的界定，還要有些文字初形的知識。以上種種，足以顯示，潘重規的方法，是來自於中國傳統學術中的文字、聲韻、訓詁學，而不是文學的藝術分析，這種說文解字的方法，不正是因為「漢字的一字能涵多意，數意可以同時並用，合諸科於一言的特色[29]」，產生的探查名號之學術傳統。但傳統的小學是用以通經，用以探求字形的初形、初義，字音中聲與韻的沿革，字義中的意義沿革，其目的是要從文字流傳，所形成的多形、多音、多義現象中，求取他們認為的文字本

---

27 潘重規〈再話紅樓夢〉，收於氏著《紅樓血淚史》，頁四十二。

28 劉榮傑《紅樓夢隱語之研究》臺北：中國文化大學碩士論文，民國六十八年六月，頁一。

29 龔鵬程《漢代思潮》嘉義：南華大學，一九九九年，頁一一九。

形、本音、本義，以通古今，以正名實，繼而形成一套文字的世界觀[30]。而潘重規是用考察文字形、聲、義的雙關多變，來解釋著作《紅樓夢》的明清遺民，用文字形、聲、義的多形、多音、多義現象，以隱藏、說明自己的世界觀，藉以通漢民族革命之精神，正《紅樓夢》反清復明之名、中國文化傳統，相應西方文化，解除文人飄零之用。換言之，他解釋《紅樓夢》文字，用語意上之雙關、字音上之雙關，與字形上之雙關語的分類之名，來說明這個明清遺民血淚建構的《紅樓夢》世界之實，也建構了一套明清遺民血淚史的文字世界觀。與其說他在釋字的形、聲、義，不如說他只是在察辨《紅樓夢》中，明清遺民文字之名，解釋《紅樓夢》中，明清遺民血淚之義，用文字、聲韻、訓詁學的探究，建構他遺民歷史的世界觀。

此世界觀在其詮釋方法中的具體展現，其一是用傳統文字、聲韻、訓詁學思維中，以字義、字音的比物連類、反覆旁通之法，採取類比與連結的方式，運用推類的思考，以求擴大文字義理的方式[31]，來考察《紅樓夢》文字。其所採取類比與連結的方式，是從中國小學的經典著作裡，記載初形、初義的解釋中，推求、擴大《紅樓夢》書中文字的義理。如林黛玉的「林」，可以代表明朝君主，是因為「《爾雅・釋詁》開篇第二條就說：林、烝、天、帝、皇、王、后、辟、公、侯，君也」，「明帝姓朱，所以他姓林，許慎《說文解字》說：朱，赤心木，松柏屬。朱是木類，所以黛玉

---

[30] 此處將文字形、音、義意義的考辨，視為一種存有論的指涉的看法。來自於龔鵬程先生論漢代許慎、劉熙的文字學、訓詁學系統之見解，參見〈文字意義的探索〉，收於氏著《漢代思潮》，頁一一九～一四六。

[31] 同註30，頁一三六。

說，我們不過是個草木人兒罷了[32]」，用《爾雅》、《說文解字》，來證實其識名之正確。繼而用史實，「明末清初，寧都魏禧和一班反清同志，隱居翠微峰上，號稱易堂九子（日月為易，也暗藏著明字），其中有一個叫林時益字確齋的，本來是明朝宗室，原名朱儀㴚，他們暗中擁戴他為領袖。這便是姓朱的國亡後改姓林的實證[33]」，來證實其擴義之精準。

其二是就字說其義理，針對所指具體之事，講出一番抽象的理，所釋之義，事實上就是該書作者的哲學思想[34]。此為其以拆字法，論證《紅樓夢》中的隱語，所藏之明清遺民，傳達民族國家的沈痛，反清復明義理之思維基礎。如拆薛寶釵的「釵」字，為又金，由清之先祖女真酋長完顏阿骨打，在宋徽宗政和五年，稱帝並改國號為金，金之色白，故完顏部尚白，清太祖初建國，則稱後金。又金，正是後金之義，故寶釵是金，金之色白，故寶釵姓薛[35]。這一整套繁複的詮釋，不正是以《紅樓夢》主角薛寶釵，名字中的「釵」字，針對歷史上的清朝建國事，講出自己一腔的民族沈痛、民族的辛酸、反清復明的哲理。

胡適早就以乾嘉考據學的學術位置，回應潘重規的紅學詮釋法，還是索隱，還是笨猜謎、不科學的方法[36]。二十二年後，陳炳良回顧六十年來的紅學研究，對新、舊紅學用考據學、經學方法詮釋《紅樓夢》，都有批評，認為紅學研究應該要多重視西方文學

---

[32] 潘重規〈三話紅樓夢〉，收於氏著《紅樓血淚史》，頁六十八。

[33] 同註32，頁六十八。

[34] 同註30，頁一三五。

[35] 潘重規〈紅樓夢答問〉，收於氏著《紅樓夢新解》，頁一七六。

[36] 胡適〈對潘夏先生論紅樓夢的一封信〉臺北：《反攻雜誌》，第四十六期。轉引自胡適《胡適紅樓夢研究論述全編》：上海，上海古籍出版社，一九八八年，頁二二二～二二四。

批評資料。而潘重規用拆字、隱語法詮釋《紅樓夢》，不大合乎科
學，純粹是推測之詞，以潘、陳兩人的名字為例，「潘先生的姓拆
開來不是指番人的滿州嗎？他的大名不是隱日月兩個字，即明朝
嗎？我的賤名也可以解作：陳指過去，即懷念勝朝；炳即丙火，即
朱明；良是艮上加一點，艮即山，故良字是隱崇禎自縊於煤山[37]」。
面對學術界後生晚輩，質疑他不大合乎科學、並以兩人名字拆字
為例質疑的作法。潘重規的回答，也許他自己並沒有意識到，卻
正好點出他用傳統文字、聲韻、訓詁學方法，察辨《紅樓夢》中，
明清遺民文字之名，解釋《紅樓夢》中，明清遺民血淚之義，說
明明清遺民血淚建構的《紅樓夢》世界之實，那種以文字建構名
實的世界觀，與陳炳良所遵循，用西方文學批評學術規範，來看
《紅樓夢》有所不同。他說：「我和陳先生的名字盡可以做種種的
解析。但是我和陳先生都不生在反清復明的時代，都沒有反清復
明的思想，所以只能作為笑談，和《紅樓夢》的解釋是不相干
的，……如果中國人處在異族控制下，用傳統拆字、諧音等等隱
語方式，來表達他們的意志心靈，我們相應的也用傳統拆字、諧
音等等隱語方式，去瞭解他們的意志心靈，這正是合乎科學，而不
是不大合乎科學。……我們所希求的是以《紅樓夢》時代還給《紅
樓夢》，我們不希望把今日的時代，抹殺了《紅樓夢》的時代[38]」。
在這段話中，「時代」，被刻意突顯出來，然而，正如陳炳良是以
西方文學批評的方式，去瞭解《紅樓夢》裡的意志心靈，以西方
文學批評理論當家的時代，還給《紅樓夢》。潘重規也是以得自於

---

[37] 陳炳良〈近年的紅學述評〉香港：《中華月報》，一九七四年一月號。轉引自潘
重規《紅學六十年》，頁一四六。

[38] 潘重規〈近年的紅學述評商榷〉，收於氏著《紅學六十年》，頁一○○。

章太炎、黃侃的中國文學批評方式，去瞭解《紅樓夢》裡的意志心靈，以民族精神、民族沈痛當家的時代，還給《紅樓夢》。

四、民族沈痛血淚說

（一）辨隱：書寫漢民族精神革命史

歷史，是潘重規閱讀《紅樓夢》的法則。遺民，是文學批評家潘重規，考證《紅樓夢》作者的文化位置。也是讀者潘重規，閱讀《紅樓夢》的文化位置，更是學者潘重規，生命歷程的文化位置。隱書，是《紅樓夢》作者，在清朝異族箝制思想的酷毒鐵網下，故意建立了一套名不正、言不順的文字名實系統，用以使反清復明的革命大業能夠事成。所以，辨隱，是用南明史、清文字獄檔案、明遺民著作，轉譯書中文字名實系統，得到作者的原意，瞭解作品的原貌，成為作者的知音。但他在辯證此一系統的同時，也建構、書寫出他「發現」的明遺民歷史記憶。

如是，南明史、清文字獄檔案、明遺民著作、《紅樓夢》文本，便被建構在同一位置，屬於同一名實，可以交互指涉，互相論證。用潘重規的話來說，那就是藏於隱書《紅樓夢》中，秘密機關與線索暗示，也是解開隱書《紅樓夢》的關鍵。

《紅樓夢》題名，就是解隱最重要的秘密機關，《紅樓夢》一書題名有五，以《紅樓夢》、《風月寶鑑》、《石頭記》，此三名最為人知。清文字獄檔案中，有乾隆四十三年，劉墉搜出丹徒生員殷寶山的詩文，乾隆認為其〈記夢〉一篇云：「若姓氏、物之紅色者是。夫色之紅非姓之紅也，紅乃朱也等語，顯係指稱勝國之姓，

故為徽國之語以混之[39]」。故他想起《紅樓夢》此題名中,「紅」字的機關,「乃在書中五十二回,真真國女子五言律詩首句云:昨夜朱樓夢,今宵水國吟。用紅字代替點朱字[40]」,「紅樓」就是「朱樓」,「朱樓」就是「明樓」,用此來懷念明朝。而「夢」指的是國家興亡事蹟,因為「古今文學家以夢幻喻興亡,已經成了彼此默契的事實。譬如《長生殿》傳奇中李龜年唱的彈詞,感傷天寶之亂,開口便說:唱不盡興亡夢幻,彈不盡悲傷感嘆。《桃花扇》結尾的〈哀江南〉悲悼明亡,便說:殘山夢最真,舊境丟難掉,不信這興圖換稿[41]」。換言之,《紅樓夢》就是明朝國家興亡事蹟。

　　《風月寶鑑》題名中,「風月」兩字,他認為如「清初革命家呂留良詩句所云:清風雖細難吹我,明月何嘗不照人[42]」,「風月」就是影射「明、清」兩朝。「風月寶鑑」四個字,在書中十二回所記是鑿在正、反兩面鏡子背上,故「寶鑑」即「鏡子」,《風月寶鑑》就是「明清寶鑑」,即明、清歷史鏡子,用來「指點那些聰明俊秀,風雅王孫,千萬不可照正面,只照背面,千萬不可以假為真[43]」。

　　《石頭記》此一題名,脂評說,《石頭記》是點道人親見石上大書的一篇故事。他認為此「石頭」照卷首所述,即是「寶玉」,此「寶玉」上鐫有「莫失莫忘,仙壽恆昌」幾個字,即成「玉印」,此刻字又與《三國志‧孫堅傳》所引漢傳國璽刻文相近,形制相似。故「玉印」即「國璽」,而「國璽」代表著「政權」。因為如

[39] 潘重規〈紅學論集序〉,收於氏著《紅樓夢新辨》,頁四。

[40] 潘重規〈脂評紅樓夢新探〉,收於氏著《紅樓夢新解》,頁一二八。

[41] 潘重規〈紅樓夢答問〉,收於氏著《紅樓夢新解》,頁一八五。

[42] 潘重規〈紅樓夢答問〉,收於氏著《紅樓夢新解》,頁一八四。

[43] 潘重規〈脂評紅樓夢新探〉,收於氏著《紅樓夢新解》,頁一二九。

此，書中的人物寶玉，縱有無上的權力，無比的神通，縱有真假之可言[44]。換言之，《石頭記》就是書寫政權爭奪的一篇故事。

由題名顯示，書的主旨是寫明朝國家興亡事蹟，明、清歷史鏡子、政權爭奪的一篇故事。主旨既定，書中主角身分、故事情節的寓意，也就很容易解釋了。寶玉、黛玉、寶釵的三角戀愛關係，便是明清爭奪天下的故事。

所以，寶玉在書中，便有象徵身分、政治身分、性別身分三重的角色，而此三重身分又統合於明、清政權爭奪意義。首先，他是象徵政權的「國璽」，印璽必須用硃（朱泥），所以寶玉愛紅，愛喫胭脂，四十四回也暗示胭脂盒即印泥盒。此印泥盒的樣式，是用龍紋包袱纏裹，裝在紫檀盒子裏。龍紋包袱指書中寶玉寵婢襲人，襲人之名拆開來，就是龍衣人。印盒指書中寶玉孌愛的戲子蔣玉函，寶玉出家後，襲人嫁給蔣玉函，住在紫檀堡，玉璽就配上玉函，而且還是紫檀盒。書中有甄、賈兩個完全一模一樣的寶玉，甄、賈寶玉是兩位一體的「國璽」，甄、賈寶玉寄託真假「國璽」、真假政權、真偽正統之意義。「國璽」在明即為真、為正，「國璽」在清即為假、為偽。甄府在江南，代表明朝，賈府在北方，代表清朝，甄、賈兩府先後都被抄家，象徵明代先滅亡的事實，與清代終將滅亡的命運[45]。

其次，啣「國璽」而生的賈寶玉，他的政治身分是天子。書中有兩次，借薛蟠、鴛鴦之口，稱寶玉為天王、皇帝，而在《春

---

[44] 潘重規〈脂評紅樓夢新探〉、〈紅樓夢新解〉，收於氏著《紅樓夢新解》，頁一二九、十、十五。

[45] 潘重規〈紅樓夢新解〉，收於氏著《紅樓夢新解》，頁十二。潘重規〈民族血淚鑄成的紅樓夢〉，收於氏著《紅樓血淚史》，頁二十三。潘重規〈紅樓夢中的賈寶玉與甄寶玉〉，收於氏著《紅樓血淚史》，頁一七五～一七七。

秋經》中，稱周朝的天子為天王。書中又借劉姥姥之口，稱寶玉
之住宅大觀園，為玉皇寶殿，而玉皇寶殿就是指寶玉的住宅，是
皇殿、皇宮。寶玉的生命所繫，那塊通靈寶玉，人和玉同命相依
的關係，也就是帝王和國璽不可分割的權力關係[46]。但身為天子的
寶玉，其認同的朝代是明朝。以《紅樓夢》第十九回為例，寶玉
說：「只除了什麼明明德外就沒書了。都是前人自己混編出來的。
這些話，你怎麼怨老爺不氣，不時時刻刻的要打你呢。寶玉笑道：
再不說了」！表明其最欣賞的書是《大學》，卻不直說《大學》，
而曲說「明明德」。這「明明德」就是革命術語，其意義為「大明
取明明德」，也就是隱寓明朝的意思，表明明朝才是正統。此種用
法的證據，見於清文字獄檔案，乾隆十八年，丁文彬自稱皇帝，
自立國號為大夏，年號為天元，六年後改年號為昭武，欲傳位給
曲阜衍聖公。其所造曆書，書面上寫大夏大明，大夏是取行夏之
時，大明是取明明德的意思。此外，第十九回中襲人說寶玉給讀
書上進的人，取了「祿蠹」的外號。三十六回中寶玉對寶釵輩勸
導他求功名，罵道：「好好的一個清淨潔白的女子，也學得沽名釣
譽，入了國賊祿鬼之流」。種種語言，都是表現出反抗的精神，不
合作的辦法，叫人不可出仕偽朝（清朝），極力抨擊讀書求進的是
國賊祿蠹，這種作風與清初諸遺民如一鼻孔出氣[47]。庚辰本的第六
十三回，更幫芳官取番名，叫耶律雄奴，認為「這兩種人，自堯
舜時便為中華之急，晉唐諸朝，深受其害。幸得偺們有福，生在
當今之世，大舜之正裔，聖虞之功德仁孝，赫赫格天，同天地日

---

[46] 潘重規〈民族血淚鑄成的紅樓夢〉，收於氏著《紅樓血淚史》，頁十四～十六。
[47] 潘重規〈民族血淚鑄成的紅樓夢〉，收於氏著《紅樓血淚史》，頁二十三～
　　二十四。

月億兆不朽。所以凡歷朝中跳梁猖獗之小丑，到了如今，不用一干一戈，皆天使其拱俛，緣遠來降，我們正該作踐他們，為君父生色[48]」。這段談話，是陽為捧清，背地裏卻站在漢人的立場，大罵滿清異族，有積極反抗的寓意。

最後，賈寶玉是女兒錯投了胎，成為男人，所以寶玉是女孩兒一樣的人品，愛護女人。而《紅樓夢》書中的男女寓意，女兒是漢人，男人是滿人，嫁了男人的女人，是變節、不清淨的漢人。男人（滿人的衣冠文物）是泥，濁臭逼人。女兒（漢人的衣冠文物）是水，見了清爽。不清淨的漢人（嫁了男人的女人、象徵變節投降清人），有時比滿人更壞。所以，寶玉的性別身分，又暗喻他的象徵身分、政治身分，他因此是象徵漢民族的國璽，投錯了胎，成為面目是男人（滿人的衣冠文物），人品是女兒（漢人衣冠文物）的悲劇人物[49]。

寶玉既是國璽、帝王，是投錯了胎，成為面目是男人（滿人的衣冠文物），人品是女兒（漢人的衣冠文物）的悲劇人物，那麼釵黛相爭寶玉的愛情故事，最後寶釵、寶玉成婚，黛玉去世、寶玉出家的悲劇結局，就是明清爭奪天下的故事結局，清存明亡，天下換主、江山易俗的悲劇了。

潘重規也從薛寶釵、林黛玉，與其周遭人物之姓名、別名，用拆字、諧音、歷史法，來揭示自己認為薛寶釵、林黛玉象徵清、明帝王身分的看法。如前所述，薛寶釵名字中的「釵」字，可拆字為「又金」，又金，後金之義也。金之色白，故寶釵姓「薛」，

---

[48] 潘重規〈民族血淚鑄成的紅樓夢〉，收於氏著《紅樓血淚史》，頁二十七～二十八。

[49] 潘重規〈紅樓夢中的女兒和男人〉，收於氏著《紅樓血淚史》，頁一四五～一四七。

薛音同雪。薛寶釵住在蘅蕪院，院中匾額題為：蘅芷清芬（點清字），別號蘅蕪君（有帝王之意）。其兄薛蟠，名字中的「蟠」字，為番也，從蟲，綽號叫獃霸王，正是斥責他為異族番人，這些都顯示薛寶釵象徵清朝的帝王。林黛玉姓「林」，代表明朝君主，明朝時姓朱的人家，國亡後改姓林。林黛玉，前身是絳珠仙草，「絳」字為紅，是影射明朝的國姓「朱」。別號叫瀟湘妃子，喫的是天王補心丹，都象徵他明朝帝王的身分。黛玉是朱明，故體己的婢女名叫紫鵑，「紫」是朱的配色，「鵑」是望帝之魂，代表哀悼、懷念明朝帝王的人[50]。

　　除了前述寶玉、寶釵、黛玉的身分隱涉，寶玉與襲人、芳官的對話，寓有明、清兩朝的指涉，與反清復明的意義外，潘重規認為作者還有意攻擊清朝穢德的史實，以夷狄倫理獸行，激發最重視倫理觀念的漢民族，精神上反抗清朝的力量。如第七回記「焦大益發連賈珍都說出來，亂嚷亂叫，說要往祠堂裏哭太爺去，那裏承望到如今生下這畜生來！每日偷雞戲狗，爬灰的爬灰，養小叔子的養小叔子，我什麼都不知道」！第六十六回柳湘蓮向尤三姐退婚，其與寶玉的對話「湘蓮聽了，跌足道：這事不好，幾乎做不得了。你們東府裏除了兩個石頭獅子乾淨，只怕貓兒狗兒都不乾淨，我不做這忘八」！戚本第六十九回尤三姐託夢時控訴：「姐姐！你終是個癡人，自古天網恢恢，疏而不漏，天道好還，你雖悔過自新，然已將人父子兄弟至於聚麀之亂——天怎容你安生」。養小叔子、都不乾淨、父子兄弟聚麀之亂，都是有意攻擊清初有文太后下嫁睿親王多爾袞的事實。而明遺臣的詩詞如張煌言〈建

---

[50] 潘重規〈紅樓夢答問〉，收於氏著《紅樓夢新解》，頁一七四～一七七。

夷宮詞〉、鄭元之〈續滿洲宮詞〉，都有記載太后下嫁之事，〈建夷宮詞〉更譏罵鄙視此事，是弟蒸嫂，堂然稱父皇，禽獸之惡習也[51]。

《紅樓夢》八十回將盡時，特別記載了一樁女子殉國的故事，此故事又與前文文氣不連貫，那就是第七十八回，不先寫寶玉哀祭晴雯，撰寫誄文之事，卻插寫了大半回的寶玉寫詞哀輓林四娘的故事，林四娘其人、其事，照七十八回中賈政的講法，是：「當日曾有一位王爵，封曰恆王，出鎮青州。這恆王最喜女色，且公餘好武。因選了許多美女，日習武事，令眾美女學習戰攻鬥伐之事。內中有個姓林行四的，姿色且佳，且武藝更精，皆呼為林四娘。恆王最得意，遂超拔林四娘統轄諸姬，又呼為姽嫿將軍」，「誰知次年便有黃巾、赤眉一干流賊餘黨，復又烏合搶掠山左一帶。恆王意為犬羊之輩，不足大舉，因輕騎進勤。不意賊眾詭譎，兩戰不勝，恆王遂被賊眾所戮」，「林四娘得聞凶信，遂聚集眾女將，發令說道：你我皆向蒙王恩，戴天履地，不能報其萬一。今王既殞身國患，我意亦當殞身於下。爾等有願隨者，即同我前往；不願者亦早自散去」，「於是林四娘帶領眾人，連夜出城，直殺至賊營裡頭。眾賊不防，也被斬殺了幾個首賊。後來大家見是不過幾個女人，料不能濟事，遂回戈倒兵，奮力一陣，把林四娘等一個不曾留下，倒作成了這林四娘一片忠義之志[52]」。

潘重規認為《紅樓夢》中這位林四娘，就是清初蒲松齡《聊齋誌異‧卷二》所記：「青州道陳公寶鑰，閩人，夜獨坐，有女子搴幃入。視之不識，而艷絕，長袖宮裝。……俯首唱伊梁之調，

---

[51] 潘重規〈民族血淚鑄成的紅樓夢〉，收於氏著《紅樓血淚史》，頁二十～二十一。

[52] 潘重規〈紅樓夢姽嫿詞發微〉，收於氏著《紅樓血淚史》，頁一七九～一八〇。

其聲哀婉。歌已，泣下。……曰：卿勿為亡國之音，使人悒悒。
女曰：聲以宣意，哀者不能使樂，亦猶樂者不能使哀。……女愀
然曰：妾，衡府宮人也，遭難而死，十七年矣。……乃問宮中事，
女緬述，津津可聽。談及式微之際，則哽咽不能成語[53]」，此故事
女主角衡府宮女，故《紅樓夢》中的恆王就是指衡王。又據牟潤
孫的分析，故事女主角為明朝衡王宮女林四娘，林四娘是遭入關
清兵殺害而亡。他說：「蒲松齡雖沒說出女鬼是明朝的衡王宮人，
但衡王既是明朝在青州的藩王，全篇又皆是亡國故事，無異明白
說出她是明朝的女鬼。伊梁之調，是說清兵入關破滅明朝。……
式微之際是指明朝亡國的時候」，「《池北偶談》記載四娘見到陳寶
鑰說：妾故衡府宮嬪也，生長金陵，衡王昔以千金聘妾入後宮，
寵絕倫輩，不幸早死，殯於宮中。不數年，國破，遂北去，妾魂
魄猶戀故墟。……王漁洋和蒲留仙所記是同一故事，所不同者，《誌
異》說她遭難而死，《偶談》說她在國破前不幸早死。……兩人都
是借鬼魂以記載衡王宮女林四娘，而蒲氏所記則反映出林四娘被
殺，衡王遭禍，比較切實[54]」。自傳派大將周汝昌《紅樓夢新證》
一書，以維護馬列主義，農民起義的神聖性，為詮釋立場，將林
四娘之死，繫年在明崇禎十六年七月至十月（西元一六四三年），
清兵入侵山東省境，所發生之事。他說：「青州府，明衡王朱祐
楎之藩封。明清之際，青州破，衡王府之林四娘死事，本擾明之
清兵所致。曹雪芹于《紅樓夢》第七十八回寫寶玉作姽嫿詞歌行，
詠恆王（即衡王）、林四娘事，牽及流寇，如非雪芹以時代所忌，

---

[53] 潘重規〈紅樓夢闡微姽嫿詞發微〉，收於氏著《紅樓血淚史》，頁一八〇。
[54] 潘重規〈紅樓夢闡微姽嫿詞發微〉，收於氏著《紅樓血淚史》，頁一八二。

故為詭辭，則誣罔農民義軍之言也[55]」。綜合蒲松齡、王漁洋、牟潤孫、周汝昌的論證，潘重規認為第七十八回，不先寫寶玉哀祭晴雯，撰寫誄文之事，卻插寫了大半回的寶玉寫詞哀輓林四娘的故事，是「作者獨藉說部本屬虛構的掩護，用無比的技巧，將真事傳現於當時及後世的讀者。……他用課子弟作詩歌來轉移讀者的視線，……普通課子弟作詠詩事，卻一再說明是作輓詩，……這就表明作輓詩不是泛泛懷古，而是深切哀悼故國烈士之意[56]」，而深切哀悼故國烈士情感，又可見於寶玉在作完姽嫿詞後，作了一篇芙蓉誄，哀輓晴雯，在讀誄之前的那段話，他說：「誄文輓詞也須另出己見，自放手眼，也不可蹈襲前人套頭，略填幾字搪塞耳目之文，亦必須灑淚泣血，一字一咽，一句一啼，寧使文不足悲有餘，萬不可尚文藻而失悲切。況且古人多有微詞，非自我今偏作俑。……表明哀輓林四娘是寓有難言之隱，《紅樓夢》作者用歌詠風流雋逸作外衣，達成他哀悼故國忠義慷慨的不敢告人內心[57]」。

　　總而言之，在強調漢民族精神、漢民族沈痛、反抗清朝史實，與漢民族革命精神，為後來的辛亥革命，建構革命歷史的承傳，民族記憶的認同使命下。《紅樓夢》成為一部漢民族精神革命史，那是明遺民用隱語，表達忠義之志、哀悼故國慷慨之心、哀悼故國烈士、反清復明的決心，書寫明朝國家興亡事蹟，明、清歷史鏡子，明、清政權爭奪的一篇歷史故事。

---

[55] 潘重規〈紅樓夢闡微姽嫿詞發微〉，收於氏著《紅樓血淚史》，頁一八三。
[56] 潘重規〈紅樓夢闡微姽嫿詞發微〉，收於氏著《紅樓血淚史》，頁一八六。
[57] 潘重規〈紅樓夢闡微姽嫿詞發微〉，收於氏著《紅樓血淚史》，頁一八七～一八八。

（二）版本：建立遺民紅學學術典範

校書定版本，是清代考據學必備功課，段玉裁有一段話，足以解釋清人做學問前，先校書定版本的知識論思維理路，他說：

> 校書定是非最難，是非有二：曰底本之是非，曰立說之是非。必先定底本之是非，而後可斷其立說之是非……何謂底本？著書者之稿本是也，何謂立說？著書者所言之義理是也……不先正底本，則多誣古人，不斷其說之是非，則多誤今人[58]。

段玉裁的話，其知識論的預設立場，是認為人經由著書，表達他的意思與道理，此意思與道理，是一種客觀、實證的「理」，可以由人為考據，來掌握其淵源、內容、成果，評斷其是非黑白。而評斷的根據，就是作者以文字表述知識，所著成之篇章，所集成之書本。但我國古代書籍傳抄、刻板、印行作業，不無訛誤，時常出現偽文、異文、缺文、漏文、夾文等校刻不精現象，因此作者的意思與道理殘缺、不彰。讀者讀之，或勞而無功，未得應知之知識。或是誤讀不實之書，獲得錯誤知識。又或是以不實之文，論斷古人，繼而錯誣古人。所以，解讀的策略，要先找到作者的底本、稿本，恢復其書之舊觀，然後就可睹其原作、原意、原貌，定其是非。故校書不只是校書，其實是以校書人所認定的古籍定本，回復作者之本義，定宇宙、古今義理之是非。這種知

---

[58] 段玉裁《經樓韻集・與諸同志論校書之難》清道光九年（1829）廣東學海堂刊本。轉引自曹之《中國古籍版本學》臺北：洪葉文化事業有限公司，一九九四年，頁九十五。

識概念，其實源自於「漢儒探尋本義的解經傳統，將作品視為一穩定、不變、也不可改變的意義系統[59]」。

　　這種從著書版本中，尋找作者原作、原意、原貌，定其是非，尋找不變的意義系統的觀念，在民國初年，被廣泛運用在版本複雜的中國傳統小說研究中，《紅樓夢》研究也不例外，主張《紅樓夢》為曹家自敘傳說的胡適，不就是用可靠的版本，考證出《紅樓夢》著者曹雪芹，死於乾隆三十年左右。當時市面上通行的《紅樓夢》，有從程偉元的百二十回所出，一百二十回的程本（有甲、乙兩種版本），與八十回的戚本鈔本，兩種版本，並相信後四十回是高鶚補作，又出借自己收藏的程乙本，給亞東圖書館校勘出版。又介紹、研究鈔本中，庚辰、甲戌本《脂硯齋重評石頭記》，以此正式為新紅學版本學，建立研究典範，提供研究資料，成為《紅樓夢》版本研究的開山祖師[60]。在閱讀小說就是要掌握作者原意、原貌，考定版本源流，剔除後人附會，就可見作者原貌，尋找作者原稿本，就是掌握作者原意、原貌的意義系統觀念下。版本學，成為紅學研究者，尋找作者、定其是非，論己是人非的「新」（來自於西方實驗主義、科學傳統之新）紅學學術楷模。

　　潘重規挑戰胡適曹家自敘傳說，詮釋其明清遺民血淚意義的《紅樓夢》時，除了辨識隱語，書寫漢民族革命精神史外，另一項詮釋重點，就是挑戰胡適的版本學研究典範，企圖在以版本考證為楷模的紅學研究中，建立遺民典範的版本學術基礎。其後，他在香港中文大學組織《紅樓夢》研究小組，創刊《紅樓夢》研

---

[59] 龔鵬程〈文人傳統之形成〉，收於氏著《漢代思潮》，頁一一〇。
[60] 周策縱〈胡適的新紅學及其得失〉，收於氏著《紅樓夢案──棄園紅學論文集》香港：中文大學出版社，二〇〇〇年，頁三十九～四十二。

究專刊，發刊詞中明白指出，小組今後的五項研究方向是：各脂評本與程甲、程乙本的校勘，各脂評本的收集和全面校訂，書中人、物、名等等的索引，各種參考資料的索引與提要的編寫，有關《紅樓夢》研究問題叢書的結集[61]。五項工作有三項，和重建作者原意、原貌的版本工作有關，並且其成果，對於他以明清遺民血淚說，挑戰胡適曹家自敘傳說中，作者原意、原貌的版本系統，建立遺民典範版本系統多有助益。

　　民國六十年，徐復觀在香港報刊，和潘重規發生激烈的紅學研究論戰。他認為潘重規不過是「為他的新解（指曹雪芹只是《紅樓夢》的整理、刪改者）求證據，並且他正根據他這一觀點，編校一部《紅樓夢》新本，以恢復他的本來面目，以建立他的紅學系統[62]」。徐復觀的話，不正是立論於考版本回復作者之本義、作品的原貌之思維，指責潘重規企圖作新校本偽《紅樓夢》，成全自己的紅學系統。我們拋開徐復觀的評論中，對潘重規情緒性的指責意義，而從他與潘重規共同的思維模式來源，那種自漢儒以降，將校書不只視為校書，其實是以校書人所認定的古籍定本，回復作者之本義，定宇宙、古今義理之是非來思考，考版本的任務與目的，不就是要回到結集成書時的原貌，才能回復作者的本義。古今學者確立版本的用意，本就是為了區別作者、作品意義，構成指涉作者意義的思想系統，以定是非。但是，《紅樓夢》光是作者問題，就很複雜，又「流傳有那麼多的抄本，而且這些抄本的底本，又多半是作者還在世時，就陸續流傳出來的稿本，文字互

---

[61]　潘重規〈今日紅學〉，收於氏著《紅樓夢新辨》，頁二四六。

[62]　王世祿（徐復觀）〈由潘重規先生紅樓夢的發端略論學問的研究態度〉香港：《明報月刊》，第七十二期，頁五十七～六十五。轉引自潘重規《紅學六十年》，頁一八八。

有異同。……再就百二十回本來說，先後的排版既有問題，加上乾隆時代的百二十回抄本上又有那麼多塗改，弄得問題更為複雜。這些版本的承傳，關係如何，便難於判斷了[63]」。在確定作者、作品本源、作品流傳，這些考定版本的基礎建構條件，都有困難的情況下，《紅樓夢》的版本研究，所能論定的是與非、真與偽，恐怕是研究者構想範圍內，作者、作品本源、作品流傳、作品意義系統的建構，並以此判斷考證家們，彼此所考察之作者、作品本源、作品流傳、作品意義的是與非、真與偽[64]。潘重規自己不也說：「近二十年來，不斷有新版本、新材料發現，我也不斷和海內外紅學專家，如俞平伯、周汝昌、吳恩裕、吳世昌、趙岡、陳炳良、余英時、馮其庸諸先生有辯詰討論的文章。總之，一切新版本、新材料的發現，不但不曾動搖我基本的看法，反更增強我正確的信念。我現在還要重複我在《紅樓夢新解》所說的話：假如我們看清楚這書的時代背景，鑑定這是一部民族搏鬥下的產物，熟識黑暗時代大眾默認的革命術語，我們再細讀此書時，耳中便彷彿聽見民族志士的呼號，眼中便彷彿看見民族志士的眼淚[65]」。在他的構想中，《紅樓夢》的作者，就是反清復明的民族志士，作品本源就是民族志士的眼淚、民族搏鬥下的產物。版本考據，也只能構想、考據出《紅樓夢》的意義，是民族血淚鑄成的隱書。

---

[63] 周策縱〈紅樓三問〉，同註41，頁二十一。

[64] 自傳派考證家趙岡，在給潘重規的信裡，討論到程刻本的考證時，就說：潘先生認為我們的看法只是構想，這點我絕不否認。其實潘先生的看法也是構想，楊繼振的看法也是構想，《新探》一書絕大部分就是在分析各種對立的構想，看看誰的構想，遭遇到最小的困難與矛盾。文見氏著〈致潘重規先生書〉，轉引自潘重規《紅樓夢新辨》，頁三七六。

[65] 潘重規〈「開天闢地」第一屆國際紅樓夢研討會〉，收於氏著《紅學論集》，頁二五八。

　　潘重規研究版本，挑戰胡適自傳紅學版本研究典範系統，建立遺民典範的學術研究基礎。其具體研究對象包括了：《紅樓夢》避諱研究，脂評本《紅樓夢》、《乾隆鈔本百廿回紅樓夢稿》、甲戌本《石頭記》、己卯本《脂硯齋重評石頭記》、《國初鈔本原本紅樓夢》等鈔本系統《紅樓夢》校考、研究，再加上訪查、研究列寧格勒本《紅樓夢》，最後花了十年的時間，校出一本他認為，比程刻本更符合原稿的《乾隆一百二十回全鈔本校定紅樓夢》。所建立的研究成果是：曹雪芹不是《紅樓夢》的作者，只是《紅樓夢》的整理、抄寫、刪改者，高鶚不可能補作後四十回，他和曹雪芹一樣都是整理、抄寫、刪改《紅樓夢》的人，脂硯齋是整理、評閱所見《紅樓夢》本子，寫成清抄，預備出版的紅迷。《紅樓夢》另有原作者，乃是反清復明的志士。一百二十回《紅樓夢》，都是反清復明的志士之原作，著書意義是記載民族的沈痛、民族的血淚。

　　胡適引《紅樓夢》第五十二回，敘述晴雯抱病苦撐，掙扎著補完雀金裘時說：「一時只聽自鳴鐘已敲四下，剛剛補完」。庚辰本此句脂批云：「按四下乃寅正初刻，寅此樣（寫）法，避諱也」。認為是曹雪芹避祖父曹寅的諱，也是曹雪芹作《紅樓夢》的證據。潘重規則舉出《紅樓夢》第二十六回，薛蟠說看到一張好畫，落款是「庚黃」，寶玉懷疑不是這個名字，在手心裏寫了「唐寅」兩字這一情節，第十四回、六十九回也寫到「寅」時三例，指出《紅樓夢》作者在此，又是手犯、又是嘴犯寅字的諱，而且，第五十二回此句是文學描寫手法，不是避諱的手法，認為這條脂批最多只能論證《紅樓夢》是曹雪芹或曹府人士所抄，不能論證《紅樓夢》作者是曹雪芹[66]。而《紅樓夢》各鈔本中，更存在著不避順治

[66] 潘重規〈脂評紅樓夢新探〉，收於氏著《紅樓夢新解》，頁一一三～一一五。潘

皇帝福臨名諱。康熙皇帝名玄燁，只有甲戌本不避，其他的本子
多多少少都有避諱或缺筆。雍正皇帝名允禎，及與其字形相近禎
字，除了甲戌本出現一個禎字，其餘各本，都是改字或改句。乾
隆皇帝名弘曆，甲戌本上沒有這兩個字，其餘各本弘字缺末筆。
乾隆次子永璉，曾被定為太子，而《紅樓夢》中賈璉的「璉」字，
卻不避太子名諱。清太祖努爾哈赤次子禮親王名代善，而《紅樓
夢》中賈代善的「代善」兩字，卻完全不避親王名諱。《紅樓夢》
中不避乾隆寶親王稱號中之「寶」字，不避皇帝專用的「敕」字，
庚辰本第十八回、五十三回出現「大明宮」字句，完全不避「明」
字。庚辰本第六十三回，大談夷夏之防，第二回、第三回不避明
朝地名應天府、江寧府[67]。這些避諱的證據，都顯示了《紅樓夢》
的作者，不是胡適所考定的旗人曹雪芹。

　　胡適根據庚辰本脂硯齋批語，認為脂硯齋就是《紅樓夢》作
者曹雪芹，書中的主角寶玉。潘重規認為脂硯齋是讀《紅樓夢》
著迷入魔的紅迷，他的批語是受《紅樓夢》情節的麻醉催眠後，
隨著書中主角、情景的幻化，有時化身為寶玉，有時化身為書中
人物的親戚，和書中人物打招呼。脂批所謂的真人實事，只是誇
張頌揚《紅樓夢》作者描寫人物、世態的逼真，這些都是紅迷的
囈語，紅迷共鳴、幻想的文學世界，不是實話，不是實事，不能
當真，拿來作為考證作者與其家世的依據。從脂批對《紅樓夢》
的共鳴，脂硯齋應是幼年失母，少年畏嚴父，姊氏早逝，兒子夭
折，家庭中受小人撥弄是非，世途偃蹇，頗不得志，出身於仕宦
之家的旗人。關於《紅樓夢》的作者，脂批在第一回評語說：「壬

　　重規〈論紅樓夢的避諱〉，收於氏著《紅學論集》，頁一四八～一四九。
[67] 潘重規〈續談紅樓夢的避諱〉，收於氏著《紅樓血淚史》，頁一四九～一五九。

午除夕，書未成，芹為淚盡而逝」。與前一節所引「此書百回」的明文，互相抵觸。二十二回總批又說：「此回未成而芹逝矣」，分明是互相矛盾。所以，脂批中所指稱的作者，應有兩人，一是指極端崇拜，到了宗教狂熱地步的隱名原作者，一是指曾在脂硯齋建議下，增刪原作若干章回，但只增刪到二十二回，便已逝世的摯友曹雪芹[68]。

　　吳恩裕引敦敏、敦誠、永忠、明義、裕瑞詩文，故宮所藏曹頫手摺等資料，認為《紅樓夢》的作者是曹雪芹。潘重規認為永忠、明義與曹雪芹素昧平生，與曹雪芹沒有直接的關係，他們會認為曹雪芹是《紅樓夢》的作者，得自於脂硯齋評本錯誤的資料。敦敏、敦誠與曹雪芹交誼深切，著作中卻沒有隻字提到曹雪芹是《紅樓夢》的作者，引用兩人記懷詩、輓曹詩詩文內容，都是揣測之詞，沒有確實證據。依敦敏、敦誠兩人的年齡，程刻本《紅樓夢》問世時，應在人世，兩人與曹雪芹家人應會看到此書，為何高鶚、程小泉「不知作者何人」在先，而兩人與曹雪芹家人，都沒有任何幫曹雪芹爭取著作權的動作。吳恩裕說：「曹頫手摺之小楷，酷似庚辰本《紅樓夢》脂硯齋批中之若干條」。曹頫在康熙五十七年開始寫密摺，假設他那時曾手批《紅樓夢》，曹雪芹卻尚未誕生，或正在襁褓中。故《紅樓夢》的作者，當然不是曹雪芹[69]。

　　胡適、周汝昌都有考索曹雪芹的生卒年，胡適認為曹雪芹生於康熙五十七年戊戌（一七一八），卒於乾隆二十七年壬午除夕（一七六二），得年四十五歲。周汝昌認為曹雪芹生於雍正二年甲辰（一

---

[68] 潘重規〈脂評紅樓夢新探〉，收於氏著《紅樓夢新解》，頁六十九～一四二。
[69] 潘重規〈紅樓夢的作者和有關曹雪芹的新材料〉，收於收於氏著《紅樓夢新解》，頁一四三～一四八。

七二四），卒於乾隆二十九年癸未除夕（一七六四）。潘重規認為
考證曹雪芹生卒年的真正依據，只有甲戌本第一回批語云：「壬午
除夕，書未成，芹為淚盡而逝」，足以證明。其他如胡適以曹家繁
華為依據，讓曹雪芹早生五年，出生於康熙末年，好趕上曹家的
繁華。周汝昌以敦敏〈悼亡詩〉、〈小詩代簡寄曹雪芹〉作於癸未
為依據，認為甲戌脂批誤記癸未除夕為壬午除夕。馮其庸以曹雪
芹妻子芳卿的悼亡詩句，「亢詠玄羊重克傷」為依據，認為玄羊就
是癸未，繼而支持周汝昌的說法。這些說法，驗證於客觀的事實，
批語是「壬午除夕，書未成，芹為淚盡而逝」，〈悼亡詩〉詩文是
「四十年華付杳冥」，〈小詩代簡寄曹雪芹〉詩文是「亢詠玄羊重
克傷」。以曆法來算，壬午除夕是洋曆一七六三年二月十二日，已
經過了癸未年立春（癸未年立春應在一七六三年二月四日或五
日），普通人說的壬午除夕，星象、算命家依節氣排算，自然算是
癸未末年。所以卒年就是壬午除夕，生年往上推四十年，自然是
雍正二年甲辰。就曹雪芹的生卒年，和《紅樓夢》成書流傳時間
來看，說曹雪芹是《紅樓夢》的作者，也是大有問題，無法配合
的說法[70]。因為現存《紅樓夢》最早的本子，是乾隆十九年《脂硯
齋重評石頭記》鈔本，它第一回說：「空空道人將這石頭……從頭
至尾，抄錄回來，……改石頭記為情僧錄，至吳玉峰題曰紅樓夢，
東魯孔梅溪則題曰風月寶鑑。後因曹雪芹于悼紅軒中，批閱十載，
增刪五次，纂成目錄，分出章回，則題曰金陵十二釵。……至脂
硯齋甲戌抄閱再評，仍用石頭記」。這段話提及的增刪、纂成目錄，
分出章回情事，從整理各版本脂批的工作，已經可以證實確有其

---

[70] 潘重規〈從曹雪芹的生卒年談紅樓夢的作者〉，收於氏著《紅樓血淚史》，頁一
　　二三～一二八。

事[71]。加上考察現藏較早、較優的脂評鈔本──列藏本，與甲戌本、庚辰本、有正本間回目分合、題詩的情況，已經說明沒有分回、沒有回目的《紅樓夢》，是最接近原稿的《紅樓夢》[72]。曹雪芹只是批閱、增刪《紅樓夢》，纂成目錄，分出章回的人。再加上〈甲戌本凡例紅樓夢旨義〉，說：此書的總名是《紅樓夢》，《風月寶鑑》、《石頭記》、《金陵十二釵》，都是《紅樓夢》的別名。脂硯齋甲戌抄閱再評《石頭記》時，雪芹的年齡，應該是三十歲左右，上推十年或十餘年，增刪五次，纂成目錄，分出章回，題曰金陵十二釵時，應該是二十歲左右。如果作者是曹雪芹，以《紅樓夢》這樣的大著作，沒有十年八載不能完成，照此推算，難道雪芹在十歲或八歲時，就開始創作《紅樓夢》這部大書嗎？何況，如果曹雪芹是原作者，脂硯齋甲戌抄閱再評時，為何要改掉摯友曹雪芹親定的書名呢？如是，曹雪芹當然不可能是《紅樓夢》的作者[73]。

綜合以上對他人版本研究，作者意義系統論述的質疑，與自己實地整理（脂評本批語），考察的版本系統（列藏本）為佐證。《紅樓夢》的原作者，當然不是歷史上，生於雍正二年甲辰（一七二四），卒於乾隆二十九年癸未除夕（一七六四），為旗人曹寅家族成員的曹雪芹，他只是批閱、增刪《紅樓夢》，纂成目錄，分出章回的人。而真正的原作者，是隱名的反清復明志士。

---

[71] 潘重規〈從脂批看整理紅樓夢的工作〉，收於氏著《紅學論集》，頁九五～一○四。

[72] 潘重規〈列寧格勒鈔本紅樓夢考索〉，收於氏著《紅學論集》，頁一六九～二一五。

[73] 潘重規〈從曹雪芹的生卒年談紅樓夢的作者〉，收於氏著《紅樓血淚史》，頁一三一～一三二。

　　胡適引張問陶詩〈贈高蘭墅鶚同年〉,「豔情人自說紅樓」句,
註云:「紅樓夢八十回以後,俱蘭墅所補」。程偉元程甲本序文,
自述得書由來為:「數年以來,僅積有二十餘卷。一日,偶於鼓擔
上得十餘卷,遂重價購之」。程偉元、高鶚引言云:「是書開卷略
誌數語,非云弁首,實因殘缺有年,一旦顛末畢具,大快人心。
欣然題名,聊以記成書之幸」。認為張問陶直說後四十回是高鶚補
作,高鶚的序言與引言也不諱此事,程偉元自述購書事,太過奇
巧。這些都是前八十回與後四十回,決不是一人所作,後四十回
是高鶚補作的鐵證。而俞平伯從內容指出,有三個理由可證明後
四十回的回目,也是高鶚補作。首先,第一回自敘的話都不合。
胡適補述說:《紅樓夢》開端明說一技無成,半生潦倒,明說蓬
牖茅椽,繩床瓦灶,豈有到了末尾說寶玉出家成仙之理?其次,
史湘雲的丟開。胡適補述說:照第三十一回的回目:「因麒麟伏
白首雙星」看來,史湘雲後來應該與寶玉做夫婦,不該此語全無
照應。第三,不合作文的程序。以此看來,後四十回不是曹雪芹
做的,而是高鶚補作[74]。

　　潘重規認為,張問陶詩註只說是高鶚所「補」,而不是「補作」,
只能說是略有部分修補,而不可說全是補作。而且張問陶詩,不
過是泛泛應酬話,如果他遇到程偉元,一樣也會送「豔情人自說
紅樓」給他。程偉元自述購書事,非旦不奇巧,而且歷史上不乏
如此掌故,胡先生自己考證《紅樓夢》版本時,也有類似奇遇。
為何胡先生從不懷疑自己的奇遇呢?胡先生假設寶玉是曹雪芹,

---

[74] 胡適〈紅樓夢考證〉,收於《紅樓夢》上海:亞東圖書館,民國十年,序文。
　　轉引自潘重規〈胡適紅樓夢考證質疑〉,收於氏著《紅樓夢新解》,頁五十三~
　　五十六。

曹雪芹不曾出家，所以第一回自敘的話都不合結局了。但依自敘中有一僧一道與石頭談話，石頭求僧道，使其去人間安享榮華富貴，寶玉出家，豈不正應了下凡前，僧道所云：「我如今大施佛法，助你助。待劫終之日，復還本質」。況且，第三十回中，寶玉反覆說要做和尚。第二十二回中，寶玉聽曲文悟禪機，不正是寶玉出家的伏筆與先聲。由前八十回的敘述看來，寶玉的婚姻關係，主角是寶釵，寶玉有玉，寶釵有金鎖，兩人的姻緣是金玉姻緣，唯一可抗衡的是黛玉與寶玉的木石姻緣，哪有湘雲的機會。以上胡適、俞平伯所說，種種高鶚作偽的鐵證，沒有一樁是鐵證[75]。

　　吳世昌〈從高鶚生平論其作品思想〉一文，根據高鶚作《月小山房遺稿·重訂紅樓夢小說既竣題》詩，考定作詩時間為乾隆五十七年壬子（一七九二），程乙本刪改完後所作。詩文云：「老去風情減昔年，萬花叢裏日高眠。昨宵偶抱嫦娥月，悟得光明自在禪」。由內容可推知：首先，高鶚在「風情未減」以前的「昔年」，他對這部小說所下的工作，決不止於修訂，而實為續作後四十回。只有在風情已減之後，才只能作些「重訂」的工作。其次，既云「昔年」，可知續書之作乃在風情未減之昔年，亦即遠在中舉（一七八八）之前。減去風情，意味著一個人從中年進入老境，不是三、四年之間的事。第三，續作既非成於去年或前年，則程偉元於乾隆辛亥（一七九一），在程甲本序中所謂鼓擔收購，請友人高鶚襄助修輯之說，即不可信。因為如果僅為修輯成稿，則不消一、二年間即可完工。這樣高詩就不應該稱「昔年」。第四，由以上三點可知，高鶚補作遠在程刻本之前，所以未有程刻本前，就有百二十回鈔本《紅樓夢》，並不為過。更由乾隆鈔本《紅樓夢》稿的

---

[75] 潘重規〈胡適紅樓夢考證質疑〉，收於氏著《紅樓夢新解》，頁五十六～六十四。

後四十回原鈔文字較簡單，後來又另據他本添改得和程甲本差不多這一事實，可證原鈔未改部分乃據高氏初稿本，後添部分則為高氏增訂本，可見高氏續作也是時時增刪，歷有年所[76]。

　　潘重規認為，根據高鶚此詩，唯一能得關於《紅樓夢》的材料，僅僅在於題目，高鶚是否續作後四十回，題目與詩文內容都無涉及，也無法看出來，況且題目的意思是說：數次、積年重訂《紅樓夢》小說，不是續作後四十回。吳氏抓住「昔年」二字，把高鶚續書的時間提早到程刻本之前，以辯駁為何在程高刻書前即有百二十回《紅樓夢》一事，於文於理，都說不通。百二十回鈔本《紅樓夢》，是程乙本付刻前的底本，校考後四十回修補的狀況，保存原稿字句的努力，正是符合程高引言的說明，吳君的斷案，毫無憑證[77]。

　　如是，胡適、俞平伯、吳世昌關於《紅樓夢》有前八十回與後四十回，是兩個不同的文本，高鶚續作後四十回的推斷，便被質疑的一無是處。但真正論證高鶚和曹雪芹一樣都只是整理、抄寫、刪改《紅樓夢》的人，一百二十回《紅樓夢》，都是反清復明的志士原作的證據，建立遺民紅學的學術典範的工作，卻是《乾隆鈔本百廿回紅樓夢稿》這部書的校定，定本與勘行善本。

　　《乾隆鈔本百廿回紅樓夢稿》，是一部引起紅學家頗多論戰的《紅樓夢》鈔本，潘重規對此書的看法，首先，認為此鈔本是高鶚手定的《紅樓夢》稿本，也是他整理《紅樓夢》過程中的「全

---

[76] 吳世昌《散論紅樓夢》香港：建文書局，民國五十二年十月。轉引自潘重規〈高鶚補作紅樓夢後四十回的商榷〉收於氏著《紅樓夢新辨》，頁六十五～六十六。
[77] 潘重規〈高鶚補作紅樓夢後四十回的商榷〉收於氏著《紅樓夢新辨》，頁六十七～八十三。

本」與「定本」。其次，高鶚對前八十回的修訂近於「校補」，後四十回的修訂近於「創作」。第三，此一鈔本，確是高鶚程偉元付刻前的底本，其原稿確是程高以前人的作品，由此可判斷《紅樓夢》後四十回確不是程高所偽作[78]。第四，鈔本的前八十回，是程高整理《紅樓夢》時，廣集各種脂評鈔本，命抄手將舊本重抄，抄手不只一人，所以字體筆跡有異。第五，這鈔本的前八十回文字，不但確出於脂本，而且還勝於諸脂本。第六，就文章修辭、文字改文潤色而言，此鈔本的貢獻也極大。最後，此鈔本是唯一有後四十回的鈔本，動搖了向來認為只有八十回的鈔本《紅樓夢》系統，與一百二十回的刻本《紅樓夢》系統，也證明了胡適從脂評八十回《紅樓夢》鈔本，考證《紅樓夢》前八十回與後四十回，不是一人所作的說法，並不正確[79]。

　　所以，潘重規最後用《乾隆鈔本百廿回紅樓夢稿》，這部可以論證《紅樓夢》前八十回與後四十回，不是一人所作，《紅樓夢》後四十回確不是程高所偽作，其原稿確是程高以前人的作品，出於脂本，而且還勝於諸脂本，文章修辭、文字改文潤色貢獻極大的《紅樓夢》文本，花了十年時間，整理勘對出校定本。這本校定本，也是他建立其紅學主張：曹雪芹不是《紅樓夢》的作者，只是《紅樓夢》的整理、抄寫、刪改者，高鶚不可能補作後四十回，他和曹雪芹一樣都是整理、抄寫、刪改《紅樓夢》的人，脂硯齋是整理、評閱所見《紅樓夢》本子，寫成清抄，預備出版的紅迷。《紅樓夢》另有原作者，乃反清復明的志士，一百二十回《紅

---

[78] 潘重規〈讀乾隆抄本百廿回紅樓夢稿〉、〈續談新刊乾隆抄本百廿回紅樓夢稿〉收於氏著《紅樓夢新辨》，頁一～三十五。

[79] 潘重規〈十年辛苦校書記〉，收於氏著《紅學論集》，頁一一一～一三四。

樓夢》，都是反清復明的志士的原作，著書意義是記載民族的沈痛、民族血淚意義系統，對抗胡適自傳紅學的遺民紅學典範。

五、結論：「民族沈痛」的血淚中國

從以上分析，我們可以整理、小結潘重規《紅樓夢》論述體系，是視《紅樓夢》為中國民族精神的載體，反映了漢族歷史記憶。這些歷史記憶被滿族強制以文字獄、禁書、禁毀目錄、用編輯《四庫全書》為由，行刪改書籍之實。只有在明著明刊、明季遺獻中，所蘊藏之漢族歷史記憶，是中國傳統中，真正的國學，是中國接受西方思想，開展新局面的基礎，是新中國與舊中國間連續的基礎，由此才能夠建立「現代性」新中國。反清復明的主流革命志士，在《紅樓夢》中用隱曲文辭、傳奇、遺留革命種子，建構了中國文化的真正傳統，保存了中華民族精神的象徵。瞭解這些人與其學術，便成為中華兒女延續將絕的民族命脈，極為重要、神聖、堅毅的任務，這些便是他所建構的「中國性」內涵。以章太炎的文字、聲韻學概念，及胡適尋找作者原作、原意、原貌，定其是非，尋找不變的意義系統，科學的版本學觀念。確立他的《紅樓夢》研究之現代性與合理性。而保存在《紅樓夢》中，民族的搏鬥、黑暗時代大眾默認的革命術語，民族志士的呼號，民族志士的眼淚，是建立「中國又現代」的文化、社會主體，所不可或缺的精神。

潘重規以「民族沈痛」的血淚中國，想像、論述《紅樓夢》的「中國性」，奠基於南京中央大學，受教章太炎、黃季剛等師長，在「師長督促下，剛日讀經，柔日讀史，涉獵顧、黃、王三先生

作品，縱觀南明野史，清代文字獄檔案」。從章、黃經學與史學的視野下，他認為小說在中國古代是一門「學術」，小說家是「有益治道的諸子百家的一家，小說的作者是管莊孟荀一流的人物，小說家的作品，是儒墨諸家同類的學術文章，小說在中國古代的地位，等同於經、子類典籍。小說的內容是作者「思想」，此思想是作者面對其所生存的時代、社會、政治問題，所提出的看法與觀點。而小說的功用與效應，在於以生動的故事形式，保存、散播作者觀點下的時代、社會、政治問題，並影響時代風氣。而用來解讀《紅樓夢》中，作者對其生存時代問題看法的學術知識，就是明代遺民、南明野史、清代文字獄檔案研究學。

　　但民國初年，由章太炎領軍的明代遺民、南明野史、清代文字獄檔案研究，其目的是為了有別於滿族，及其治理下的落後舊中國。重建一個以漢族為首，「中國又現代」的文明新中國。國粹運動有滿族與西學兩個參照系：相對於滿族，則國粹的重要部分，即貯存在歷史、小學、典章制度中的漢族歷史記憶，其實是要恢復被滿族強制以文字獄、禁書、禁毀目錄、用編輯《四庫全書》為由，行刪改書籍之實，所壓抑的明著明刊、明季遺獻，與其中所蘊藏之漢族歷史記憶，對滿清異族政府形成顛覆批判的作用，達成整合、團結漢族，推翻奴役中國的滿清異族。相對於西學，被章太炎等人認可的國粹，是中國傳統中，真正的國學，是中國接受西方思想，開展新局面的基礎，是新中國與舊中國間連續的基礎。如是，明季遺民的形象，便從明清之際，遭遇政治、道德上自我認同困境，以存明、存宗為生存價值，以述宋為自我訴說，義理辨析為經學主流，治親身經歷的「明」史為共同事業，以歷史為文，以社會文化解詩，以詩存史，那種選擇主流社會邊緣位

置，或者完全拒絕進入主流社會，隱逸、傳奇、遺留之士。在清末民初，被「發現」成為拒絕滿清社會主流文化，用文辭隱曲、傳奇、遺留革命種子，反清復明的主流革命志士，中國文化的真正傳統，中華民族精神的象徵。瞭解這些人與其學術，便成為中華兒女延續將絕的民族命脈，極為重要、神聖、堅毅的任務。

秉持著這種學術研究的先存經驗，再加上現實生活中，他經歷對日抗戰、國共內戰，而花果飄零於大陸、新加坡、香港、臺灣各地，四海為家，四海不是家的生命歷程。當他面對異族（日本）入侵中國，異文化主張（共產黨）入主中國的情況，明末清初遺民的歷史記憶，遂有解除鄉關何處的辛酸，與承擔、重建文化之粹的薪傳與使命。是故，當他在海外（指旅居新加坡之事），觀亭林之詩，以窮亭林之旨歸，以見亭林之心志，那是「河山有恨，望極中華；日月依辰，痛深元旦。死終是客，別豈無家，數十年流離危苦之詞，以視澤畔行吟，其悽惻為何如也？後之覽者，亦可以哀先生之志矣」！顧亭林為了保存中華文化、民族精神，反清復明，執著於一己的理想，甘願放棄進入主流社會，與隨之而來的榮華富貴，數十年流離危苦，義無反顧的精神與行為。不正是潘重規客途南洋，卻詮釋顧亭林韻目式隱語詩，與《紅樓夢》中反清復明隱語新解，出版研究專著。散居香港，竟成立《紅樓夢》研究小組，發行研究專刊，在境外用不同的角度，研究中國文化、學術遺產。定居臺灣，未經報備，不懂俄文，冒著被槍斃的危險，勇闖共黨鐵幕列寧格勒，搜尋散落俄國的《紅樓夢》、敦煌學古籍遺編；以境外遺民的身分，期望能對中華民族有所貢獻，志之所向、心之所往、劍及履及的行為實踐。而那遠離了的現實中國，流浪在外的異鄉生活，在重建、詮釋文化中國的民族精神

大任之下，也成為可以接受的生存方式。如是，遺民，是文學批評家潘重規，考證《紅樓夢》作者，認為是甘居社會邊緣位置，遠離故土，維護民族大義的作者之文化位置。也是讀者潘重規，閱讀《紅樓夢》的文化位置，更是學者潘重規，生命歷程的文化位置。

　　在《紅樓夢》詮釋活動中，他就是以「明遺民學」，這種真正的國學，中國接受西方思想，開展新局面的基礎，新中國與舊中國間連續的基礎，為閱讀的標準。用遺民歷史解讀文學，以遺民文化解讀詩歌，以詩歌保存遺民歷史，以韻目索遺民《紅樓夢》隱語。用「科學」的版本學，建構其學術研究的「世界性」、「現代性」。最後建構出《紅樓夢》的「中國性」內涵——「遺民血淚史」。

　　由此可知，潘重規把近代中國命運的焦慮，中國文化失落的焦慮，中國文人救國的焦慮，中國文人流離的焦慮，一起讀進了《紅樓夢》中。這些焦慮，使他必須強調一定要，「熟讀深思，涵詠全書描寫的內容和結構；高瞻遠矚，洞觀整個時代和文學傳統的歷史背景，庶幾能體會《紅樓夢》作者的苦心，纔不致抹殺這一段民族精神的真面目[80]」。因此，作為一部反映歷史的隱書——《紅樓夢》，它所反映的普遍真理，當然是「經過千災萬難，永不低頭的中華民族靈魂」(漢民族靈魂)，而這個永不低頭的中華(漢)民族靈魂，正是使中國能擺脫被列強侵略、被斥禍荼毒，建立現代化、富強的新中國，躋身世界大國之林，最有力的武器。建立「中國又現代」的文化、社會主體，所不可或缺的精神。現代中

---

[80] 同註15，頁八。

華兒女，中國學術研究者，又怎能不發掘，保存在《紅樓夢》中，那些在清朝高壓統治時代，為了中華（漢）民族而搏鬥，為了打倒黑暗時代而努力，種種民族志士的革命術語，民族志士的呼號，民族志士的眼淚呢！

第三章

文化、生活、性靈──林語堂紅學論述

一、前言：腳踏東西後的文化回歸

　　林語堂（一八九五──一九七六），清光緒二十四年，生於福建龍溪。十歲時到廈門尋源書院讀書，民國六年考進上海聖約翰大學。畢業後到北京清華大學教英文。三年後，和廖翠鳳女士結婚，同赴美國留學，入哈佛大學研究比較文學，獲碩士學位。翌年，赴德國耶那大學、萊比錫大學研究語言學，獲博士學位。回國後，在北京大學、北京師範大學、女子師範大學等校任教，其後並兼任女師大教育長。民國十五年，任廈門大學文學院院長，不久辭職，任武漢國民政府外交部秘書。翌年辭職，赴上海專心著作。其後九年，著作、翻譯多種書籍，創辦《論語》、《人間世》、《宇宙風》等刊物，提倡幽默小品文。編著的《開明英文讀本》，是當時最受歡迎的初中英文教科書。民國二十四年，以英文寫作《吾國與吾民》，並在美國出版，被視為關於中國人和中國文化的經典作品。翌年全家移居美國，繼續向西方介紹東方文化。民國四十一年，出任新加坡南洋大學校長，旋即離去，恢復寫作生活。民國五十四年，應聘為香港中文大學研究教授，同年回臺灣定居。

開始為中央社撰寫無所不談專欄，重編《新開明語堂英語讀本》，擔任中國筆會會長，編纂《林語堂當代漢英辭典》，出版紅學專書《平心論高鶚》。民國六十五年三月二十六日病逝香港聖瑪麗醫院，享年八十一歲，安葬於臺灣陽明山仰德大道住所後院，此處並被規劃為林語堂先生紀念圖書館，開放各界人士閱覽研究[1]。

　　林語堂在民國三十幾年，曾用英文撰寫自傳，分析自己的思想與經驗。在這篇文章中，描述出一位基督教牧師的小孩，童年時居處於自然山水間，擁有快樂的家庭生活，從小就傾向於哲學問題，為了上帝與永生問題，斤斤辯論。也因為基督教的關係，從小得知西方與西洋的一切新東西。與自然的密切接觸，樹立了超然立身處世觀，用儉樸的農家子弟眼光來觀看人生、成為一生智識、道德的後盾，不至以後流為政治的、文藝的、學術的、和其他種種的騙子。因為是牧師的小孩，中學、大學都就讀教會學校，接受英文與西方文化教育，完全中止讀漢文，所以中文基礎很差，上海聖約翰大學的生活，教導他對於西洋文明和普通西洋生活，具有基本的同情，令他以後自海外留學回來後，對於中國的文明欣賞與批評，能有客觀的、局外的觀察態度，自己是西洋製造的頭腦，中國的心靈。在美國、法國、德國海外遊學時，鑽研了許多中國書籍，並努力研究中國語言學。常徘徊在中國與西方兩個世界中，最後選擇了「兩腳踏中西文化，一心評宇宙文章」的生活，對外國人講中國文化，對中國人講外國文化。以一個孩子似的眼睛，注視這奇異的世界，關於中國和外國仍有好多東西是值得去探險與學習[2]。

---

[1]　見林太乙《林語堂傳》臺北：聯經出版公司，民國七十八年，封底介紹文。

[2]　林語堂〈林語堂自傳〉，收於氏著《無所不談合集》臺北：開明書店，民國六

這篇文章，林語堂替自己定位為：自然、快樂的農家牧師子弟，擁有西洋製造的頭腦，中國的心靈。最後決定過著探險、學習、講述中、西文化的生活。其後，林太乙撰寫《林語堂傳》時，大抵沿著此一方向，書寫林語堂的思想。可以這麼說，林語堂是以自然、有情的眼光，觀看中西文化，用文學為中西雙方，傳遞各自的文化內容。作為文化傳遞者的林語堂，其傳遞的內容，在不同時期，有不同的面貌，與相同或不同主張的學者，擦出不同的火花。

民國十三、四年，北京《語絲》週刊時的林語堂，與魯迅、周作人同為語絲社的同仁，在同仁刊物《語絲》中，多寫些雜文、散文、翻譯作品與語言學論文。經常批評政治，被視為北大的激烈教授，雖然與胡適友好，都是自由主義者，卻不屬於胡適的《現代評論》雜誌派，並認為《現代評論》的人是士大夫，能寫政論文章，適於做官[3]。

民國十七、八年，上海《奔流》月刊時的林語堂，在魯迅、郁達夫主編的這本刊物中，寫了一部描寫春秋戰國時代淫蕩的王妃南子與孔子見面時的情形，藉以諷刺舊禮教的獨幕悲喜劇《子見南子》。書寫南子主張男女無別、一切解放、自然之禮，這種禮與孔子主張的男女有別之禮，大不相同，經過兩人會晤後，孔子才明白真正的詩、真正的禮、真正的樂、真正的藝術與人生[4]。結果引起孔氏家族控訴他，污辱孔氏祖宗。這件事使林語堂漸為人知、聲望更大。同一時期，英文《中國評論週報》寫小評論家專

十三年，頁七一六～七四五。

[3]　同註1，頁六十～六十一。

[4]　林語堂〈子見南子〉，收於氏著《林語堂的思想與生活》臺北：金蘭出版社，民國七十三年，頁二〇一～二三一。

欄的林語堂，開始用英文寫風趣的小品文，建立起傑出英文作家的名望[5]。

　　民國二十一年，在上海創辦《論語》半月刊，民國二十三年創辦《人間世》半月刊的林語堂，醉心晚明公安、性靈派，獨抒性靈、不拘格套的散文，提倡現代散文要抒發性靈，自然幽默。主張幽默是一種從容不迫的態度，性靈文學就是自己的筆調。在《論語》每期寫時事短評，竭盡戲謔嘲訕之能事，話裡帶刺而不尖酸刻薄，使讀者會意而啼笑皆非、妙悟而破涕為笑，有幽默大師的稱號。《人間世》是中國第一本純散文小品刊物，以自我為中心，以閒適為筆調，專刊一些平和沖淡、抒寫性靈的小品文。因此，和魯迅、左派文人展開一場文化、文學的論戰，結果兩人從此道不同不相為謀。這場論戰是一場中國文化、社會內容論戰，也是文學的功用論戰。魯迅認為中國充滿仁義道德的文化只是「吃人」，而林語堂認為文學只是「性靈的表現」。魯迅對世界、社會的醜惡處處抗戰到底，所以視筆如刀，視小品文為匕首。林語堂卻認為人生或世界，不無靜觀自得之處，文學不是政治的武器。為了對抗《人間世》，左派先後出版《新語林》、《太白》、《芒種》等半月刊來打對臺[6]。

　　民國二十三年，在賽珍珠的鼓勵、推薦下，林語堂開始以中國為題材，用英文撰寫《吾國與吾民》，向西方世界介紹中國人、中國人的性格、中國人的心靈、中國人的人生理想、中國的婦女生活、社會生活、政治生活、文學生活、藝術生活、人生的藝術為何？《吾國與吾民》在美國出版，四個月間印行七版，成為暢

---

[5]　同註1，頁七十二～七十五。
[6]　同註1，頁八十三～八十七、一一五～一一七。

銷書。下一本書《生活的藝術》，寫中國詩人曠達胸懷、高逸退隱、陶情遣興、滌煩消愁的人生哲學，在他筆下，指出一些最會享受人生的中國文人，其中莊子是發現自己人生者，孟子是情智勇的人生，老子是玩世、愚鈍、潛隱的人生，子思是中庸的人生，陶淵明是愛好人生者，金聖嘆是享受人生者。這本書被美國每月讀書會，選為一九三七年十二月特別推薦的書籍，成為另一本暢銷的書籍。也使林語堂成為中國海外代言人，國內外的大紅人，各方演講邀約不斷。開創了英文寫作事業，到他去世前，在英美兩國總共出版了《吾國與吾民》、《生活的藝術》、《孔子的智慧》、《京華煙雲》、《諷頌集》、《風聲鶴唳》、《中國印度之智慧》、《啼笑皆非》、《枕戈待旦》、《蘇東坡傳》、《唐人街》、《老子的智慧》、《心靈的平靜》、《杜姑娘》、《美國的智慧》、《寡婦、尼姑與歌妓：英譯三篇小說集》、《短篇小說集》、《英譯重編傳奇小說》、《短篇小說集》、《英譯重編全寡婦的故事》、《朱門》、《遠景》、《武則天傳》、《匿名》、《中國的生活》、《由異教徒到基督教友》、《帝國京華：中國七百年的歷史》、《紅牡丹》、《不羈》、《賴柏英》、《逃向自由城》[7]，共十九部以東、西方文明（主要是中國文明）為題材，創作或翻譯的散文、小說、傳記、演講作品。卻也因此遭受批評，在國內，有人將《吾國與吾民》（My Country and My People）譯成「賣 Country and 賣 People」指責他出賣國家，左派文人批評他回中國騙飯吃，以東方文化有限的瞭解，而在美國大賣野人頭，羞辱國家民族，羞辱了中國的優良傳統。本來是研究文法，後來感到吃力不討好，才中途出家，弄點小聰明而致力於幽默。

---

[7]　秦賢次〈當代作家研究資料彙編之一：林語堂卷二〉臺北：文訊月刊，第二十二期，民國七十五年二月，頁三○四～三○七。

《枕戈待旦》揭露國共關係真相，被美國親共人士，指責報導不正確，是被蔣介石收買的宣傳員，連賽珍珠與自由派人士也懷疑他[8]。

　　民國四十二年底，新加坡南洋大學執行委員會主委陳六使，邀請林語堂出任英屬新加坡南洋大學校長，替這所位於英國殖民地的中文大學掌舵。結果又捲入了馬共活動漩渦中，林語堂相信，在北京的壓力下，陳六使主導報紙攻擊林語堂，使得學校的捐款越來越少，校董對他越來越冷淡，歷經了三個禮拜的談判，最後，林語堂與其同來的十一位教職員，同時辭職，這是他與共產黨間，又一次交手的經驗。為了讓世人認清國際共產黨真相，他在《匿名》一書中，從歷史的觀點，探討蘇俄變成共產黨國家的過程，認為自由世界若是再採取守勢，將會在冷戰中遭到失敗。並且，從以人文主義為宗教（認為人是理性的動物，有知識人就會進步，世界就會變得更好），視東方的道、佛教精神為生活的藝術，變成對人文主義的信仰越來越不安，在東方宗教中找不到解答的他，再度轉向童年的基督教信仰，再次皈依基督教[9]。

　　民國五十三年，在馬星野的邀請下，林語堂開始在中央社寫中文專欄，這是他經過三十年後，首次用中文寫作。這些文章分成兩個部分，第一部分是主張溫情主義，主張有情的人生觀，認為作文、做人，都是一樣，誠便是真，去偽崇真，便是好人，《紅樓夢》佳文，也是一「真」字而已。反對虛偽的宋明理學，希望大家能明白孔孟非程朱，程朱也非孔孟，復興文化，不是復古而已，是切實認清，始能與現代人融合。每個國家都有他文化的特

---

[8]　同註1，頁一六一、一七一～一七六、一九八、二○三～二○四、二二二。
[9]　同註1，頁二六五～二七七、二八六～二八八。

質，學習西方，也不是胡亂學習，西方倫理亂，我們不可學它亂。另一部分，是講讀書的旨趣，及正當的方法[10]。

　　民國五十四年，七十歲的林語堂，到臺灣遊覽，聽到處處的閩南腔調，以為又回到了熟悉的福建故鄉，因此決定回臺灣定居。在臺灣寫作了一系列討論《紅樓夢》後四十回的文章，出版了《平心論高鶚》一書，主張《紅樓夢》後四十回，是曹雪芹遺稿，高鶚補訂，引起一場紅學論戰。林語堂的紅學研究，正如他的文學、文化生涯，也是自己的西洋腦袋與中國生活的戰爭，和左派文人間，中國文化與西方文化論述中心權的交鋒。

　　藉著替《紅樓夢》後四十回作者翻案，林語堂再一次傳達，他所想像的傳統中國文化中心價值，與如何建構世界性的中國文化論述。因此，《平心論高鶚》一書中，林語堂用了極大的篇幅，批判俞平伯及其影響者，以個人之好惡，定書之真偽，成心之言、曲解原文、無知妄作、掩滅證據、故事舖張、造謠生事、含血噴人、無理取鬧、道學尖酸、沒有什麼了不得的證據、只見其人的謬與俗。這是他繼《人間世》、《吾國與吾民》、《枕戈待旦》、南洋大學事件後，又一次與左派文人、共產黨人、馬克思主義信徒交鋒。雙方在不同的文化、政治主張下，都用《紅樓夢》為文本，用西方文化、文學觀為標準，進行傳統舊中國文化想像。用移植西方文化，批判或肯定傳統中國文化，來建立現代新中國文化系統，建構自己中國文化圖像的合理性。

　　綜觀以上所述，林語堂的文學寫作、文學主張、文化創作歷程，其中雖有幾次轉折（從反對士大夫、批判舊禮教，到認可有一些小小缺失的士大夫，與禮教的某些價值，承認那是中國文化

---

[10]　同註1，頁二九八～三〇六。

的真實遺產、中國人的真實心靈。提倡晚明公安、性靈派，那種獨抒性靈、不拘格套的小品文，認為現代散文要抒發性靈，自然幽默。主張幽默是一種從容不迫的態度，性靈文學就是自己的筆調。從放棄基督教信仰，轉向人文主義與東方宗教，最終又皈依基督教，在其中尋得人生的答案）。但其詮釋基調，仍是認同自小從基督教教育、碩、博士教育，所學習的西方文化、思想，其論述中心性，合理性，以此詮釋西方人的性格、西方人的心靈、西方人的人生理想、西方的婦女生活、社會生活、政治生活、文學生活、藝術生活、人生的藝術為何？並用西方文化、文學論述規範立場，想像自小生存的中國文化、社會的內容，認為傳統中國文化的中心價值為真、誠、性靈，以此價值觀，詮釋中國人的性格、中國人的心靈、中國人的人生理想、中國的婦女生活、社會生活、政治生活、文學生活、藝術生活、人生的藝術為何？建立世界性、具有進步性、未來性的新中國文化論述，並且，用文學創作向中、西方讀者傳遞這兩種文化形象，讓中西文化能各得所要，各去其弊。實踐其用自然、有情的態度，「兩腳踏中西文化，一心評宇宙文章」的文化探險旅程，成為建構中、西文化中心價值論述的作家、學術研究者、文化導師。

二、小說：民族文化的真實反映

　　「兩腳踏中西文化」的林語堂，在民國二十四年出版《吾國與吾民》一書中，開始向英語世界的西方人，傳遞中國文化，展開其中西文化傳遞、比較者的文學生涯。這部著作中，詮釋了什麼是中國人？中國人的性格、中國人的心靈、中國人的人生理想、

中國的婦女生活、社會生活、政治生活、文學生活、藝術生活、人生的藝術為何？民國二十八年的增訂版中，也針對當時進行中的中日戰爭，發表了他的意見。書中文學生活章節中，他對中國文學定義如下：

> 中國人把文學分為兩種：教化的和娛樂的，或稱為「載道」的與「抒情」的文學。兩者的區分顯而易見：前者是客觀的，闡述的；後者是主觀的，抒情的。中國人都聲稱前者比後者具有更大的價值，因為他們能陶冶人的性情，提高社會的道德水準。基於這一觀點，他們便看不起小說和戲劇，認為它們是「區區小技，不足以登文學之大雅之堂。而詩歌則不然，他們不僅不輕視，其修養與尊崇程度且遠勝於西方。不過事實上，中國人全都在暗地裡閱讀小說和劇本，一位官員在他的文章中可以大談仁義道德，然而在私下的談話中，你可以發現他對《金瓶梅》和《品花寶鑑》中的男女主人公瞭如指掌，前者是典型的色情小說，後者的同性戀等淫穢描寫與前者也不相上下。原因是顯而易見的，「教化的文學」從總體上看質量較次，充滿了道德說教的陳詞濫調和極為幼稚的推理過程，並且由於害怕被斥為左道邪說，其觀點也被限制在一個狹小的範圍內。故而中國文學中有可讀性的部分，只是西方觀念上的文學，包括小說、戲劇和詩歌，亦即想像的文學而非觀念的文學[11]。

---

[11] 林語堂著郝志東、沈益洪譯《中國人》香港：三聯書店，二〇〇二年，頁一九七。此書是林語堂英文著作《My Country and My People》，最新的全譯本，增收了原著第十章第六節〈蔣介石其人其謀〉，以及出版時的〈收場語〉。但書名則未依林語堂書籍通用的譯法，譯為《吾國與吾民》，而是依大陸地區的譯法，

　　林語堂與其五四同儕一樣，用「載道」與「抒情」來解釋傳統中國文學，並且聲稱傳統文人的言論是表裡不一、言不由衷，表面上重視詩歌遠超過西方，看不起小說和戲劇，稱之為小技。暗地裡卻大量閱讀小說和劇本。因此，載道的文學，其實是教化、客觀、闡述、表面、虛偽的文學；抒情的文學是主觀、抒情、娛樂、暗地、實際的文學。教化的文學陳詞濫調、幼稚、觀點狹小、質量差，根本無益於陶冶人的性情，提高社會的道德水準。抒情的文學中，小說、戲劇和詩歌，是西方文學觀念上，想像的文學，而且是中國文學中可讀的部分。這段論述中，林語堂以中國與西方文學／文化論述作參照，建構了一套屬於他個人的中國文學／文化論述。他一方面用表面／暗地之分，批判傳統中國文人那套表裡不一、早已腐爛、不是發於內心的「文以載道」觀，建立出中國早就認可詩歌超越西方，認可小說、戲劇，卻不可言喻的小說、戲劇中國文學觀。另一方面，又用「想像的文學」論定西方文學傳統，以西方文學論述的權威性為圭臬，建構出中國文學中，抒情／載道傳統的高低之別，塑造了中國小說、劇本的可讀性與神聖性，建構出經過批判中國腐朽文化，繼承西方文學論述傳統後，被改造為與詩歌同等地位，主觀、抒情、娛樂、暗地、實際，並且代表中國文學的文類。而創作小說、戲劇文類的作者，展示了「想像的文學」，反映了中國文化的價值，又與一般中國文人不同，他說：

　　　　就學者們的觀點而言，他們只不過是在孔學之中翻翻筋
　　　　斗，在孔廟門庭裡尋找牛毛而已。……這就是對獨創性的

　　譯為《中國人》。

恐懼，那些自發性的文學，總是受到傳統觀念的束縛，心靈的自由馳騁，被限制在極小的範圍之內，孔門裡的筋斗，無論翻得多麼嫺熟，也只是孔門裡的筋斗而已。……於是，作家只能在小說和戲劇的天地裡發揮他的創造力，舒坦他的自我，展示他的想像力。事實上，一切有價值的、反映人類心靈的文學，都發源於抒情……文學起源於抒情，這使我們得以把文學看作人們心靈的反照，並把一個民族文學的看作這個民族精神的反照，……我們考察一個國家的文學，無疑是想見識一下這個國家最偉大的心靈是怎樣看待生活的，而他們的表達方式又是如何的各不相同[12]。

這段論述中，林語堂再次從載道／抒情、表面／暗地、學者／作家、中國／西方的模式，說明文學反映人生的偉大、文學表達情感的崇高，這兩種文學目的論的折衷混合論述，認為「想像的文學」是人們偉大心靈的反照、民族精神的反照。繼而評論中國學者載道的文學，恐懼獨創性，缺乏心靈的自由，只是孔門裡的筋斗。而且，缺乏心靈自由的中國作家，只能在小說和戲劇裡，發揮他的創造力，舒坦他的自我，展示他的想像力。換言之，可以代表中國人是什麼？中國人的性格、中國人的心靈、中國人的人生理想、中國的婦女生活、社會生活、政治生活、文學生活、藝術生活、人生的藝術為何？詮釋這些中國人的心靈狀態是什麼的人，是長期處於中國文化傳統邊緣的中國作家，而不是掌握中國文化中心的學者。或者，是中國學者轉換成作家的作品，那些用各種不同表達方式，創作的傳統中國小說、戲劇，才是中國民

---

[12]　同註11，頁一九八～一九九。

族精神、中國人偉大心靈的真實呈現。在此一條件下，中國小說、戲劇作品、作家，從傳統經典中，區區小技的文化邊緣位置，躍為林語堂中國文化論述的中心位置，而這也是作家林語堂，用散文與小說論述中西文化的自我定位。

在中國小說、戲劇作家、作品中，林語堂最推崇，也最常向西方世界，論述小說中所反映的中國民族心靈狀況，認為它代表了中國小說藝術的頂峰。甚至在創作第一本英文小說《京華煙雲》時，拿來作為文學藝術學習的對象者，非曹雪芹與《紅樓夢》莫屬[13]。林語堂形容曹雪芹是「中國最偉大的白話散文家，至少也是最偉大的白話散文家之一[14]」。他「害怕別人知道他墮落到去寫小說，以致於要到一九一七年，才由胡適考證出他是《紅樓夢》的作者。所以，他是出於快樂和自娛的創作衝動，而非出於對名利的喜好，創作了一個不受正統文學、經典標準影響，充滿荒唐、悲傷、感人的絕妙故事《紅樓夢》，造化把曹雪芹先生放在一個豪奢之家，繼而又使他窮愁潦倒，晚年變成了一個困苦的儒生，生活在一個破敗的茅舍之中，於是他就能像一個剛從夢中醒來的人那樣，把夢中的故事回憶起來，他在自己的想像中再現了這個夢境之後，便感到要迫不及待地把它落在紙上，我們隨即稱之為文學[15]」。

無疑地，曹雪芹代表了林語堂中國文化論述中，那種以主觀、抒情、娛樂、暗地、實際為文學背景、觀念，以反映人生的偉大、表達情感的崇高，發揮創造力，舒坦自我，展示想像力為目的的小說作家。他將《紅樓夢》視為中國民族心靈看待生活之夢。《紅

---

[13] 同註1，頁一八一。林語堂創作《京華煙雲》前，原本是要翻譯英文本《紅樓夢》，後因故未成，轉寫《京華煙雲》。

[14] 同註11，頁二四四。

[15] 同註11，頁二四四～二四七。

樓夢》的好處，在於「它的人物生動形象，使我們感到比自己的
生活中的朋友還要真實，還要熟悉[16]」。換言之，《紅樓夢》就是中
國民族偉大的作家心靈，用純熟的藝術表達方式，傳述出中國民
族日常生活的方式，民族的心靈與時代精神的反映，中國人的性
格，中國人的人生理想、中國的婦女生活、社會生活、政治生活、
文學生活、藝術生活、人生的藝術。而這些，就是真實的中國文
化精華，可以被西方文化概念檢驗，並且毫不遜色。

　　所以，他認為《紅樓夢》中，所傳述出中國民族日常生活的
方式與中國人的性格，是一個龐大的官宦之家，有一些僕人的妻
子不忠實，常常牽扯到家庭中發生的小小的流言與嫉妒事件中，
家庭中的老爺長年不在家，由兩三個能幹的媳婦管理家務，其中
最得寵的媳婦是目不識丁，卻又饒舌的鳳姐。男主角寶玉，像中
國所有大家庭的獨嗣子那樣，頗受祖母這個家庭權威的過分寵
愛，但他又極為害怕父親，十分受堂、表姐妹們的喜歡，這個家
庭最後就像愛倫坡的小說《厄舍古屋的倒塌》所描述的那樣，快
樂的全盛期已經過去，傾家蕩產的氣氛四處彌散，堂、表姐妹們
各自嫁到不同人家，婢女也被遣散，性格懦弱寶玉，在被欺騙的
狀況下，與寶釵結婚，最後選擇遁入空門[17]。

　　《紅樓夢》也解讀了傳統中國女性性格，寶玉的表妹情人黛
玉，是一位美貌與詩才出色的少女，因為他太聰明了，所以不能
像一般傻人一樣，過著幸福的生活。另一位表姐寶釵，也愛寶玉，
她的性情更為直爽，頭腦更為實際，被長輩們視為寶玉合格的妻
子人選，黛玉和寶釵成了討整個民族喜歡的人。還有急躁的晴雯，

16　同註 11，頁二四七。
17　同註 11，頁二四七。

溫柔的襲人，浪漫的湘雲，賢淑的探春，饒舌的鳳姐，聰明的妙玉。他們的性情各異，代表不同的類型。如果中國人喜歡黛玉，代表他是理想主義者。喜歡寶釵，就是現實主義者。喜歡晴雯，可能會成為一位優秀的作家。喜歡湘雲，會同時喜歡李白的詩篇。林語堂本人喜歡探春，認為她兼有黛玉與寶釵的品質，幸福的締結了婚姻，成為一位好妻子[18]。

　　無論是《紅樓夢》所傳述出中國民族日常生活的方式與中國人的性格，與《紅樓夢》所代表的中國傳統女性形象，在林語堂的論述中，我們看到的是一幅相似於西方民族文學作品，擁有情感崇高、人生偉大的中國民族文學故事，在這個中國官宦家庭故事裡，似乎全是好人，沒有壞人，只有一些性格有小缺失的人，而這些人都代表著中國與中國人，也就是說，林語堂認為那些腐朽的、虛偽的、束縛學者思想的孔學體系，並不是真實的傳統中國民族性格、民族文化。真實的傳統中國民族性格、民族文化，並不腐朽，並不落後，經得起西方文化檢驗。而且如果要拯救現代中國命運，與現代中國文明，應該「堅定不移地用全世界的共同遺產──現代文明來充實自己，現代化不會犧牲中國民族性格與中國遺產，只會使中國人的民族性格更趨向新鮮，和偉大的發明創造活動[19]」。由此可見林語堂視小說為民族心靈、文化的反映，其所建立的文化論述，其實和五四時期許多中國學者一樣，並不將西方文化視為文化霸權、文化帝國主義。而是認同西方文化論述中心性，與合理性，用西方文學論述規範立場，想像傳統中國

───────────────

[18] 同註 11，頁二四七～二四八。
[19] 同註 11，頁三二六。

文化的中心價值，建立世界性的中國文化論述，並且，用文學向中、西方讀者傳遞這種文化形象。

三、挑戰典範紅學

（一）批判北平諸公：中國文化中心價值之爭

　　曹雪芹代表了林語堂中國文化論述中，那種以主觀、抒情、娛樂、暗地、實際為文學背景、觀念，以反映人生的偉大、表達情感的崇高，發揮創造力，舒坦自我，展示想像力為目的的小說作家。《紅樓夢》是中國民族偉大作家的心靈感受，用純熟的藝術表達方式，傳述出中國民族日常生活的方式，民族的心靈與時代精神的反映，中國人的性格，中國人的人生理想。並且，藉著詮釋《紅樓夢》，想像傳統中國文化的中心價值，建立世界性的中國文化論述。用文學向中、西方讀者傳遞這種文化形象。民國四十六年，林語堂正式踏入紅學領域，撰寫〈平心論高鶚〉一文，刊載於中央研究院歷史語言所集刊第二十九本。對《紅樓夢》高鶚續書說、後四十回真偽之辨，提出學術系統的看法。〈平心論高鶚〉第一節第一點立論主旨，就說：

> 曹雪芹有時間可以續完《紅樓夢》全書，且必已續完。……假使曹雪芹所寫僅是風花雪月，吃蟹賞菊，飲酒賦詩之事（按此指前八十回敘述內容），而無世情變化沈痛經驗，雪芹之才，只見一半（閨閣閒情之細緻描寫），未見匠才（結構之大，伏線之精），難稱為第一小說大家。書中主人翁，

也不過是一個永不成器，縱情任性的多情茜紗公子而已，無甚足觀[20]。

　　由此可見，林語堂的紅學論述，其詮釋的基調，是反映中國文化中心價值前提下，因此而偉大的第一小說家曹雪芹，寫出結構大、伏線精、描寫閨閣閒情、世情變化沈痛的中國第一小說《紅樓夢》。就《紅樓夢》的內容而言，第一小說家怎會僅寫半部風花雪月的濫情小說呢？所以，《紅樓夢》後四十回，必是曹雪芹的遺稿，高鶚補訂成書，曹雪芹定能寫完後四十回。從《紅樓夢》寫作、評閱、流傳時間來看，也應如此。因此，那些認為後四十回是高鶚偽作、補作、續作之文，故事情節低劣的人，冤枉了高鶚的人品、文學才華，也冤枉了中國第一小說家曹雪芹。換言之，那些人也不認識真實的中國文化價值、中國民族遺產的偉大。這些人，林語堂在〈平心論高鶚〉一文中，著墨最深、詞鋒尖銳、嚴重批判的對象，就是「考據膚淺，不科學，以個人好惡定書之真偽，或強作者同其私意完成某種故事，最低級最靠不住的批評。裕瑞首開謾罵之風，周汝昌與北平諸公繼之，必欲寶玉及雪芹都變成被壓迫階級反抗封建社會的代表，而要寶玉學做頌聖詩，寫黨八股[21]」，和「俞平伯以個人之歪見，測雪芹之高深，強迫雪芹與他一般見識，攻高本故事收場主觀之見[22]」。這些論點，其實已經不是文學研究態度之爭，爭的是傳統中國文化為何？傳統中國社會結構為何？中國人的性格為何？中國文人的品行為何？中國文化遺產是否可以保存？這是中國文化中心價值之爭，中國文化中心論述權力之爭。

---

[20] 林語堂《平心論高鶚》臺北：文星書店，民國五十五年，頁四十一。
[21] 同註20，頁四十四、七十一。
[22] 同註20，頁四十四、七〇。

　　林語堂批評裕瑞認為高鶚作偽的證據，只是個人脾胃問題，裕瑞「不喜後四十回悲劇，認定雪芹不忍這個，不忍那個，王夫人不應該聽惜春為尼，賈母不應該冷淡黛玉，和尚送通靈玉甚覺貧俗可厭，黛玉屢寫病危不起、妙玉走火入魔、瀟湘哭鬼皆大殺風景，名為不忍，實只配讀有情人皆成眷屬的小說[23]」。平心而論，就算裕瑞不喜後四十回悲劇，只想讀有情人皆成眷屬的小說，將後四十回故事中惜春為尼、黛玉被冷淡、和尚送通靈玉、黛玉病危不起、妙玉走火入魔、瀟湘哭鬼認為是大殺風景，只想有個有情人皆成眷屬的大圓滿結局，因不能如願而怪罪高鶚偽作後四十回故事拙劣，也只是文學觀念不同，況且，這個喜歡大團圓的文學觀念，不也是中國傳統文化遺產嗎？說他不識西洋文學之悲劇觀可以，說他謾罵高鶚，只配讀有情人皆成眷屬的小說，卻也太過。這段論述中，林語堂捍衛的是科學的研究態度、西方文學批評論述的重要性，是他的文化論述中，認同西方文化論述中心性，與合理性，用西方文學論述規範立場的一面。

　　批評周汝昌，則是兩人對傳統中國文化中心價值詮釋、想像立場的歧異，周汝昌的立場，是馬克思主義階級鬥爭論，將中國古代社會視為封建社會，封建社會文化是上層統治階級，壓迫下層無產階級的工具，新中國要解救那些被壓迫的無產階級。周汝昌由此批判並擴大俞平伯的看法，認為高鶚後四十回，「保持了的悲劇結局又是怎樣呢？不是沐天恩賈家延世澤嗎？不是賈寶玉中了高鶚想中的舉人，披著大紅斗蓬雪地裡，必定要向賈政一拜後才捨得走的嗎？看他這副醜惡的嘴臉充滿了祿蠹、禮教的頭腦，他也配續曹雪芹的偉大傑作嗎？現在是翻身報仇雪冤的時代，曹

---

[23] 同註20，頁七十二。

雪芹被他糟塌的夠苦了，難道我們還要為了那樣一個悲劇結局，而欣賞這個敗類嗎？我們該痛罵他，把他的偽四十回趕快從紅樓夢裡割下來扔進字紙簍去，不許他附驥流傳，把他的罪狀向普天下讀者控訴，為蒙冤一百數十年的第一流天才寫實作家曹雪芹報仇雪恨[24]」。這種視《紅樓夢》為中國封建社會寫實小說，曹雪芹為第一流天才社會寫實作家，高鶚是醜惡的祿蠹，頭腦裡裝著吃人的、壓迫百姓的禮教敗類，要為曹雪芹解除壓迫、報仇雪恨的看法。自然不是視那些腐朽的、虛偽的、束縛學者思想的孔學體系，並不是真實的傳統中國民族性格、民族文化。真實的傳統中國民族性格、民族文化，並不腐朽，並不落後，可以通過西方文化檢驗的林語堂，所能接受之「正確的」中國文化論述。而這也不是林語堂第一次就中國文化議題，批評馬克思主義者的觀念，早在民國三十三年，他就和郭沫若、田漢、秦牧，針對誰懂中西文化問題，有一場筆戰。當時，他批評郭沫若是「文人失節，集古今肉麻之大成[25]」，對照此處他批評周汝昌要寶玉學做頌聖詩，寫黨八股，倒頗有異人同曲之罵功。

　　林語堂主張曹雪芹作後四十回遺稿《紅樓夢》，高鶚補訂成書的看法，在當時《紅樓夢》後四十回文化、文學論述中，真正要挑戰的對象，非俞平伯與其《紅樓夢辨》一書莫屬。俞平伯討論《紅樓夢》後四十回的續書問題，兼有考證與文學批評研究。在考證研究方面，他認為「前八十回全是曹雪芹所作，後四十回底本文、回目決非原有，是經過高鶚續補，高鶚續書的內容，大都依據前八十回的內文線索而成，但高鶚有時誤解前八十回的內

---

[24] 同註20，頁七十四。
[25] 同註1，頁二〇六。

文，補得不對。或有憑空杜撰、文筆拙劣、情事荒唐的事產生，但高鶚補書在大關節上實在是很細緻，不敢胡來，即使有疏失的地方，我們也應當原諒他。況且他能為《紅樓夢》保存悲劇的空氣，這尤使我們感謝[26]」。在文學價值研究方面，則以前八十回文章為底本，來評價後四十回文章敘述，有無合情理？有無感動讀者？所得的結論是：「後四十回中較有精彩，可以彷彿原作，有第八十一回，四美釣魚一節。第八十七回，雙玉聽琴一節。第八十九回，寶玉作詞祭晴雯，及見黛玉一節。第九十、九十一回，寶蟾送酒一節。第一百九回，五兒承錯愛一節。第一百十三回，寶玉和紫鵑談話一節。……凡高作載有精彩之處，是用原作中相彷彿的事情做藍本的；反之，凡沒有藍本可臨摹的，都沒有精彩[27]」。

　　但高作有二十條顯著的弊病，分別是「一、寶玉修舉業，中第七名舉人，不合作者原意。一則不合向來視經濟文章為祿蠹的寶玉性格，二則不合風趣，三則不合雪芹一技無成，半生潦倒、風塵碌碌的命運與偉大小說家的見識，是高鶚用世間性格來寫寶玉。二、寶玉仙去，封文妙真人。簡直是讓寶玉玉身成聖，依事實論，是不近情理，依風裁論，是畫蛇添足。至於寫受封真人之號，又是一種名利思想的表現，這真是封建時期士大夫的代表心理了。三、賈政襲榮府世職，後來孫輩蘭桂齊芳。賈珍仍襲寧府三等世職。所抄的家產全發還，賈赦亦遇赦而歸。這也是高氏利益薰心的表示。賈珍、賈赦無惡不作，豈能仍舊安富尊榮？以文情論，《風月寶鑑》宜看反面，應當曲終奏雅，使人猛省回頭。以原書底旨意論，寶玉終於貧窮，賈氏運終數盡，夢醒南柯，自殺

---

[26]　俞平伯《紅樓夢研究》臺北：里仁書局，民國八十六年，頁七、十七、四十六。
[27]　俞平伯〈後四十回底批評〉同註26，頁五十一～五十二。

自滅，一敗塗地，怎能沐天恩、延世澤呢？四、怡紅院海棠忽在冬天開花，通靈玉不見了。五、鳳姐夜到大觀園，見秦可卿之魂。六、鳳姐在散花寺抽籤，得衣錦還鄉之籤。七、賈雨村再遇甄士隱，茅庵火燒了，士隱不見。八、寶玉到瀟湘館聽到鬼哭。九、鴛鴦上弔時，又見秦氏之魂。十、趙姨娘臨死時，鬼附其身，死附陰司受罪。十一、鳳姐臨死時，要船要轎，說要上金陵歸入冊子去。十二、和尚把玉送回來，寶玉魂跟著和尚到了真如福地，重閱冊子，又去參見了瀟湘妃子，碰著多多少少的鬼，幸虧和尚拿了鏡子，奉了元妃娘娘旨意把他救出。十三、寶玉跟著僧道成仙去。以上十條，都是裝鬼弄妖，令人不能卒讀，而且文筆拙劣可笑，更屬不堪，惹人作嘔，而前八十回筆墨何等潔淨。讀其書想其人，可見高氏為人有三大偶像，其一是功名富貴，其次是神鬼仙佛，其三是名教，思想俗不可醫。十四、寶釵以手段籠絡寶玉，始成夫婦之好。高氏寫此節之意，是為寶釵有子作張本，但寫寶釵寫得如此不堪，也成為一個庸劣的舊式婦人。十五、黛玉讚美八股文字，以為學舉業取功名是清貴的事情。這也是高氏性格的表示，黛玉為什麼平白地權勢欲薰心起來？黛玉何敢武斷地要寶玉取功名？以寶、黛二人底恩愛，怎麼會黛玉說話，寶玉覺得不堪入耳，在鼻子眼裡笑了一聲。寶玉如此輕蔑黛玉，何以黛玉能忍受？十六、黛玉的心事，寫得太顯漏過火了，一點不含蓄深厚，使人只覺肉麻討厭，沒有悲惻憐憫的情懷。高氏底笨筆，寫八面玲瓏的林黛玉，無處不失敗。十七、後來賈氏諸人對於黛玉，似嫌太冷酷了，尤以賈母為甚。這也是不合情理之處。十八、鳳姐不識字。八十回中，第五十回、七十三回明寫鳳姐識字，明顯前言不接後語。十九、鳳姐得衣錦還鄉之籤，後來病死。與前

八十回不合，而且籤詩與其胡言亂語在家病死，此死亡情節並無照應，如何解衣錦還鄉之籤語？二十、巧姐年紀，忽大忽小。照第八十四回內文形容他的言行舉止，至多不過兩三歲，九十二回內文形容他的言行舉止，暴漲成七八歲，一〇一回又將他的言行舉止，回到三歲光景，一百十七回內文，又明說巧姐是十三四歲年紀[28]」。

　　綜觀俞平伯評定高鶚的過失，除了回目、傳閱情形、巧姐年紀的考證，文字是否感動讀者外，無論是二十條罪狀、內容續補的評價，可以發現，俞平伯的論述中心，仍是中國／西方、衰弱／富強思考背景，去衰弱建富強的文化價值觀下，中國文化價值中心的辯證。在他的認知中，曹雪芹、《紅樓夢》前八十回，是第一等作品。與傳統中國文人、小說不同，完全沒有沾染傳統中國文化的缺點，具有革命的精神。《紅樓夢》寫悲劇，不寫大團圓結局，而且，還批判科舉為糞土，功名、富貴轉眼成空，活生生地寫出封建時期的大家庭，如何由王孫降為寒士的過程，卻沒有任何謾罵、刻毒的文字，呈現出哀而不怒的風格。《紅樓夢》是寫實的作品，《紅樓夢》人物都有活潑卻不成聖的人格，個個都有其缺點，都不是社會上讚美的正人，《紅樓夢》主角不像其他中國傳統小說，個個超人不凡，《紅樓夢》的人物都是平凡人物，有些甚至人格極污下不堪。[29]換言之，在俞平伯心中，曹雪芹、《紅樓夢》的偉大，是因為不同流傳統中國社會、文化之污，因為如此，所以在批判舊中國文化，引進西方文化，建立新中國文化，與西方文化齊頭並進的現代中國理念裡，《紅樓夢》因此在這些五四人物

---

[28]　俞平伯〈後四十回底批評〉，同註26，頁五十二～六十九。
[29]　俞平伯〈紅樓夢底風格〉同註26，頁一一九～一三一。

的天平上，佔了高位。而高鶚補書，除了保留西方悲劇精神外，卻把這些代表中國落後西方的原因，傳統中國文化的缺失，完全給補了進去。他把功名富貴、神鬼仙佛、名教思想，這些讓中國落後於西方世界的舊文化，全都補進中國第一等作品中了，繼而讓寶玉只有世間性格、只是祿蠹，黛玉忽然權勢欲薰心起來了，寶釵只是一個庸劣的舊式婦人。書中的故事充滿了怪力亂神的可笑思想，賈珍、賈赦的結局也沒有任何懲罰的效果，反而還成富成貴，落入傳統小說的窠臼中。以上種種，不僅不合曹雪芹一技無成，半生潦倒、風塵碌碌的命運，也使偉大小說家的見識蒙羞。所以，《紅樓夢辨》中，俞平伯指責高鶚補作後四十回的過錯，其實就是不認同高鶚的思想，認為高鶚的思想屬於中國文化的糟粕，玷污了具有新中國精神的《紅樓夢》前八十回，與偉大的作者曹雪芹。

俞平伯這種中國／西方、衰弱／富強的思考背景，去衰弱建富強的文化價值觀，自然與林語堂同樣從中國文化／西方文化思考，認為真實的傳統中國民族性格、民族文化，並不腐朽，並不落後，經得起西方文化檢驗，現代化只會使中國民族遺產更鮮明、更適於生存於世界的主張，同道卻背馳，形成以《紅樓夢》為題的中國文化價值中心論爭。

正因為同道而背馳，〈平心論高鶚〉中，批評俞平伯高本後四十回《紅樓夢》的火力，就集中在中國文化與西方文化的論述所有權、論述能力兩方面。

針對俞平伯考證兼文學批評的研究態度，林語堂認為俞平伯的考證研究，不過和以前的一些清朝作家一樣，看見那裡後人增竄了一兩句，便說全書是偽，也不去作反證，建立起完整理論體

系，就此定讞，結果是愈辨愈糊塗。俞平伯攻紅樓後四十回結局，以己意揣作者的本意，結果全是故事如何合俞意的問題，不是狹義的「考證」問題[30]。「考證」是當時研究文史學者，認為最「科學」的研究方法，也是最正確的紅學研究法，批評俞平伯只是己意揣作者的本意，連狹義的考證都稱不上，又將俞平伯比擬為不作反證、建立完整論述體系、就此定讞的清代作家。豈不是在研究態度上，就否定俞平伯，認為他不科學、不客觀，只是個人主觀曲解。因此，在論述態度上，在當代的學術標準衡量下，就稱不上合乎標準，在論述能力上，也不正確，不值得一睹。所以，此論述者，在論述態度、能力均不客觀、不完整的狀況下，其解釋結果，沒有效力，也不應擁有解釋權。

　　高本寫寶玉中舉人，有功名思想、禮教遺毒，是俞平伯認為高鶚補書最離譜的地方，也是高鶚與曹雪芹性格差異處。林語堂則是批評俞平伯，只算回目，不算回目內的內文多寡，硬說後四十回多的是應試文章，不合治學的基本態度[31]。除了不合治學的態度外，照林語堂的看法，高本寶玉「一時治時文，學八股，都非出於本心，不是他看得起功名，只是略盡人子之道，冀以遮過以前的荒唐。這是高本寫來最清楚的事實，人家要遁入空門了，還要說人家熱中名利，又從而舖張揚厲，說寶玉是福壽全歸，是全賈府最是全福的人，連他有遺腹子，也算在寶玉的賬上。人家棄妻拋子，背鄉離井去做和尚，還要罵他祿蠹，還不許他路上相逢對父親一拜，作一長別，才是完人。這是不是窮秀才的酸文章[32]」？

[30] 同註20，頁七十五～七十六。
[31] 同註20，頁七十七。
[32] 同註20，頁七十九。

這段詮釋俞平伯文章的話，充斥著俞平伯與林語堂間，兩種中國傳統社會倫理觀的矛盾，認為封建禮教思想刺眼、大惡，必欲除而後快之的俞平伯，在林語堂筆下，成為不懂傳統中國社會倫理，曹雪芹與高鶚公私兩全苦心的批評者。繼不科學、主觀、曲解的研究態度後，又加上不懂中國社會倫理這一筆，既然不懂中國社會倫理，其中國文化中心價值的解釋能力，就大打折扣了。

　　至於俞平伯謂高本黛玉讚美八股文字，以為學舉業取功名是清貴的事情。這也是高氏性格的表示，黛玉為什麼平白地權勢欲薰心起來？黛玉何敢武斷地要寶玉取功名？林語堂認為「作書人真看不起八股文字，並非看不起科舉。早時人習舉業，所看的書極有限，甚有未聽見公羊傳名字的。這確是事實，給雪芹說穿了。同時八股中也有清微淡遠文字，不可一概抹殺，這是最公平之論[33]」。黛玉以為學舉業取功名是清貴的事情，是「作者順便借黛玉口中，替八股說兩句公道話。清貴兩字，是謂功名未必都清貴，科甲出身，比世襲祖蔭，令人看得起。……在賈家，寶玉原不必讀書，才得功名[34]」。這段敘述則是批評俞平伯，不懂曹雪芹、不懂中國士人的看法，自然也不懂中國傳統士大夫文化，其曲解《紅樓夢》自有其特定立場，此特定立場，照林語堂的說法是：「且真舉人才看不起舉人，真博士才看不起博士。寶玉做和尚，說者無可非議，因前部伏筆甚明。雪芹欲使寶玉出家之前，既改愛紅之弊，又聊補背父母教育之恩之過，使入場應舉，與寶釵約，只此一次而止，明明並非因慕功名而圖享富貴，遂得評者掛以祿蠹之罪名。評書

---

[33] 同註20，頁八十二。
[34] 同註20，頁八十三。

人未免把中舉一事看得太重，作書人不如此也[35]」。在俞平伯的中國文化中心價值中，的確容不得舉業、功名思想的存在，這些東西，在他看來都是造成中國落後的有害思想，不該是偉大的曹雪芹，偉大的《紅樓夢》所有的思想。但在林語堂的中國文化中心價值中，那是確有名教思想的中國社會，情、理之必然。是俞平伯帶著特定眼鏡看中國文化，不客觀、不識中國文化主旨，只是為最愜我意，自然論述能力不夠，也不應擁有中國文化的解釋權。

　　指責完俞平伯不懂中國文化，不應擁有中國文化解釋權後，林語堂又指責俞平伯不懂西方文化論述，亂用西方思想來比附。就「悲劇」的文學定義，林語堂說：「平伯聽適之談悲劇遂附和之，以為必一敗塗地，而終而盡，而做乞丐，才叫做悲劇。我疑心平伯未真懂得西洋文學之所謂悲劇[36]」。在那個人文學科的主流，是以西方文化想像中國文化，建立新中國文化的時代。只是道聽途說，不懂西方文化，代表著其中國文化論述，完全沒有理論架構，也不具可看性，亂用的結果，就是美化西方文化，醜化中國文化。俞平伯說寶釵以手段籠絡寶玉，始成夫婦之好，在高本成了庸俗舊式婦人。林語堂反擊說：「婦人就是婦人，中國西洋一樣。……寶釵為新婦數月始與其夫初次敦倫，書中只說他想寶玉是個癡情人，要治他的病，少不得仍以癡情治之，輕描淡寫，並沒有說他淫浪。平伯遂謂寶釵不應如此不堪，豈西洋或新式婦人，便皆坐床褥談哲學談上帝哉？推平伯之意，西洋或新式婦人之所以不庸不俗，因為他們沒有想計籠絡其夫，殊不知婦人欲保恩愛，中外

---

[35] 同註20，頁八十四～八十五。
[36] 同註20，頁八十六。

原無二理[37]」。這段論述，根本就是以中西文化傳遞者的角色，批評俞平伯中、西文化都不通，還想進行文化批評，只是偏狹，故意曲解事實，不應擁有用西方文學論述規範立場，想像傳統中國文化的中心價值，建立世界性中國文化論述的權力。

對於俞平伯評後四十回結論，林語堂的總結如下：

> 以個人之好惡，定書之真偽，必然找到許多似是而非的論斷。有的是：成心之言（黛玉之死肉麻討厭）；有的是曲解原文（黛玉幸災樂禍，巧姐歲數）；有的是無知妄作（黛玉說科甲出身比捐官或世襲清貴，是勢慾薰心）；有的是掩滅證據（寶玉應試是為自己一輩子大事）；有的是故事舖張（賈府長享榮華富貴，後嗣昌盛，十二金釵只有些薄命氣息）；有的是造謠生事（鳳姐無害死黛玉之必要）；有的是含血噴人（寶玉是祿蠹）；有的是無理取鬧（寶玉拜別賈政，巧姐應先說話再哭）；有的是道學尖酸（寶釵污衊閨閣，黛玉毫無心肝）。這些毛病，總其名謂之歪纏。《紅樓夢辨》一書，專為辨偽而作。一人做了一部十三萬七千言的書，來證高鶚的偽，結果還沒有什麼了不得的證據，只見平伯的謬與俗而已[38]。

所謂以個人之好惡，定書之真偽，成心之言、曲解原文、無知妄作、掩滅證據、故事舖張、造謠生事、含血噴人、無理取鬧、道學尖酸、沒有什麼了不得的證據、只見平伯的謬與俗。正說明在林語堂眼中，一部十三萬七千言的《紅樓夢辨》一書，只見俞

---

[37] 同註20，頁八十六。
[38] 同註20，頁九十六～九十七。

平伯這些萬分刺眼，沒有水準的主觀、歪纏，反對後四十回謬與俗之舊文化成見（認為俗比謬還糟糕），與不解、濫用西方文化，批評中國文化歪見。卻不見俞平伯認為續書不可能、用文學眼光鑑賞《紅樓夢》，以文學批評方法來論述《紅樓夢》，自述應重文學的趣味，文學批評有主觀性的言論。而這些言論，除了文學批評有主觀性的看法外，都是林語堂所贊同的論點。由此可證，這不是文學研究態度、方法之爭，林語堂爭得是中西文化論述、解釋權。林語堂與俞平伯及其影響者，是在不同的政治、文化立場下，以《紅樓夢》為文本，用西方文化、文學觀為標準，進行傳統舊中國文化想像，用移植西方文化，批判或肯定傳統中國文化，來建立現代新中國文化系統，所得到不一樣的文化想像答案。那已經不是個人，或是某些學派中國文化論述中心爭奪，而是海峽兩岸中國文化中心價值論述爭奪戰，其背後自有兩套不同的中國文化中心論述觀，建構出不同的中國文化系統。

（二）指正胡適錯誤：拓展中國文化論述系統價值

　　林語堂批判完《紅樓夢》後四十回研究裡，北平諸公的看法後，卻也說：「我們不能因為辨者的謬與俗，遂謂其書（指後四十回《紅樓夢》）必真[39]」。緊接著他用客觀疑高鶚之批評數節，指正胡適懷疑高鶚偽作的看法，論證完成《紅樓夢》後四十回是曹雪芹原稿，高鶚補作的看法。

　　胡適所主張科學的歷史的考證法，是當代紅學研究典範，林語堂要建構其《紅樓夢》後四十回新說，必須要補充胡適典範，

---

[39] 同註20，頁九十七。

這是無庸置疑的一件事。但是，從學思背景來看，胡適、林語堂
兩人，都是腳踏中西文化的學者，都向外國人傳遞什麼是中國文
化？向中國人傳遞什麼是西方文化？對於中國未來的發展，都主
張充分的世界化，才能使中國追上世界，都不認同馬克思主義。
從私交來看，林語堂視比自己大四歲的胡適為大哥，在胡適的白
話文學主張啟蒙下，開始認識傳統中國文學，提倡白話文學[40]。甚
至連《紅樓夢》後四十回是曹雪芹遺稿、高鶚補作的看法，也是
從胡適〈考證紅樓夢的新材料〉一文中，說「如果甲戌以前雪芹
已成八十回書，那麼，從甲戌到壬午這九年之中，雪芹做的是什
麼書？難道他沒有繼續此書嗎？如果他續作的書是八十回以後之
書，那些文稿又在何處呢[41]」？這段話為立論的出發點。在行文時
又特別強調，「後四十回，雖與前八十回本文沒有不銜接處，而夾
註文字確有直指後半故事文字，與今本不合。這些是真正考據的
材料，是胡適之所專注的問題。適之文章，實是求事，一句是一
句，兩句是兩句，倒沒有長篇闊論去討論那些喜歡、不喜歡結局
的主觀意見[42]」。由此可知，林語堂不只是在補充胡適紅學論述典
範而已，他說適之注意「真正考據的材料」、「實是求事」、「客觀」，
是指出研究中國文學的方法，要客觀、要科學、要考據。而這不
也是林語堂主張的研究態度嗎？所以，林語堂不只是在找出胡適
紅學研究典範問題，建構一己新說而已，而是在相似的中國文化
／西方文化中心論述系統中，擴展其不同的意見，增強他的中國
文化／西方文化思維深度，用《紅樓夢》為範本，以西方文學論

---

[40] 同註1，頁三十六、二五二。
[41] 同註20，頁四十七。
[42] 同註20，頁九十七。

述為規範，想像中國文化價值，此一文化論述系統的學術中心性。完整建構出《紅樓夢》後四十回裡的中國文化、文學系統，重建世界性的後四十回《紅樓夢》，與中國文化、文學論述。

胡適的歷史的、科學的、考據的《紅樓夢》研究，認為當時流傳的程刻本系統《紅樓夢》，其前八十回是曹雪芹所作，後四十回是程偉元、高鶚作偽而來。主要的論述依據有三：其一是從有脂硯齋評語的八十回鈔本《紅樓夢》中，脂硯齋評註所述後四十回故事中，與程刻本不銜接處，來斷定程偉元、高鶚版本作偽。其二是據張問陶詩〈贈高蘭墅鶚同年〉，「豔情人自說紅樓」句，註云：「紅樓夢八十回以後，俱蘭墅所補」。程偉元程甲本序文，自述得書由來為：「數年以來，僅積有二十餘卷。一日，偶於鼓擔上得十餘卷，遂重價購之」。程偉元、高鶚引言云：「是書開卷略誌數語，非云弁首，實因殘缺有年，一旦顛末畢具，大快人心。欣然題名，聊以記成書之幸」。認為張問陶直說後四十回是高鶚補作，高鶚的序言與引言也不諱此事，程偉元自述購書事，太過奇巧，來斷定程偉元、高鶚版本作偽。其三則是認同俞平伯對後四十回回目、故事內容的看法，認為從回目與故事內容來看，後四十回回目是高鶚偽作，後四十回與前八十回思想相差甚遠，來斷定程偉元、高鶚版本作偽[43]。

〈平心論高鶚〉中，林語堂對於俞平伯所主張後四十回中，思想內容不如前八十回的看法，多加撻伐。對於胡適也贊同俞平伯的主張，則是未置一詞。只對於回目與故事內容前後相差甚遠，

---

[43] 胡適〈紅樓夢考證改定稿〉，收於《紅樓夢》上海：亞東圖書館，民國十一年五月，序文。〈考證紅樓夢的新材料〉上海：《新月月刊》，民國十七年三月十日，創刊號，轉引自胡適《胡適紅樓夢研究論述全編》：上海，上海古籍出版社，一九八八年，頁七十五～一二○、一五八～一九一。

提出「高本應前評是正常，不應的是例外。但也有評語所言回目，未見於今本前八十回與後四十回的，也有評書人說只見回目，未見文字的章回，今本文字俱有[44]」的看法，認為可證明雪芹藏稿遺失。其主要論辨的方向，是胡適據張問陶詩〈贈高蘭墅鶚同年〉，「豔情人自說紅樓」句，註云：「紅樓夢八十回以後，俱蘭墅所補」。以及程偉元程甲本序文，自述得書由來，過份巧合，是作偽的鐵證。與脂硯齋評註所述後四十回故事中，與程刻本不銜接處，此兩點來辯駁胡說，建立後四十回是曹雪芹遺稿，高鶚補訂的己見。

　　關於張問陶〈贈高蘭墅鶚同年〉詩，說：「紅樓夢八十回以後，俱蘭墅所補」。林語堂認為：此補「係修補、補訂之補，而非補續、增補之補，更非補作、續作之補，更非作，更非作偽，……換言之，高氏之補，是因為坊間繕本，及諸家所藏密稿，繁簡歧出，前後錯見，此有彼無，題同文異，乃廣集核堪，準情酌理，補遺訂訛的工作，至其前文，未敢臆改[45]」。這就是說，高鶚是補訂雜亂不堪的時本《紅樓夢》的功臣，並非造偽小人。

　　胡適說程偉元程甲本序文，自述得書由來，過份巧合，是作偽的鐵證。林語堂認為「當日傳抄盛行的情形之下，程偉元覓得殘稿，是合於情理。不得謂如何奇巧至不可相信。世上每見有踏破鐵鞋無覓處，得來全不費功夫之巧事。程偉元求書，或者為漁利，或者謂通常讀者欲窺全豹的好奇心，或者是特具眼光，留心文獻，欲為曹氏功臣，以覓得全書為己任。動機難說，而求書之熱誠，則是真正的。……不得因假定商人牟利動機，故其所得必偽。……誰知過了五年，有更奇巧之事發見，即適之購得現存最

---

[44]　同註20，頁六十三。
[45]　同註20，頁四十五。

古、最早海內孤本甲戌脂硯齋重評石頭記。時為一九二七年，去甲戌共一百七十三年。適之可得殘本於一百七十年後，程氏自亦可得殘本於曹卒二三十年後。但是誰也不能引此為胡適作偽之證，奇巧之論不能成立[46]」。由此可知，林語堂是從《紅樓夢》傳抄情形，認為胡適關於程偉元牟利動機假說，不能成立。從胡適自己購書的例子，認為胡適關於程偉元自述購書過程奇巧假說，也不能成立。由於林語堂認為張問陶詩註「紅樓夢八十回以後，俱蘭墅所補」，是補作。以及程偉元程甲本序文，自述得書由來。與胡適購書的過程一樣，不能拿來當後四十回作偽的鐵證。這兩點看法，跟主張遺民血淚說的潘重規，在民國四十八年出版的《紅樓夢新解》（林文是民國四十六年刊出），書中的看法完全一致。所以，主張高鶚偽作後四十回的吳世昌，便曾撰〈從高鶚遺文論其文學思想〉一文，攻擊林、潘兩人抄襲舊說，他說：「早在一九三五年，《青年界》七卷五號，載宋孔顯的〈紅樓夢一百二十回均曹雪芹作〉一文中，即主張此說。一九五八（吳文年代有誤）年林語堂在某刊物所發表的〈平心論高鶚〉一文，即抄襲宋說，而加以推衍。次年又有人在新加坡出版《紅樓夢新解》一書，對於後四十回的作者問題又抄襲前人之說，認為高氏之補乃修補而非補作[47]」。不過，林語堂顯然沒看過吳世昌的文章，否則，依他的性格，不可能對此沒有隻字片語回應。而潘重規則是反駁說：《紅樓夢新解》寫作於民國四十年，寫作時間比林語堂〈平心論高鶚〉

---

[46] 同註20，頁六十七～六十八。

[47] 吳世昌《散論紅樓夢》香港：建文書局，民國五十二年十月。轉引自潘重規〈高鶚補作紅樓夢後四十回的商榷〉收於氏著《紅樓夢新辨》臺北：三民書局，民國七十九年八月，頁七十三。

早，寫作時確未曾見過宋孔顯的文章[48]。無論如何，由宋、林、潘三人的文章論點看來，胡適考證程偉元、高鶚偽作後四十回的證據，的確出現不科學、主觀的致命破綻，讓主張一百二十回《紅樓夢》都是曹雪芹所作，或後四十回是曹雪芹遺稿、高鶚補訂，或一百二十回《紅樓夢》都是反清復明志士所作的研究者，有異議的空間。

　　至於胡適從有脂硯齋評語的八十回鈔本《紅樓夢》中，脂硯齋評註所述後四十回故事中，與程刻本不銜接處，來斷定程偉元、高鶚版本後四十回作偽，此一論述依據。林語堂替胡適整理出六項脂硯所見，高本未見的情節內容。分別是：「一、衛若蘭射圃文字。二、獄神廟一大段文字。（或即正文標目、花襲人有始有終此一大回）內有關小紅諸人事。因為小紅初回寫得特別出色，不應以後寂寂無聞，適之特別注意這條。三、香菱不應識，未被金桂折死。四、鳳姐之死只有一半應識，其謎不可解。五、史湘雲到底不知是寡，或是白首雙星。六、誤竊玉一段事件，未見後四十回[49]」。

　　林語堂從版本考據與小說家寫作心理、小說家寫作主題是否有精彩發揮，這三項分屬於考據研究與文學研究，兩種不同的論述方向，辯駁胡適單方面從考據研究，斷定程偉元、高鶚版本後四十回作偽的看法。在版本考據部分，認為衛若蘭射圃文字、獄神廟一大段文字。從當時殘稿未定傳抄的情形來看，是稿迷失，而程刻所據兩、三殘本，亦未有此文，迷失之段可能應在前八十回中，倒不一定在後四十回中。史湘雲到底不知是寡，或是白首雙星的暗示，自相矛盾。是前八十回一個回目未經整理，不在後

---

[48]　同註47，頁七十四。
[49]　同註20，頁九十七。

部。誤竊玉一段事件早於前八十回被作者刪去，有未刪蹤跡可尋，與程偉元、高鶚無關，而且應當感謝程、高保存殘本的功勞，否則我們只有脂硯齋模糊的後半部指示，只能暗中摸索，不知道有那些具體故事情節。也不會知道，《紅樓夢》散失的下半部內容，究竟有些什麼[50]？

　　小說家寫作心理方面，曹雪芹曾五易其稿，在易稿中必常自己刪去一部分，尤其在全部寫成後，顧及各方面平衡，認為可刪的，便毅然刪去，這是作小說的人十九常有的事，如小紅與芸兒的事，正是如此。小說家下筆，每見故事研究不由自生，神機所到，自然發揮，與起稿時計畫不同，於是中途改變原意。如鳳姐之啞謎，香菱之不即死於金桂，拖病兩年，死於難產，及柳五兒在後部異軍突起為重要角色，都是好例子。推想五兒，雪芹本有意安插，卻想不到寫後半部時，五兒之妖嬌動人，甚似晴雯，信手拈來，自成佳妙，遂突出在小紅之上，這都是編小說者常有的經驗，不能據此說高鶚作偽[51]。

　　小說家寫作主題是否有精彩發揮方面，首先，「衛若蘭射圃文字有金麒麟，但若蘭與湘雲的關係（若蘭或者就是湘雲之夫），全是我輩推測的話。白首雙星不一定指與若蘭白頭偕老，因為寶玉也有金麒麟，引起黛玉之妒。是否雪芹如現代偵探小說作家，故意令人疑神疑鬼，不得而知了[52]」。

　　其次，獄神廟一大段文字，「並無法證明被批閱者迷失，是在八十回之前或後。但就小紅而論，紅樓後文，無小紅大得力之事，

----

[50] 同註20，頁九十七。
[51] 同註20，頁九十八～九十九。
[52] 同註20，頁九十九～一〇〇。

是一缺憾。……關於小紅我認為作者確有此種疏忽處[53]」，這項疏忽，讓小紅變成書中不出色的人物。

第三，香菱不應讖。八十回所述，香菱有乾血之症，日漸羸瘦，醫藥無效。拖至一百二十回，難產而死，雖是因身體過弱導致死亡。但說他被金桂磨折為致死之由，也可以通。香菱此時，有寶釵照應，本可不必即死。或者作者念甄士隱是清貧自好士人，頗像自己光景，而且對他父女兩人，非常有敬意，並無一字譏談。於是憑作者生死予奪之權，叫香菱不即死，而於金桂服毒自殺後，順其自然，使他扶正，這也是有可能的事[54]。

第四，鳳姐的讖語是應了。曲文「機關算盡太聰明，反算了卿卿性命」，是鳳姐的評，高本相符。冊文「凡鳥偏從末世來，都知愛慕此生才，一從二令三人木，哭向金陵事更哀」。是拆字兼猜謎，第三句是懸案，至今無人能知，哭向金陵事更哀，確是鳳姐死時的情形，這些都不是高鶚作偽的大證據[55]。

第五，史湘雲之謎。史湘雲曲文有「終久是雲散高唐，水涸湘江」，暗示孀居、拆散、夭折，冊文「展眼弔斜暉，湘江水逝楚雲非」，畫的是「幾縷飛雲，一灣逝水」，都是晚途淒苦離散之象。三十七回詠白海棠詩句，「自是霜娥偏愛冷」，脂批說，「又不脫自己將來形景」，都是孀寡之意。高本湘雲早寡，不算不符。但以曲文論，沒有孀居的意思。第三十一回回目，又寫「因麒麟伏白首雙星」，要湘雲白頭偕老。這是八十回本就有的矛盾，曹雪芹易稿既未改回目，高鶚校書時，當已看見這個矛盾，姑存其真罷了[56]。

---

[53] 同註20，頁一〇〇。
[54] 同註20，頁一〇〇～一〇一。
[55] 同註20，頁一〇一。
[56] 同註20，頁一〇二。

　　第六，誤竊玉事。第八回脂批有誤竊玉一段，不見後文。後文應是五十二回墜兒偷平兒所失金鐲，平兒叫麝月勿聲張，以免對寶玉不好看。言談中提及上回有人偷玉，閒時還有人提出來趁願等語。可能就是這段誤竊玉文字，後被作者刪去，只留此良兒竊玉數語的痕跡，這也是前八十回的事，與高本無關[57]。

　　林語堂從考據研究及文學研究兩方向，反駁胡適單向的考據推論，是將雪芹遺稿散失的脫漏，誤為高鶚偽作的依據，其實並沒有什麼真正的破綻。況且，前八十回中，脫漏的地方更多，至少前二十二回是未經仔細編過，這只足證明曹氏陸續寫稿，前後刪改，及抄手抄錯，輾轉脫漏的情形，我們便不能據此說是某人偽作，擅自增補，糟蹋曹雪芹[58]。

　　反駁胡適單向的考據推論，只是林語堂以胡適典範為基礎，擴充其《紅樓夢》後四十回是曹雪芹遺稿，高鶚補訂說的學術價值，與一己文化紅學研究典範，初步的工作。最後確立後四十回是曹雪芹遺稿，高鶚補訂說的學術系統，是《乾隆鈔本百廿回紅樓夢稿》的版本研究。胡適歷史的、科學的、考據的《紅樓夢》研究，可以獨霸一方的重要因素，是因為胡適找到了數種脂評《紅樓夢》的八十回鈔本，並且一直沒有一百二十回鈔本《紅樓夢》出現。而這些八十回鈔本，與當時流傳的一百二十回程刻本《紅樓夢》，無論是回目、章節、內容都有不同，胡適以流傳時間較早的八十回抄本，來校定流傳時間較晚的一百二十回程刻本，加上張問陶的詩、程偉元序中購書情形的判讀，建構了他後四十回是高鶚偽作的考據學依據。所以，當民國四十八年三月，在北平文

---

[57] 同註20，頁一〇三。
[58] 同註20，頁一〇四。

苑齋書店，發現了《乾隆鈔本百廿回紅樓夢稿》後，這一部目前所發現的鈔本系統《紅樓夢》中，唯一具有後四十回、第六十七回的本子，於民國五十二年在臺灣影印出版後，馬上引起諸多海外紅學家的重視與討論，這些討論的題目，除了鈔本本身的行款、格式、筆跡、脂評、回目、正文、性質、成書年代外，因為這本書直接動搖了胡適後四十回研究的論述依據，還引起一場高鶚是否偽作後四十回的論戰[59]。

主張後四十回是曹雪芹遺稿，高鶚補訂說的林語堂，當然不會忽視這本能強而有力建構其紅學系統的書，經過研究這本書後，在一次演講中，林語堂提出了他對此書作者、書寫者、改稿者的七點看法，以及就此七點新證據，對於後四十回真偽提出辨正。

首先，從程乙本高鶚序的書法看來，與此鈔本的書法完全不同，所以，改寫、補寫此鈔本的人，絕對不是高鶚。其次，稿本卷前所題應為「己卯秋月董董重訂」。董董應是雪芹別號，因為雪芹號芹溪居士，向來文人都以同音字為別號，董就是芹，生在水為芹，在土為董，雪芹書中又好用疊字，如空空道人、茫茫大士，由此可證之。第三，卷前題「己卯秋月」。己卯是一七五九年，正合雪芹最忙於改稿之時，就是庚辰本庚辰的前一年，去雪芹癸未一七六三年除夕逝世四年。其四，這稿本添補的情形，並非是平常編輯者對字句的加工，是一作家用盡心血，改訂自己的稿，及繪聲繪影添補故事的情節。許多節的情形是重寫而不是修正，如七十七回第五頁，描寫晴雯將死，寶玉去看他，晴雯咬斷指甲，加了很細心的動作，舊的一句塗掉，改的說：「晴雯把手用力在口

---

[59] 王三慶《紅樓夢版本研究》臺北：中國文化大學博士論文，民國六十九年，頁四二三～四二五。

邊狠命一咬，只聽咯吱一聲，把兩根蔥管般的指甲齊根咬下，拉了寶玉的手，將指甲擱在他手裏」。都是入神體會形容盡致的重寫，所以說，不但高鶚不能補，不需要補，就是任何人，除了作者以外，也不會用這種工夫去補。其五，程偉元辛亥一七九一年冬至出活字排本，現稱為甲本，何以七十天內在第二年毀版，又出乙本，這是個大謎，誰也不能在這短時間改補這些地方，俞平伯現已據此否認高鶚續書，認為以前作偽之說，不太合理。其六，這稿不應題為「蘭墅太史手定」本，七十八回卷末只有高鶚題「蘭墅閱過」四字。其七，雪芹的筆跡與此改稿添補字樣極相似，是同一路的，我們現在所知大概是雪芹筆跡，只有四字行書「空空道人」，其中如空字之寶蓋，及道字的走旁，都屢見稿中，可以對證[60]。

　　由此可知，林語堂認為這部《紅樓夢》鈔本，無論從卷本前題字屬名、題字時間、稿本添補的情形、雪芹的筆跡與此改稿添補字樣相似度，都可證明是曹雪芹親手修改補訂的稿本，而高鶚也曾經看過這個稿本，在七十八回卷末留下「蘭墅閱過」四字。並且，由此稿本的添補情形、修改時間、高鶚書法與卷本前題字不相似、程偉元甲、乙本修改時間的不可能情形來看，高鶚絕對不是這個稿本的作者，連力主高鶚續後四十回《紅樓夢》的俞平伯，在看了此稿本後，都承認續書偽作說，不太合理。所以，這也是向來主張《紅樓夢》後四十回，是曹雪芹遺稿，高鶚補作說的林語堂，在閱讀小說就是要掌握作者原意、原貌，考定版本源流，剔除後人附會，就可見作者原貌，尋找作者原稿本，就是掌

---

[60] 林語堂〈新發現曹雪芹手訂百二十回紅樓夢本〉收於氏著《無所不談合集》臺北：開明書店，民國六十三年，頁五二四～五三〇。

握作者原意、原貌的紅學版本意義系統中，完整建構出其文化紅學的學術價值。

　　不過，這七點推論，馬上引來葛建時、嚴冬陽、趙岡、潘重規等自傳、索隱派紅學考據家的論辨。問題集中在林語堂對於材料是否掌握齊全，「董董」與「蓮公」、「己卯」與「乙卯」、又雲（蓮公）與雪芹的筆跡問題論爭。而這又是一次學術研究典範價值之爭，林語堂用考據、文學、文化研究，研究後四十回《紅樓夢》，建構其文化紅學的中心價值，與其中國文化論述價值的中心地位。對用考據研究《紅樓夢》的胡適，用考據、文學研究《紅樓夢》俞平伯的學術研究典範，有所批評。這次，輪到考據學家，指責他不合掌握作者原意、原貌，考定版本源流的考據學研究典範，從考證材料，就錯得一塌糊塗，一點也不科學。趙岡指責他把稿本的出處——中華書局，引為商務，除了稿本中的范寧跋文，沒看過趙岡關於這本稿本研究文章中，所引的任何一篇研究報告。葛建時、嚴冬陽也指責他將吳恩裕《有關曹雪芹八種》，引為十種。潘重規指責他將「乙卯秋月蓮公重訂」，錯認為「己卯秋月董董重訂」[61]。葛建時、嚴冬陽說曹雪芹沒有董董這個別號，對林語堂鑑別「己乙」、「董蓮」筆勢方法，也有異見[62]。

　　面對他們的批評，林語堂的回應是：他不是像他們所說是不知而作。稿本是商務書局石印印刷，說是商務影印，並沒有錯誤；吳恩裕《有關曹雪芹十種》，是中華書局在一九六三年的新版，是葛建時、嚴冬陽只見舊版。演講前已經見過吳世昌與俞平伯的意見。「己卯秋月董董重訂」與「乙卯秋月蓮公重訂」的鑑別、筆勢

---

[61] 林語堂〈再論紅樓夢百二十回本〉，收於註60，頁五三一～五三九。
[62] 林語堂〈論己乙及董蓮筆勢〉，收於註60，頁五四〇～五四二。

方法、雪芹別號的問題，他請聯合報，將稿本照片放大印出，又提出了包括東坡書法的一些歷史資料，來論證自己的看法。而且，他也指出他的演講的重心是稿本塗改、補寫、重寫的情形，可以證明是雪芹所改過的殘稿痕跡，為什麼評者都沒有評論，吹其毛而求其疵，以為考據。硬依著成見，說這部添改的這樣厲害的稿，誰改的都可以，只不能說、不許說、是作者用心血塗改、補添重寫的[63]。

其實如筆者在第二章所論述，《紅樓夢》的版本研究，所能論定的是與非、真與偽，是研究者構想範圍內，作者、作品本源、作品流傳、作品意義系統的建構，並以此判斷考證家們，彼此所考察之作者、作品本源、作品流傳、作品意義的是與非、真與偽。在這場論戰中，大家各有其構想的作者、作品本源、作品流傳、作品意義系統，根本沒有對話的空間。倒是林語堂的話，把他指正胡適《紅樓夢》研究典範，研究《乾隆鈔本百廿回紅樓夢稿》，建立其文化紅學論述系統之目的，解釋得很清楚。那是以西方文學論述為中心，當代紅學研究典範（考據學），拓展研究深度與正當性，以辨別《紅樓夢》後四十回的作者與價值為依據，完整地建構出《紅樓夢》裡的中國文化、文學系統，重建自己的中國文化、文學主張：那是中國第一小說家曹雪芹，書寫中華民族心靈、看待生活之夢的《紅樓夢》；真實的中國文化價值、中國民族遺產的《紅樓夢》；中國文學史顛峰之作的《紅樓夢》；與世界其他小說相比，毫不遜色的世界十大小說之一的《紅樓夢》。

四、文化中國在紅樓

　　正因為林語堂認為《紅樓夢》後四十回，是由中國第一小說家曹雪芹遺稿，高鶚補訂完成。而全書蘊藏了真實的中國文化價值、中國民族的遺產，是中國文學史顛峰之作，世界十大小說之一的偉大作品。在論證完書中的中國文化價值，是中國民族性靈的自然表現。作者曹雪芹，的確有遺稿，高鶚偽作說並不正確後，認為文學是性靈表現的林語堂，完成他論述的最後依據，就是從文學觀念，來看《紅樓夢》後四十回，的確有用與前八十回一致的文學方法，在小說中經營故事情節，完整的表達民族性靈。

　　林語堂是從人物性格、故事情節的經營、作者的才思、學識三方面，建構他《紅樓夢》完整表達民族性靈的論證。在人物性格、故事情節的經營部分，林語堂指出胡適、俞平伯、顧頡剛三人都異口同聲，稱讚高鶚用心謹慎，敢寫悲劇結局，但以小說的文學評價而論，真正該評斷的是悲劇結局書寫成不成功？是僅有文字之美，還是親切入微的體會與深刻的描寫？故事的穿插與人物的描寫，寫敗落失意中人的心理成功與否？這樣才能對《紅樓夢》後四十回，作正確的文學評價[64]。

　　他認為五兒承錯愛，是全書最妙的一段文字之一，其「小說伎倆與情趣，還在晴雯鬧夜一段之上，其中不同，便是晴雯無邪，而五兒卻說不定了，晴雯爽直調皮，五兒卻另有婉約精謹之處。……寫出閨媛私情，尤其是紅樓特色，中國章回小說，未見有他本可以媲美[65]」。換言之，《紅樓夢》最棒的文字，不但是在後

---

[64] 同註20，頁一一○～一一三。
[65] 同註20，頁一一一～一一二。

四十回中，而且，入微的體會了中國婦女的本來性格，並用優美的文字，將他們的心靈表述出來。這種人物性格的描寫方法，前後一貫，並沒有前八十回與後四十回不同之差異。如賈政仍是板而廉，賈赦仍是怯而傲，語村仍是狡而達，焦大仍是強硬罵人、老氣橫秋，賈環仍是幸災樂禍、勾結匪類[66]。

　　十二釵的描寫，不但合於應冊文、曲文、讖語，也都與以前的性格密合。寶釵，仍是淡泊明志，舉止大方。合於曲文：「縱然舉案齊眉，倒底意難平」。黛玉，仍是多心，但已是長大模樣，不肯隨便見寶玉，不像以前率性。合於曲文：「想眼中能有多少淚珠兒，怎經得秋流到冬，春流到夏」。元春，冊文說他：「虎兔相逢大夢歸」。元春之死在甲寅與乙卯之交，大觀園第三年末。合於第八十三回寫賈母到宮裡探病，探病時元春又問寶玉近來如何，合省親時關心弟弟。探春，仍是才自清明志自高，最早看出賈家必敗，故一百〇二回遠嫁時，毫無弱女態。合於冊文說他：「告爹娘，休把兒掛念，各自保平安，奴去也，莫牽連」。湘雲，仍是英豪闊大。最後嫁給南方人，成癆病死。合於冊文說他：「展眼弔斜暉，湘江水逝楚雲非」。妙玉，仍是打扮的妖嬌，不像姑子一派，還是應前四十一回，所寫假惺惺的怪癖，後來被劫。合於曲文說他：「可嘆這青燈古殿人將老，辜負了紅粉朱樓春色闌，到頭來，依舊是風塵骯髒違心願」。迎春，仍是專看太上感應篇之蒲柳弱質姑娘，嫁至孫家受折磨。合於冊文、曲文說他：「作踐了公府千金似下流，嘆芳魂艷魄，一載蕩悠悠」。惜春，八十回後，才描寫出其斬釘截鐵的性格，看破紅塵最早，出家念頭最堅，後欲為尼，至以死相爭。合於冊文、曲文說他：「可憐繡戶侯門女，獨臥青燈古佛旁」。

---

[66] 同註20，頁一二二。

鳳姐，寫他事敗，自有應得，但是到了後來氣餒，亦是可憐。合於曲文說他：「機關算盡太聰明，反算了卿卿性命」。巧姐，寫他慕賢良，只是聰明嬌養而膽怯，被舅舅圖謀拐賣。合於曲文說他：「幸娘親，幸娘親，積德陰功……休似俺那愛銀錢忘骨肉的奸舅兄」。李紈，寫他在賈母出殯時，嘆息家道中落。寶玉婚禮後，以寡婦身分成為黛玉唯一的親人。冊文說他：「桃李春風結子完，到後誰似一盆蘭」？是說他因子蘭中舉而貴，曲文說他短命。此結局今本無敘述，是因故事寫至寶玉拜父，遁入空門止，不應再拖長故事。香綾，仍是能忍和順。結局因日漸虛弱，死於難產。與冊文自從兩地生孤木，致使香魂返故鄉相合。襲人，襲人嫁蔣玉函一段，完全是襲人本色，入情入理，體會入微，是雪芹手筆[67]。

除了人物的性格前後一貫，體會入微外，後四十回還深化了人物的人格，讓讀者看到書中人物，在賈府衰敗後的性格，是立體形象的描寫。如寫賈母散財明大義，鳳姐毀禍知過，鴛鴦殉賈母而死，給人極深的印象。寫岫煙薛蝌這對夫妻，引起讀者的同情。寫紫鵑終不原諒背棄黛玉的寶玉，更見紫鵑之性格。寫五兒文字，更可見寫情、寫景文學工夫之頂點[68]。

後四十回在寫寶玉看破世情的悲劇結果，在賈府敗落、寶玉失玉與參悟兩事上，穿插悲劇故事的線索，舖陳悲劇故事。寫賈府敗落，先寫賈赫交通外官，倚勢得罪之原，此為造孽開端。再寫鳳姐放利、逼張華退婚事、賈璉鞭僕招怨事、賈芸、賈環為惡事，此為後續之餘孽。寫賈雨村復出，為賈府被參、被抄，安排了伏線。賈府被抄，又成了鳳姐致死的伏線，遂又引發尤二姐鬼

67　同註20，頁一二二～一二七。
68　同註20，頁一二八～一三〇。

魂、邪魔紛至鳳姐的情節。這些波折，讓賈府家勢不振，窮相畢見，於此窮相中，再寫個人心事，最後才是寫樹倒狐猻散，賈府敗落，此為寶玉看破世情的家庭因素。再由花妖失玉、寶玉痴呆、鳳姐騙局，成金玉之緣，而黛玉同日而死，寶玉抱恨無限，冷淡寶釵、襲人，此為看破世情的情感因素。到了空空道人現身說法，一說即合，重遊太虛，了悟仙緣，而寶玉不得不出家，寫來前後呼應、血脈相通、逼真親切[69]。

　　《紅樓夢》一書，包羅了醫卜星算、琴棋書畫、酒令雅謎、奇花異卉、珍饈美味等中國文化精華，而後四十回中，也有這些，且並不遜色。敘有賈母等人到宮中問病，及元妃薨後，宮中守靈，賈府被參、長史傳旨，賈政回家見皇上及內閣大夫諸禮。賈政在外，清官做不得的實情。這些都是朝廷儀注，官場內幕。八十三回中寫醫生診脈，談得頭頭是道，八十六回談八字，說得天花亂墜。一百○二回道士作術，鬼話連篇，聞所未聞。可見後四十回於醫卜星算，也無所不通。九十一回寶黛談禪，更深見禪理。後四十回寶黛談八股時文，最為中肯。祭詞、詩文也不差，可見詩才也不壞[70]。

　　總而言之，林語堂認為從人物性格的密合、深化、體會入微，鋪陳悲劇故事線索的前後呼應、血脈相通、逼真親切，作者中國文化的才識看來，後四十回與前八十回一樣，用一致的文學方法，在小說故事中經營中國民族，看待生活之夢的故事，完整的表達民族性靈。「作偽續書，不是文字問題，是匠心才思問題，不是牽

---

[69] 同註20，頁一一三～一二一。

[70] 同註20，頁一三○～一三二。

此補彼的補苴工作，是用想像力創造文學的工作[71]」。能做到前八十回幾百條草蛇灰線伏於千里之外的，都須重出，與前呼應，人物故事，又順理成章，貫串下來，脈脈相通，而作者學識經驗、文字才思，又相當者。除非有第二個像曹雪芹的大家，以高鶚的本事，非他本領做得出來，不但一二年間做不出來，假以五年恐怕未必做得出，若說用功做編輯釐定、補纂整理的工夫，是做得到的[72]。所以，林語堂以其性靈文學的觀念（文學反映個人、民族情感）、悲劇的觀念（《紅樓夢》是體悟生活、生命如一場大夢的人生悲劇），從寫作技巧、作者才識，確立《紅樓夢》後四十回是曹雪芹遺稿，高鶚補訂。同時，也是其以西方文學觀念為規範，認為文學是一種想像的工作、性靈的表現。折衷西方文學觀念中，兩種文學目的論，認為文學反映人生偉大、文學表達情感崇高，此種文學觀念的文本批評實踐。

五、結論：「真實客觀」的文化中國

從以上分析，我們可以整理、小結林語堂的紅學論述體系，是視《紅樓夢》為中國民族性靈的反映，反映了什麼是中國人？中國人的性格、中國人的心靈、中國人的人生理想、中國的婦女生活、社會生活、政治生活、文學生活、藝術生活、人生的藝術為何？《紅樓夢》是西方文學觀念上，想像的文學，而且是中國文學中可讀的部分，反映了中國文化的價值。《紅樓夢》是中國民

---

[71] 同註20，頁一二一。
[72] 同註20，頁一〇一。

族心靈看待生活之夢。《紅樓夢》的好處，在於它的人物生動形象，使我們感到比自己的生活中的朋友還要真實，還要熟悉。如果中國人喜歡黛玉，代表他是理想主義者。喜歡寶釵，就是現實主義者。喜歡晴雯，可能會成為一位優秀的作家。喜歡湘雲，會同時喜歡李白的詩篇。《紅樓夢》的文學、文化研究，代表了他所建構的「中國性」內涵，西方文學、文化論述，代表了他的《紅樓夢》研究的「現代性」與「世界性」。被他論述的中國文化遺產，與西方現代文明，就是使中國民族，擁有「中國又現代」的文化本體之方法。現代化不會犧牲中國民族性格與中國遺產，只會使中國人的民族性格更趨向新鮮，和偉大的發明創造活動。

　　此種論述方式，與其學思歷程有極大的關係。在自傳中，林語堂曾自述自己的求學過程、求學態度、關切的問題。他說自己中學、大學都就讀教會學校，接受英文與西方文化教育，完全中止讀漢文，所以中文基礎很差，上海聖約翰大學的生活，教導他對於西洋文明和普通西洋生活，具有基本的同情，令他以後自海外留學回來後，對於中國的文明欣賞與批評，能有客觀的、局外的觀察態度。因此，自己是西洋製造的頭腦，中國的心靈。在美國、法國德國海外遊學時，鑽研了許多中國書籍，並努力研究中國語言學。常徘徊在中國與西方兩個世界中，最後選擇了「兩腳踏中西文化，一心評宇宙文章」的生活，對外國人講中國文化，對中國人講外國文化。以一個孩子似的眼睛，注視這奇異的世界，關於中國和外國仍有好多東西是值得去探險與學習。而林語堂的學術、創作生涯，也的確是以自然、有情的眼光，觀看中西文化，用文學為中西雙方，傳遞各自的文化內容。

　　他的文學寫作、文學主張、文化創作歷程，其中雖有幾次轉折（從反對士大夫、批判舊禮教，到認可有一些小小缺失的士大夫，與禮教的某些價值，承認那是中國文化的真實遺產、中國人的真實心靈。提倡晚明公安、性靈派，那種獨抒性靈、不拘格套的小品文，認為現代散文要抒發性靈，自然幽默。主張幽默是一種從容不迫的態度，性靈文學就是自己的筆調。從放棄基督教信仰，轉向人文主義與東方宗教，最終又皈依基督教，在其中尋得人生的答案）。有許多次關於中國文化傳統的論戰（從《人間世》、《吾國與吾民》、《枕戈待旦》，與魯迅、郭沫若等文人論戰，到南洋大學事件，與共黨當局、親共校董論戰）。但其詮釋基調，仍是認同自小從基督教教育、碩、博士教育，所學習的西方文化、思想，其論述中心性，合理性，以此詮釋西方人的性格、西方人的心靈、西方人的人生理想、西方的婦女生活、社會生活、政治生活、文學生活、藝術生活、人生的藝術為何？並用西方文化、文學論述規範立場，想像自小生存的中國文化、社會的內容，認為傳統中國文化的中心價值為真、誠、性靈，以此價值觀，詮釋中國人的性格、中國人的心靈、中國人的人生理想、中國的婦女生活、社會生活、政治生活、文學生活、藝術生活、人生的藝術為何？建立世界性、具有進步性、未來性的新中國文化論述，並且，用文學創作向中、西方讀者傳遞這兩種文化形象，讓中西方文化能各得所要，各去其弊。實踐其用自然、有情的態度，「兩腳踏中西文化，一心評宇宙文章」的文化探險旅程，成為建構中、西文化中心價值論述的作家、學術研究者、文化導師。

　　在《紅樓夢》與後四十回作者問題的詮釋活動中，他一方面用表面／暗地之分，批判傳統中國文人那套表裡不一、早已腐爛、

不是發於內心的「文以載道」觀，建立出中國早就認可詩歌超越
西方，認可小說、戲劇，卻不可言喻的小說、戲劇中國文學觀。
另一方面，又用「想像的文學」論定西方文學傳統，以西方文學
論述的權威性為圭臬，建構出中國文學中，抒情／載道傳統的高
低之別，塑造了中國小說、劇本的可讀性與神聖性，建構出經過
批判中國腐朽文化，繼承西方文學論述傳統後，被改造為與詩歌
同等地位，主觀、抒情、娛樂、暗地、實際，並且代表中國文學
的文類。而創作小說、戲劇文類的作者，展示了「想像的文學」，
反映了中國文化的價值，又與一般中國文人不同。而《紅樓夢》
就是一本，經得起西方文化概念檢驗，可以代表中國民族精神，
真實呈現中國人偉大心靈的小說。曹雪芹代表了中國文化中，那
種以主觀、抒情、娛樂、暗地、實際為文學背景、觀念，以反映
人生的偉大、表達情感的崇高，發揮創造力，舒坦自我，展示想
像力為目的，一流小說作家。《紅樓夢》是中國民族心靈看待生活
之夢。《紅樓夢》的好處，在於它的人物生動形象，使我們感到比
自己的生活中的朋友還要真實，還要熟悉（如果中國人喜歡黛玉，
代表他是理想主義者。喜歡寶釵，就是現實主義者。喜歡晴雯，
可能會成為一位優秀的作家。喜歡湘雲，會同時喜歡李白的詩
篇）。林語堂用文學、文學批評向中、西方讀者傳遞這種文化形象。
藉著詮釋《紅樓夢》，想像出傳統中國文化的中心價值，建構其世
界性的中國文化論述。

　　總而言之，擁有雙重文化身分的林語堂，用他西洋製造的頭
腦，中國的心靈。以自然、有情的眼光，觀看《紅樓夢》，再現出
中華民族心靈、看待生活之夢的《紅樓夢》，中國士人、中國傳統
士大夫文化、中國社會倫理、真實的中國文化價值、中國民族遺

產的《紅樓夢》，這是他所建構的「中國性」內涵。想像的、悲劇的、科學的西方文學、文化方法論述，代表了他的《紅樓夢》研究的「現代性」、「世界性」，與西方文化身分。經過他用西方現代文明，檢驗出代表的中國士人、中國傳統士大夫文化、中國社會倫理、真實的中國文化價值、中國民族遺產的《紅樓夢》，就是使中國民族，擁有「中國又現代」的文化本體之方法。現代化不會犧牲中國民族性格與中國遺產，只會使中國人的民族性格更趨向新鮮，和偉大的發明創造活動。

第四章

歷史、交通、宣教──方豪紅學論述

一、前言：興教與興學的史學院士

　　方豪（一九一○～一九八○）字杰人，民國前二年九月，生於浙江杭縣。幼僅肄業於私塾改組之單級國民學校四年。民國十一年，十三歲入杭州天主教修道院，攻讀拉丁文，接受宗教陶冶，致力自修文史，十九歲至二十五歲，在寧波聖保祿神哲學院研究哲學、神學，旁及聖經、教律、教史等。二十四年九月晉升司鐸（神父），三十年起，歷任浙江、復旦、輔仁、津沽等大學教授，兼系主任、院長等職。三十八年來臺，執教臺灣大學歷史系。五十八年出任政治大學文理學院院長，凡六年。六十三年七月十六日當選中央研究院院士。六十四年七月九日，教宗若望保祿六世，特頒名譽主教加蒙席銜。[1]六十九年十二月二十日，病逝榮民總醫院，享年七十一歲。

---

[1] 此簡歷節錄於方豪晚年自書之簡歷，文照相收於李東華《方豪年譜》臺北：國史館，民國九十年十二月初版。

　　主要研究領域為中國天主教史（明末清初天主教傳華史）、中西交通史、宋史、臺灣史四方面，[2]代表著作有：中西交通史、宋史、中國天主教史人物傳、李之藻研究、方豪文錄、方豪六十自定稿等。研究中國天主教史（明末清初天主教傳華史）的深度與廣度，牟潤孫謂其為師承陳垣之「新會學案第一傳人」。黃一農謂其為民國以來「無人能出其右，貢獻超乎其師陳垣之上」。[3]李東華謂其史學研究為「史料學派理論的最佳闡釋者，臺灣、中國史料學派的最後一人」。[4]方豪晚年曾作〈七十述懷〉詩，並附小註，[5]自述生平，下文依其詩文，摘要為四階段，概述其學思歷程階段特色。

　　　　廿六晉司鐸，酸辛我備嘗。日寇逞凶燄，婺屬覓亡羊。私
　　　　淑吳漁山，不臥為驅狼。

　　此段文字描述其二十九年間，故鄉浙江之成長、求學、任職生活。「酸辛我備嘗」句後有小註，謂酸辛指洋教士不重學術。方豪的求學生涯與一般人不同，僅僅讀完小學，即進入浙江嘉興天主教備修院、杭州神學院預備學校、寧波聖保祿神哲學院、習業

2　李東華〈方豪與中國現代史學的轉變〉一文，將方豪研究領域分為：中國天主
　　教史、中西交通史、宋史、臺灣史四方面。參見《臺大歷史學報》，一九九七
　　年，頁二六一～二七二。此文轉引自註1書，頁二六四。黃一農〈明末清初天
　　主教傳華史研究〉一文，則將方豪《中西交通史》、《中國天主教史人物傳》、《方
　　豪六十自定稿》中研究天主教史的文章，依研究年代區分，稱之為明末清初天
　　主教傳華史研究，故此處加上括號並存。文收於黃一農〈明末清初天主教傳華
　　史研究〉臺北：《新史學》七卷一期，一九九六年三月，頁一四二～一四四。

3　牟潤孫〈敬悼先師陳援菴先生〉香港：《明報月刊》，一九七一年十月，頁十五
　　～十九。黃文參見註2引文，頁一四四。

4　李文參見〈史學與天主之間：方豪的志業與生平〉，臺北：《歷史月刊》，一九
　　八八年八月，頁三十～三十六。此文轉引自註1，頁二七。及註2李文，頁二
　　六八。

5　文收於註1，頁一五〇。

為神父，但對當時修院的學術水準低落，中、外教士有別，視中國教士為助手的心態，頗不能認同。在〈懷相伯與斂之，念萬桑與潤農〉一文中，指出「沒有英先生的勸學罪言，教會對於中國神職界的學術水準，也許到後來，為時勢所逼，不能不予以提高。……沒有雷神父竭全力主張，中國歸中國人，中國人歸基督，到今天怕還沒有一個中國人能充任主教」。[6]〈六十年來之中西交通史〉一文中，直言自己因為改動了聖保祿神哲學院教師的講義，訂正其拉丁文之錯誤句子，被迫離院，限居於鄉下小教堂中，[7]因而無法於畢業時成為神父，待一年後，廿六歲時方晉司鐸。方豪對修院學術水準不滿，違反修院禁令，轉而向教內、外人士問學。民國十五年，十七歲的他致書陳垣，函索新刻明末清初教會遺書，及討論中國天主教史問題。其後至大陸失守前，與陳垣通信請益未輟，故自稱為陳之私淑弟子。[8]民國二十二年開始與蘇雪林通信，討論楊廷筠、李之藻傳記問題。晉司鐸後，民國二十五年任職於杭州神學院預備學校國文教員，因研究明末清初西教及西學東漸史事，與張其昀（浙江大學史地系主任）、陳訓慈（浙江省立圖書館館長）交往，日後出版之第一本書《李我存研究》，序文即為陳訓慈所撰，在教外刊物第一次發表之學術文章──〈浙江外來宗教史〉五篇，即刊登於張其昀所主編之《國風月刊》。法籍斐化行

6　方豪〈懷相伯與斂之，念萬桑與潤農〉，收於氏著《方豪六十自定稿》臺北：民國五十八年，頁二五七五。

7　方豪〈六十年來之中西交通史〉臺北：《華學月刊》，二十五期，民國六十三年一月，頁三十一～四十六。

8　陳智超《陳垣來往書信集》上海：上海古籍出版社，一九九〇年。收有方豪與陳垣往來信件三十九封，其始於民國十五年十一月十七日。私淑弟子一說參見方豪〈與勵耘老人往返書札殘剩稿一〉臺北：《傳記文學》，十九卷五期，一九七一年，頁五十九～六十六。

神父，專長中西交通史研究，鼓勵方豪出版《李我存研究》最力[9]，是與方豪友好的教內人士。

「日寇逞凶燄」，係指民國二十六年爆發之中日戰爭，「婺屬覓亡羊」，後有小註：抗戰初期傳教金華、永康、武義、湯溪四縣境。按此四縣古代屬婺州府，方豪此文指抗戰初期於金華、永康、武義、湯溪四縣境，從事傳教工作。「私淑吳漁山，不臥為驅狼」後有小註：康熙時，吳漁山司鐸，歷精琴、詩、書、畫，傳教上海、嘉定、蘇州、常熟，作牧羊詞，有句云：「守棧驅狼常不臥」。吳漁山是方豪崇拜之先賢，對其有相當多的研究，此文以吳漁山之學問淵博、傳教不倦的態度自勉。又十二月二十三日後，杭州失守，方豪避居衢縣。「不臥為驅狼」也暗指日軍為狼，「驅狼」指其工作，不只傳教而已，還包括了抗敵宣傳、慰問傷患、收容難民。[10]「不臥」指工作之忙碌與責任之重大，廢寢忘食在抗戰初期傳教的方豪，其辛勞比之吳漁山，亦不遑多讓。

> 滇蜀主筆政，正義期發揚。黔徽設絳帳，卅二登上庠。巴山空襲頻，弦歌聲遠颺。

此段文字描述其抗戰七年間，於雲南、四川兩地，報社任職、大學教學的生活。「滇蜀主筆政，正義期發揚」後有小註：指任昆明、重慶益世報總主筆及副社長。此指二十七年十一月入昆明，協助于斌主教復刊《益世報》，與二十八年十一月《益世報》遷往重慶一事。方豪主編《益世報》中宗教與文化週刊，因為邀稿而

9　同註1，頁二十八、三十二、三十五。
10　方豪於衢縣之工作，見註1，頁三十四。

結識了陳寅恪、顧頡剛、毛子水、向達、姚從吾、張蔭麟等人。[11]
方豪自己也在《益世報》發表了一系列的文章，其中有學術性質
的〈路南夷族考察記行〉、〈清初宦遊滇閩鄂之猶太人〉、〈康熙間
測繪滇黔輿圖考〉等文，亦有論及當時社會問題之〈糧食問題〉、
〈民生第一〉、〈糧食國營問題〉等文，再有分析國際情勢之〈日
本全身不遂〉、〈日、英、美〉、〈美國的姿態與實力〉等文[12]，故其
稱之為「正義期發揚」。

　　「黔徼設絳帳，卅二登上庠」後有小註：三十二歲應邀至遵
義浙江大學任教。民國三十年邀方豪至遵義浙江大學史地系任
教，教授十七、八世紀中西交通史者，正是在浙江認識的浙江大
學史地系主任張其昀，[13]在此總共任教兩年，發表、編輯重要學術
論文有：〈拉丁文傳入中國考〉、〈明清之際中西血統之混合〉、〈徐
霞客與西洋教士關係之探索〉、〈十七八世紀來華西人對我國經籍
之研究〉、〈明末清初旅華西人與士大夫之晉接〉、《徐光啟傳》。「巴
山空襲頻，弦歌聲遠颺」後有小註：言在重慶復旦大學執教也。
此為民國三十二年八月之事，三十三年八月，接任復旦大學史地
系主任一職。三十四年七月辭史地系主任一職。此時期出版重要
著作有：《中外文化史交通史論叢第一輯》、與由該書中抽出，獨
立成書之《紅樓夢新考》。

---

[11]　方豪〈我所認識的姚從吾先生〉臺北：《傳記文學》，十六卷五期，一九七〇年，
　　頁三十八～四十二。
[12]　參見李東華〈方豪教授著作年表〉，收於註 1，頁一六一～二一九。下文提及
　　之學術著作，概依此表，不再另註。
[13]　參見方豪註 7 文，及方豪〈從紅樓夢所記西洋物品考故事的背景〉，收於氏著
　　《方豪六十自定稿》，頁四一三。

神州鎖兵器，故都且徜徉。利徐談道地，陳蹟已荒涼。興
教復興學，前哲推馬良。萬松欣結社，國故冀重張。

　　此段文字描述其抗戰勝利後，約兩年間的北平編譯館長、講
學、問學生活。「神州鎖兵器，故都且徜徉」後有小註：勝利次年，
田聘三樞機約至北平。「利徐談道地，陳蹟已荒涼」後有小註：利
徐謂利瑪竇與徐光啟。「興教復興學，前哲推馬良」後有小註：民
初馬相伯先生良，英斂之先生華，上書教廷，請求在華北辦公教
大學。「萬松欣結社，國故冀重張」後有小註：英先生號萬松野人，
在香山靜宜園辦輔仁社，加強教中青年國學程度。田聘三即田耕
莘，為當時北平教區總主教，其聘方豪為新設立的上智編譯館館
長，負責編譯教中外文資料。又擔任新成立的津沽大學文學院院
長兼史地系系主任，輔仁大學史學系兼任教授，教授中西交通史，
並常與陳垣晤面，討論明清天主教史。馬相伯是清末民初天主教
有名人物，方豪曾親謁拜師，至北平後，編成馬相伯先生文集。[14]
英斂之在民國三年春天，教廷尚未成立中國大學時，先辦輔仁社
於香山靜宜園，以培植教會中國人材，以中國人、中國文化為傳
教主體。方豪於修道院曾讀其《萬松野人言善錄》，乃知有馬相伯、
陳援菴，乃知奮發向學，乃知注意教會歷史。在北平時，也曾抄
錄其全部日記，攜來臺灣。[15]在這段北平故都徜徉期間，方豪的工
作實踐了興教復興學的理想，同時也與向來崇拜的陳垣晤面論
學，蒐集、研究、表揚了教中前賢馬相伯、英斂之兩人，收穫頗
豐。此時期出版重要著作有：《方豪文錄》。

---

[14]　方豪〈北平上智編譯館成立回憶錄〉，同註1，頁二六〇八～二六一〇。

[15]　同註6，頁二五七五～二五七六。

赤禍淹大陸，臺海泛夜航。中西交通久，研考難周詳。宋
史稱蕪雜，辨析亦茫茫。六十自定稿，立言願初償。蹉跎
又五載，寫讀愈遑遑。瞬焉古稀年，積稿徒盈箱。

　　此段文字描述其來臺後，約三十年間的講學、研究、編定舊
著的成果。「赤禍淹大陸，臺海泛夜航」後有小註：三十八年一月
十日，余自滬來臺，運輸船在高雄登陸。「中西交通久，研考難周
詳。宋史稱蕪雜，辨析亦茫茫」後有小註：中西交通史五冊、宋
史二冊皆在臺灣出版，不足觀也。「六十自定稿，立言願初償」後
有小註：六十自定稿二鉅冊，皆重寫、親編、親校（按：後又出
補遺一冊，故實有三冊）。「蹉跎又五載，寫讀愈遑遑」後有小註：
六十至六四雜文，稱自選待定稿，不重寫。「瞬焉古稀年，積稿徒
盈箱」後有小註：六五至七十間雜文，待輯。

　　中西交通史，本為方豪最早之研究領域，對其研究成果，謙
稱難周詳。宋史則是來臺灣才展開之研究。宋史研究因為沒有重
新校定、編輯、寫作，故稱之蕪雜。五十八年出版之《六十自定
稿》一書，是將自民國二十三年開始發表之史學文章，歷來出版
之專書，重新校定、編輯、寫作，對自己的學問研究，重新檢討。
以本文將討論之〈從紅樓夢所記西洋物品考故事的背景〉一文為
例，其寫作之始為民國三十年秋，在遵義浙江大學，研究明末清
初傳入中國的物品，三十三年五月以〈紅樓夢新考〉為名發表於
《說文月刊》，並收入《中外文化史交通史論叢第一輯》，重慶出
版社並將其獨立出書。後又抽印其中篇章於三十七年編印的《方
豪文錄》中。《六十自定稿》中，全文重寫，補充了《紅樓夢》六
種版本物品異文互校，其中包括了屬一百廿回鈔本系統之《乾隆
鈔本百廿回紅樓夢稿》為底本，八十回鈔本系統之《乾隆甲戌脂

硯齋重評石頭記》、《脂硯齋重評石頭記庚辰四閱評過》、俞平伯《紅樓夢八十回校本》。一百廿回刻本系統之程乙本《紅樓夢》,脂批集彙之俞平伯《脂硯齋紅樓夢輯評》等為校本。互校之後,又發現新的《紅樓夢》書中所記之西洋物品。亦補充了時人(林語堂、周汝昌、趙岡、潘重規等)的中文《紅樓夢》研究成果,以及法文的教史資料、日文的臺灣歷史研究資料。還補充了《紅樓夢》所記之海疆事件,論《紅樓夢》故事的真時代、真地點、真人物、《乾隆鈔本百廿回紅樓夢稿》問題分析等項目,改定了之前引用法文的錯誤史料,與據此所下康熙二十八年,南京教士有進入織造局,當時織造是曹寅的結論等。[16]雖說是重寫,卻有新作之實。由此便可見方豪對《六十自定稿》之重視,對學術之用心,對史料保存之有心。稱《六十自定稿》為其學術生涯代表作品,實不為過。《六十至六十四自選待定稿》,雖未重寫,但對史料之保存,仍有大功。最可惜的是方豪去世前,並未能編輯其六十五歲至七十歲之雜文,可說是遺珠之憾。

---

16 李東華〈史學與天主之間:方豪的志業與生平〉一文,謂「民國三十二年,方氏更能在《紅樓夢》研究中別樹一幟,在〈從紅樓夢所記西洋物品考故事的背景〉一文中,以書中外國物品傳入之年代及書中人物可能接觸之外國人,推考《紅樓夢》可能發生的背景與時代」。此語並不正確,當時發表之篇名為〈紅樓夢新考〉,其內容亦只統計外國物品與言其來歷,結語論及書中人物,言並非全自傳小說,索隱派順治說可信,從物品擁有看,寶玉似康熙,及可證明是先人所遺資料,曹雪芹刪改成書,研究曹家歷史不應只重曹寅,曹璽亦為主要人物。並未推考《紅樓夢》可能發生的背景與時代,推考背景之五節結論,為民國五十八年全文重寫時所加寫,某些原有篇章也在重寫後訂正錯誤。此處舉例參見方豪〈紅樓夢新考〉、〈康熙時曾進入江寧織造局的西洋人〉二文,原見於《說文月刊》重慶:民國三十三年五月,第四卷。轉引自中國藝術研究院紅樓夢研究所主編:《紅樓夢研究稀見資料彙編下》北京:人民出版社,二〇〇一年八月,頁九七七～一〇〇四、一三四八～一三五五。李文見註1,頁十一～十二。

方豪學思歷程之特色，章群曾論之云：

> 浙東史學重當代文獻，先生治史則自近身始。身為教士，
> 則治教士來華傳教史；身在臺灣，則治臺灣史；先生數世
> 居杭，余敢必言，先生治宋史，自南宋臨安始。循此三途，
> 遂造絕峰。[17]

　　章群論述的重點是放在方豪學術傳承、信仰身分、鄉土之情
與史學研究之間的關係。李東華撰寫於民國七十七年〈史學與天
主之間：方豪的志業與生平〉、民國八十六年〈方豪與中國現代史
學的轉變〉兩篇文章，延續章群的論點，並加以補充，歸納出植
根於中國人及中國文化的基本立場，近身之學（鄉土史地）的不
斷擴張兩項學術特色。其云：「方氏治史，自近身始，身為教士，
則治天主教史；祖籍浙江，則治浙江鄉土史，循此二途，遂漸及
中西交通史之研究領域，從天主教史來說，上溯到明清之際，就
不免牽涉中西文化交流問題。從浙江鄉土史來看，杭州灣地區無
論古代或近代都是中外文化薈萃之所，到處都散布著中外交通的
史蹟，方豪生長其間，自易受其感染」，「上承陳垣以目錄學、校
勘學為基礎，竭澤而漁蒐集資料，研究中國宗教史之基本方法，
益以本身之所長外文根柢及對天主教之深刻瞭解，乃能出於陳垣
宗教史之範疇而深入中西交通史更深之領域」，「自幼生長杭州，
徜徉於南宋臨安都城中，廣見古蹟，自然會引發他對宋史研究的
興趣」，「念余之以繼中西交通史而又兼治宋史者，……臨安之前
塵昔夢，……所以啟發余者，尤為深遠」，方豪的宋史研究，「除

---

[17]　章群〈方豪先生六十自定稿讀後感言〉，文收於《方杰人院士蒙席哀思錄》。轉
　　引自李東華註2文，頁二五九。

早年的杭州經驗之外，似乎受浙大張蔭麟、復旦鄧廣銘兩同事影響最大」，「一九四九年來臺後，正趕上臺灣光復後臺灣史研究的熱潮，乃傾全力蒐集臺灣史料，進入臺灣史的領域，對近身之學鄉土史地的研究再度發揮」。認為「方豪的成長過程是一個飽受外患欺凌的時代，求學過程居於西方傳教士管制之下，其中辛酸當非常人所能體會。他具有極強烈的民族主義及中國文化精神」、「最後達到中國歸中國人，中國人歸基督的最終目標。這是他畢生學術研究的基本立場」。[18]民國八十八年在輔仁大學研討會發表〈方豪的中西交通史研究〉一文，將方豪的中西交通史研究，分為：近身之學的展開、擴張、轉向與延續三階段，認為「來臺以後，方氏以近身之學做為研究領域之習慣依舊，只因環境改變，近身之學亦隨之轉變，開始趨向於臺灣史的研究」，以及來臺後第一篇臺灣史、宋史論文，都是兼跨中西交通史的論文。[19]

　　所謂的「近身之學」，依章群的論述，係指個人身分與周遭歷史地理環境間的研究學問。方豪是教士，則治教士來華傳教史。居住臺灣，則治臺灣史。數世居杭，則治宋史自南宋臨安始。章群的論述，過於強調周遭歷史地理環境（方為杭縣人），與研究的關係，卻忽略了方豪的宋史研究，開始於臺灣，第一篇論文是〈宋泉州等地之祈風〉研究，最多的篇幅，是研究宋代的佛教史，此與南宋臨安並無關係。據梁庚堯的回憶：「方老師對宋史發生研究的興趣，是從中西交通史引生出來的」，「方老師所以選擇了這樣一個專題（宋代佛教史）作深入研究，據他自述，是受了陳垣《明

18　參見註2李東華文，頁二五九～二六一。註4，頁十～十一。

19　參見李東華〈方豪的中西交通史研究〉一文，見註1，頁二八七。

季滇黔佛教考》的影響」。[20]而《明季滇黔佛教考》乃陳垣以明末永曆之世、滇黔為神州正朔所在，指涉抗戰時期政府避居西南一隅的論文。[21]如此一來，方豪的宋史研究，或亦有陳垣寓史實於世事的指涉。方豪臺灣史研究動機，據其自述，原因有五：一為中學時代老師曾講述臺灣見聞，二為臺灣曾割讓於日本，老師課堂上非講的仔細。三為雞籠、打狗地名奇特，印象深刻。四為不讓日本人努力於前，使祖國學術界爭光。五為宋史書籍為姚從吾先生所必備，我不便多借。[22]王晴佳則指出「光復以後，在臺灣講授臺灣史的只有臺灣大學歷史系的教授楊雲萍，……楊的臺灣史教學，因此也摻雜了他對南明史和南明的詩人及其作品的研究，如此一來，臺灣史的部分就比較少。……他也影響了自大陸來臺的同事方豪，方豪晚年對臺灣史下了不少功夫，成就為學界所讚賞」。[23]而許雪姬論方豪對臺灣史研究的貢獻，認為可分為史料校訂與介紹，臺灣史專題研究兩方面：在史料校訂中，以臺灣方志為最重要的研究史料。在臺灣史專題研究中，可分為：人物研究與介紹、臺灣宗教史、郊行研究、臺灣早期歷史研究四項。人物研究最多的是連雅堂，浙江人士與臺灣的關係、臺灣史上的百歲人瑞、鄭成功復臺、郁永河來臺採硫、鄭和是否來臺等，都是研究的方向。臺灣宗教史研究包括了天主教、佛教、基督教、地方寺廟研究。郊行研究是研究清代臺灣商業同業工會。臺灣早期歷史研究始自臺灣史前時代，終於荷西時期，對於荷西時期的傳教

---

[20] 參見梁庚堯〈方杰人師對宋史研究的貢獻〉，轉引自註1，頁三○○～三○三。

[21] 參見彭明輝〈民族主義史學的興起：以考據與經世為主軸的討論〉一文，收於氏著《臺灣史學的中國纏結》臺北：麥田出版社，民國九十年，頁一○五。

[22] 同註1，頁六十九。

[23] 王晴佳《臺灣史學50年》臺北：麥田出版社，民國九十一年，頁一二五。

事業有詳密的敘述，對臺灣、澎湖早期在中國航海路線的角色、宋代澎湖與中國大陸的關係，有突破性的見解。[24]從方豪的自述，王晴佳與許雪姬的評論，可見方豪的臺灣史研究，在動機上，受中學老師、大學同事楊雲萍及愛國思想影響，與研究材料衝突的限制，而從宋史轉向研究臺灣史。在內容上，包含了南明史、中國大陸與臺灣間歷代交通史、文化交流史、臺灣宗教史的研究，可以說是他專長研究領域的綜合發展。基於以上的論述，章群的論述與證據，實有不足之處。

李東華的論述，肯定章群所謂「近身之學」，為方豪學術研究的特色。並補充了方豪生命歷程、學術研究資料，與周遭歷史地理環境間的關係，來補強「近身之學」的證據，以展開、擴張、轉向與延續三階段來解釋方豪的中西交通史研究的階段性轉變。除此之外，還指出方豪史學研究的學術立場，是基於強烈的民族主義、中國文化精神。

換言之，李東華的論述，除了著重個人身分與周遭歷史地理環境間的關係，還注意到宗教環境、政治環境的影響。不過，「中國歸中國人，中國人歸基督」此語，主題有兩項，一是中國、一是基督，且最後的結語是：中國人歸基督。完整的論述應該是說：方豪史學研究、學術研究的基本立場，是基於強烈的民族主義、中國文化精神的基督信仰。

其實宗教信仰、愛國精神、中西交通、鄉土史地，一直是方豪史學研究的四大元素。基督人與中國人、方神父與方教授，都是方豪身分認同的項目。來臺之後的研究成果，更加落實了四者的融合與認同。身為天主教神父，方豪對天主教教育、傳教制度

---

[24] 許雪姬〈方杰人教授對臺灣史研究的貢獻〉，轉引自註1，頁三〇六～三一三。

有諸多不滿，關心的是如何調和具有中國文化精神的基督信仰，他認為天主教來中國即應中國化，並以明末清初天主教適應中國思想為宣教典範。由認識中國教會歷史，來認識天主教文化與中國文化的衝突、調和，所以，他除了做天主教史研究外，中西交通史中，有極大的篇幅，是研究明末清初來華傳教的教士史，此為其心靈的故鄉改革與認同。身為中國人，方豪重視家鄉的歷史，他所居住之處，皆為其家鄉，因此，杭州、昆明、遵義、北平、臺灣，都留下以宗教為論述點的研究，此為其人生的故鄉敘述。做為一位史學家，方豪的特色是：注重個人人生場域與所屬團體間的互動關係，所描述的是過去時間中的人生場域與所屬團體（天主教），通過實證中國天主教史料，再現它們過去的歷史，建構出他的史學研究成果，來完成他興教復興學的人生使命，透過方神父和方教授之間的對話，寄託信仰與史學的生命寓意，告訴我們什麼是中國人？什麼是中國基督人？而這也是其紅學研究的重要特色。

二、《紅樓夢》：清朝歷史與故事小說

　　方豪的史學研究的特色，是史料學派，所謂史料學派是「民國時代，史學主流傾向的一個代表」。[25]「乃以史料之蒐集、整理、考訂與辨偽為史學的中心工作」。[26]此學派主要貢獻是「打破儒學經典為古代信史的定說，又建立白話小說、戲曲、民俗學等為歷

---

[25] 同註23，頁十八。
[26] 余英時《史學與傳統》臺北：時報文化公司，一九八二年，頁二。

史研究材料的觀念，可以說是現代中國史學發展的基石」。[27]換言之，對史料學派而言，史料的判準，就是判定什麼可以成為歷史證據？什麼是事實？什麼是重要？什麼是歷史研究的基礎。〈從紅樓夢所記西洋物品考故事的背景〉一文，既然以《紅樓夢》所記為底本，考證其中的西洋物品來源，從而考證《紅樓夢》故事的發生地點、時代背景、作者、人物問題。也是方豪一系列《紅樓夢》研究之定稿，其論文是認為《紅樓夢》中有涉外史料，可以來判準小說故事的發生地點、時代背景、作者、人物問題。也就是說，他認為《紅樓夢》研究是天主教傳教士與清朝間，中西交通歷史事實研究，《紅樓夢》是包含歷史與故事小說。《紅樓夢》中作者描寫的西洋物品是史料，西洋物品涉及天主教與清朝間，中西交通史的事實，需要歷史知識來判斷何者是事實？而判斷了何者是事實之後，《紅樓夢》故事發生地點、時代背景、作者、人物問題，就可以迎刃而解。以上種種就是方豪紅學研究的基本概念，也是方豪史學研究的特色與關注的焦點。

　　方豪早在〈從紅樓夢所記西洋物品考故事背景〉一文的前身，民國三十三年所發表的〈紅樓夢新考〉一文中，就提出《紅樓夢》為歷史與故事的小說看法。〈紅樓夢新考〉引言中說：

> 自來為《紅樓夢》考證者，主要者有下列三說：一以賈寶玉為清世祖，以林黛玉為董鄂妃（王夢阮、沈瓶庵《紅樓夢索隱》）；一以寶玉為納蘭性德，黛玉乃性德之妻（陳康祺、俞樾）；一以寶玉為曹雪芹（胡適《紅樓夢考證》）。曹

---

[27] 彭明輝《疑古思想與現代中國史學的發展》臺北：臺灣商務印書館，民國八十年，頁二二三。

雪芹為寶玉一說，最為時人所信服，顧余未草此文之先，即認為雪芹不過憑其先人之筆記及家中之傳說，為之剪裁穿插而已。原書第一回記此甚明，曰：後因曹雪芹於悼紅軒中，批閱十載，增刪五次，纂成目錄，分出章回；又題曰《金陵十二釵》並題一絕，即此便是《石頭記》的緣起。又歷史考古之原則，凡屬傳說，非確證其出於偽造或誤傳，必時間上發生愈早者亦愈可信。董小宛為董妃之說固不足信，然黛玉為董妃，寶玉為順治之說，產生既早，吾人在未證實其為後人附會以前，至少亦當姑以其說為可靠也。……陳先生（陳垣）曰：謂順治為出家未遂則可，謂其無出家之意，無出家之事則不可。順治與董妃是否即寶玉與黛玉，陳先生不言，而余則確信其有一部分真實性也。[28]

此段文字可見，方豪認為《紅樓夢》研究，是歷史本事考證研究，其研究範圍，包涵了索隱、自傳兩種不同《紅樓夢》研究方法。其中他所認同的是：全書剪裁穿插的作者為曹雪芹，曹雪芹即寶玉；順治與董妃即寶玉與黛玉的傳說，亦有一部分真實性。換言之，他的紅學研究重心是：《紅樓夢》本事研究。一方面認同胡適用「研究歷史的眼光和方法，去研究故事、傳說內容的流變經過」，「注重故事、傳說的版本翻新變異」[29]以此研究《紅樓夢》「這書的著者究竟是誰，著者的事蹟家世，著書的時代，這書曾有何種不同的本子，

---

[28] 方豪〈紅樓夢新考〉重慶：《說文月刊》第四卷，民國三十三年五月。轉引自中國藝術研究院紅樓夢研究所主編：《紅樓夢研究稀見資料彙編下》北京：人民出版社，二〇〇一年八月，頁九七七～九七八。

[29] 此為許冠三對胡適學術方法之結論。參見許冠三《新史學九十年上冊》臺北：唐山出版社，民國八十五年，頁一五五。

這些本子的來歷如何」[30]。最後考證出曹雪芹即寶玉，《紅樓夢》
是曹雪芹將真事隱去的自敘傳之成果。卻又以《紅樓夢》第一回
所云：「批閱十載，增刪五次，纂成目錄，分出章回。」的證據，
否定胡適認為曹雪芹是《紅樓夢》的原作者，認為他只是剪裁穿
插改編作者。此點又和蔡元培《石頭記索隱》中，認為全書後經
曹雪芹增刪部分，看法一致[31]。另一方面，又認同王夢阮、沈瓶庵
注重《紅樓夢》情節，所反映的歷史傳說、事實的研究方法，並
經由傳說的時間、陳垣的考證，認為順治與董妃即寶玉與黛玉的
雜史傳說，有其可靠、真實性。由此可知，他認為《紅樓夢》是
曹雪芹剪裁穿插改編成書，雜有歷史事實（曹雪芹家傳）、歷史傳
說（順治與董妃情史）的小說。其後在〈答葛建時、嚴冬陽二先
生論紅樓夢的故事背景〉一文中，他又明確表示此一看法：

> 任何長篇小說，作者必在不知不覺中，敘述自己的經歷；
> 但既是小說，所以亦必有掩飾之處、偽造之處；或將所見
> 所聞，同時的、相去不遠的、別人的、異地的、許許多多
> 的故事，穿插其中。[32]

由這段話可知，首先，他從《紅樓夢》與現實人生、《紅樓夢》與
作者傳記、《紅樓夢》與作者的關係來立論，而這也是胡適所代表
的自傳派紅學研究重心。他表明小說反映人生，而且反映的是作

---

[30] 胡適〈紅樓夢考證〉，收於《紅樓夢》上海：亞東圖書館，民國十年，序文。
　　 轉引自胡適《胡適紅樓夢研究論述全編》上海：上海古籍出版社，一九八八年，
　　 頁七十五～一二一。

[31] 同註29，頁一二七。

[32] 方豪〈答葛建時、嚴冬陽二先生論紅樓夢的故事背景〉，收於方豪《方豪六十
　　 自定稿》：臺北，民國五十八年，頁二八七四。

者的實際生活史，以及作者人生經歷中的所見所聞。但所謂的反映，不是重組一遍作者的實際人生經歷、見聞，將其真事隱去，所寫成的作者與其生存社會的歷史傳記。其次，如索隱派紅學研究者所說，小說是經過作者主觀行為，有心的掩飾、篩檢、編輯、想像、創造、加工、指涉的敘事成果。正因為小說是作者有意識的敘述人生經歷、見聞活動，編輯、想像、創造、加工、指涉的敘事成果，其故事背景、情節、主角行為的指涉，也不是只有一時、一地、同時、同地、個人的人生故事，而是穿插許多不同的時間中「作者自身的、友好的、先人的、老親的、朝廷的、民間的、親自經歷的、看到的、聽到的、以及其他書上有記述的男女情史」[33]，成為書中的故事背景、情節、主角行為。換言之，小說是作者與其生活史互動，虛構編輯的故事，其中真假、虛實參差。欲求小說的真實背景、虛構編輯的故事資料，要從作者的生活史入手，知人論世。

　　那麼，要知什麼人？如何論此人所處環境呢？在撰寫〈紅樓夢新考〉一文前，他就認為《紅樓夢》是曹雪芹剪裁穿插改編成書，其後在〈答葛建時、嚴冬陽二先生論紅樓夢的故事背景〉一文中，又詳細解釋此一看法：

> 我認為《紅樓夢》的材料，雖有許多為曹氏先人所遺，但雪芹有參考、組織、編輯之功，我不能肯定原來的資料究竟佔全書幾分之幾，但我相信肉多於骨，即雪芹自己構思、自己覓句遣詞的字數必多於原資料；如果一般人憑此而說

---

[33] 方豪〈從紅樓夢所記西洋物品考故事的背景〉，收於方豪《方豪六十自定稿》，頁四九一。

　　《紅樓夢》為曹雪芹所撰，我決不反對。……我是說他擁
　　有先人留下的材料，他曾加以整理、編撰、潤色，也有增、有
　　刪、有改。尤其重要的，是他利用這些材料，寫成小說。[34]

　　他認為曹雪芹是《紅樓夢》的編著者，不是原創者，其資料
來源是先人所遺，故《紅樓夢》中所反映的作者生活史，是曹家
先人生活史資料與曹雪芹個人生活史，而非只是曹雪芹個人生活
史。所虛構編輯的故事資料，也是曹家先人以降，所得知的傳說。
因此，要論《紅樓夢》故事的背景，就要研究曹雪芹先人生活史
資料，與其個人生活史，及傳說資料來源。此生活史與傳說資料
來源，既然有不屬於自己親見者，必有不調和之處，可以找出破
綻尋得故事的真實背景。因此，「《紅樓夢》前八十回和後四十回，
是不是一人所作？如果不出於一人之手，後四十回是不是高鶚一
人所續？或僅限於訂補？」[35]這些問題，也在此主導意識之下，而
不感興趣。況且，「撇開版本以及是誰續寫的問題不談，《紅樓夢》
的後四十回所記，也是差不多同時代的事，以它作為研究當時史
事的材料用，其價值和前八十回是差不多的」[36]。《紅樓夢》中不
調和之處，在他的看法：

　　我之所以從研究書中所記西洋物品著手，是因為稗史小說
　　的作者，在時間、地點、人物和一切故事的背景上，都可

---

[34] 〈答葛建時、嚴冬陽二先生論紅樓夢的故事背景〉，收於方豪《方豪六十自定
稿》，頁二八七七。

[35] 〈從紅樓夢所記西洋物品考故事的背景〉，收於方豪《方豪六十自定稿》，頁四
九一～四九二。

[36] 〈從紅樓夢所記西洋物品考故事的背景〉，收於方豪《方豪六十自定稿》，頁四
五〇。

以故弄玄虛，或張冠李戴，或顛三倒四，使人無從捉摸；
但在細微的情節上，卻不容易面面顧到，而於不知不覺間，
露出真相（真時代、真地點、真人物）：（若干研究《紅樓
夢》的人，注意到書中的花木、諺語、以及婦女們是否纏
腳等情節，也是從小處著眼，很容易捉到作者想欺騙讀者
的破綻。）[37]

　　《紅樓夢》既然是雜有歷史事實（曹雪芹家傳）、歷史傳說（順
治與董妃情史）的稗史小說，其中有曹雪芹與其先人的真實歷史
資料，亦有先人所傳聞之順治與董妃情史傳說資料。其歷史事實
的還原證據，在於不容易面面顧到的細微情節，透過對細微情節
的分析，可以還原故事的真實歷史。前人已經研究了書中的花木、
諺語、以及婦女們是否纏腳等情節，做為還原故事的真實歷史的
方法。身為中西交通史、天主教傳華史研究者的方豪，選擇了對
他限制最少、意義最深、知識最多的史料；《紅樓夢》中西洋物品、
外國地理常識，可能接觸的西人，做為分析細微情節，還原書中
真時代、真地點、真人物的歷史證據。

　　這樣的紅學研究概念，其特色在於兼有作者的「歷史」與著
書的「歷史」的歷史資料辨析，和小說情節中的歷史「真實」與
「傳說」的指涉辨析。其認為小說不是作者歷史的直接呈現，是
作者敘述其「歷史」，「傳說」其見聞，「虛構」其文本故事的結晶。
在故事描繪中，有作者歷史、時代歷史研究的材料。《紅樓夢》敘
述了作者歷史與其時代歷史的故事，本來就是紅學索隱、自傳兩

---

[37] 〈從紅樓夢所記西洋物品考故事的背景〉，收於方豪《方豪六十自定稿》，頁四
九〇。

派論述的主導意識,而《紅樓夢》的作者為何?作者構思、創作小說故事時,「歷史」與「傳說」、「真實」與「虛構」的成分多寡,則是兩派爭論焦點。索隱派重在探討閱讀者以諧隱、避諱等歷史考證法,去考證作者描寫的故事中,人物、情節裡所曲折「虛構」的「傳說」,影射於「歷史」上的「真實」故事。自傳派重在探討閱讀者以考據、校勘等歷史考證法,去考證出作者個人與家族的「歷史」與著書的「歷史」,並認為作者將某些真事隱去後,將此歷史呈現在故事中,成為文本內容。方豪剛好各取所需,以自傳派的考證結果,曹雪芹個人,與其家族的「歷史」,與著書的「歷史」為經,承認編著者生平在作品中的重要性。索隱派的作者、故事考證結果,《紅樓夢》中影射於「歷史」上的「真實」故事為緯,承認《紅樓夢》是稗史小說,編著者可以虛構其生平情節以外故事的合理性。成為可以從情節不調和處研究《紅樓夢》,與其紅學研究的基本概念。

三、辨史與皈依:宗教史家的責任與情感

　　方豪的紅學觀是視《紅樓夢》,為曹雪芹憑其先人資料整理、編撰、潤色,也有增、有刪、有改。利用這些材料,寫成的歷史與故事小說。其紅學研究方法,是研究非曹雪芹親見的先人事蹟,呈現於書中的情節,此為編著者不容易面面顧到,會呈現破綻的細微情節,透過對細微情節的分析,還原書中真時代、真地點、真人物的歷史證據。方豪是十七、八世紀中西交通史、天主教傳華史研究者,他選擇了對其限制最少、意義最深、知識最多的史料;《紅樓夢》中西洋物品、外國地理常識,可能接觸的西人,做

為分析細微情節，還原書中真時代、真地點、真人物的歷史證據。從曹雪芹是《紅樓夢》的編著者而論，他認為《紅樓夢》中西洋物品研究史料蒐集範圍，應包括順治、康熙、乾隆三朝代，其理由為「蓋據胡適之先生考證，雪芹卒於乾隆二十七年除夕，即公曆一七六三年二月十二日，假定其死時為四十五歲，則雪芹當生於康熙五十六年，一七一七年，如此，雪芹之修改《紅樓夢》必在乾隆後」，「在曹雪芹生前，《紅樓夢》已富大名」，「據趙嬤嬤與鳳姐所云（第十六回），則賈王二府之富，與接駕及管理外國進貢二事，極有關係，《紅樓夢》中必有一部分外國物品，係得自彼時者，然彼時趙嬤嬤尚在童年，則非寶玉（曹雪芹）所能親見也可知矣。」[38]故其涉外史料蒐集，也以順治、康熙、乾隆三朝代為範圍，綜論其史料蒐集約可分為三類：其一是《紅樓夢》版本異文校勘，關注重點為書中西洋物品統計、曹家涉外知識，兼提供版本變遷與續作者問題研究資料。其以一百廿回鈔本系統之《乾隆鈔本百廿回紅樓夢稿》為底本，八十回鈔本系統之《乾隆甲戌脂硯齋重評石頭記》、《脂硯齋重評石頭記庚辰四閱評過》、俞平伯《紅樓夢八十回校本》。一百廿回刻本系統之程乙本《紅樓夢》，脂批集彙之俞平伯《脂硯齋紅樓夢輯評》為校本，從此六種《紅樓夢》版本中，判別、統計出五十種西洋物品，與《紅樓夢》作者的外國地理常識。其次是十六、七、八世紀天主教教士文獻的辨讀與解析，由域外史料中對明末清初來華傳教的記載，來論述書中物品可能的來源，與曹家先人可能接觸的西洋傳教士，以及輔助判別物品傳入資料。此分為外文文獻與中文文獻兩種，外文文獻部

38　同註28，頁九七八～九七九。

分：重要的有法文撰述費賴之（P.Pflaster）《一七七三年前入華耶穌會士列傳》、《耶穌會士通訊集》、《羅馬教廷傳信部檔案處卷宗》、《麥德樂使華文獻》、《巴石喀使華文獻》。中文文獻部分：計有《熙朝定案》、《正教奉褒》、《西方答問》、《西方要紀》、《天主教傳行中國考》、《天主教十六世紀在華傳教志》、《徐光啟集》《教廷與中國使節史》、《續口鐸日抄》等。其三是日文文獻辨讀與解析，計有伊藤漱平日譯本《紅樓夢》、李騰嶽〈紅樓夢的醫事〉，此為輔助判別物品內容、名稱資料。其四是中文文獻辨讀與解析，分為正史、方志、清人歷史資料、文學筆記、時人《紅樓夢》研究三種，用來支持作者的西洋物品、故事背景、曹雪芹生平、紅學主張的論證依據。正史、方志、清人歷史資料計有《清史稿》、《清實錄》、《東華錄》、《嘉慶江寧府志》、《粵海關志》、《同治上元江寧兩縣志》、《欽定平臺灣紀略》、《海島逸誌》、《乾隆南行盛典》、《土那補釋》、《勇盧閒詁》等。文學筆記計有《隨園詩話》、《池北偶談》、《香祖筆記》等。時人《紅樓夢》研究計有胡適〈紅樓夢考證〉、林語堂〈平心論高鶚〉、周汝昌《紅樓夢新證》、趙岡《紅樓夢考證拾遺》、吳世昌《散論紅樓夢》、潘重規《紅樓夢新證》等考證紅學作品。[39]

從方豪蒐集的史料，可以看出其主要史料的蒐集範圍，是《紅樓夢》的六種重要版本，並從中判別、統計出五十種西洋物品，與作者的外國地理常識。以及從十六、七、八世紀來華傳教教士中、外文撰述資料，以其《紅樓夢》知識為上綱，以順治、康熙、乾隆朝為主要蒐集範圍，藉以找出《紅樓夢》中西洋物品、外國

---

[39] 〈從紅樓夢所記西洋物品考故事的背景〉，收於方豪《方豪六十自定稿》，頁四九六。

地理常識的來源為何？與曹家先人可能接觸的西洋傳教士為何？
由此來判準《紅樓夢》的故事背景、時代、地點。

　　他判準史料的態度有四：其一是以一己之涉外知識，從《紅
樓夢》書中，找出西洋物品實物、外國地理知識、外國人。其次
是用中、外文的天主教十六、七、八世紀傳教記述，以順治、康
熙、乾隆朝為主要範圍，探討天主教傳教士如何與中國皇帝、士
人接觸？如何輸入器物給中國？輸入了那些器物？其焦點是教士
的奉教事蹟與成就。其三是以傳教士來中國之時間，輸入中國之
器物、時間，對照《紅樓夢》中的物品，判斷何者與書中物品有
關？其來源為何？時間為何？作者家族（曹璽至曹寅）如何與教
士接觸，取得物品？其四是以前兩者為證物，佐以其他紅學家所
考證的曹家史料，論證一己對《紅樓夢》作者、故事背景、時代、
地點的主張。

　　此《紅樓夢》研究方法，有其所屬宗教團體的文化立場，在
現實生活上，拉近了身為神父的方豪，與教會之間的關係，經由
閱讀教中文獻與《紅樓夢》相關資料的價值，貫徹其探討中國教
會歷史，認識天主教文化（西方文化）與中國文化的衝突，確立
明末清初西洋教士適應中國思想，來華傳教主張的合理價值，與
宗教認同，與經由此一認同，所立下的學術研究主旨。更藉此證
明其早先對《紅樓夢》的看法，實踐其興教猶興學的人生抱負。

　　亦有其個人學術研究資源的特色，身為教中人士，方豪的外
文能力，神父身分，使他能掌握以外文撰寫教會域外史料、日文
史料。中西交通史、臺灣史、宋史史料史學家的身分，使他能掌
握的中國正史、方志、筆記、傳記等史料，蒐集、擴充的範圍極
廣。也讓《紅樓夢》歷史考證學，範圍擴充至中西交通研究，更

重新宣揚了《紅樓夢》中，西洋傳教士的足跡。師事陳垣，信守史學即史料考據學，此一史學研究態度，使他也沒有忽視其他紅學家考證的史料。最重要的是，合理化其以歷史與故事小說研究為主導意識，從《紅樓夢》書中的涉外物品、知識，研究《紅樓夢》故事真歷史的主張。即認為曹雪芹是《紅樓夢》的編著者，《紅樓夢》雜有歷史事實（曹雪芹家傳）與歷史傳說（順治與董妃情史），其中有曹雪芹與其先人的真實歷史資料，亦有先人所傳聞之順治與董妃情史傳說資料。所以詮釋《紅樓夢》，要以研究曹雪芹用先人事蹟，編寫於書中的西洋物品情節為主。此為曹雪芹不容易面面顧到，易呈現破綻的細微情節，透過對此細微情節的分析，還原書中真地點、真時代、真人物的歷史證據，與歷史研究。

四、《紅樓夢》裡的基督與中國

〈從紅樓夢所記西洋物品考故事的背景〉一文，分成上下兩部分，「上半部是《紅樓夢》所記西洋物品的分類統計，下半部是按照差不多同樣的分類，以清初其他文獻（以天主教教士文獻為主）的記述作為參證」[40]，及時人紅學家考證的成果，來討論《紅樓夢》的版本、作者、續作者、時代、地點、人物問題，其詮釋的結果，形成了以「天主教傳華史」為依據的《紅樓夢》論述，論題內容如下：

---

[40]　〈從紅樓夢所記西洋物品考故事的背景〉，收於方豪《方豪六十自定稿》，頁四九三。

（一）論《乾隆鈔本百廿回紅樓夢稿》年代問題

〈從紅樓夢所記西洋物品考故事的背景〉一文的西洋物品的分類統計，是以《乾隆鈔本百廿回紅樓夢稿》為底本，《乾隆鈔本百廿回紅樓夢稿》是百納本，「由於其具有早期鈔本上所缺少的後四十回及第六十七回，可藉以考查鈔本如何過渡到刻本的痕跡，因此其在版本史上佔有相當重要的地位」[41]。但是其所用底本的改稿者、全書性質，本身就是極有爭議，引起眾多討論，沒有一致答案的公案。在統計物品之前，方豪對以其為底本，有其解釋，他說「我之所以用它為底本，並不認為它是最古本，而是過去都知道八十回本全是鈔本，一百廿回本全是刻本，這卻是一個一百廿回的鈔本，所以就用它了」。[42]在以《乾隆鈔本百廿回紅樓夢稿》為底本，參以《乾隆甲戌脂硯齋重評石頭記》、《脂硯齋重評石頭記庚辰四閱評過》、俞平伯《紅樓夢八十回校本》。一百二十回刻本系統之程乙本《紅樓夢》，脂批集彙之俞平伯《脂硯齋紅樓夢輯評》，統計完西洋物品後。他「發現《乾隆鈔本百廿回紅樓夢稿》許多原抄的字句，和其他版本脂硯齋重評石頭記相同，然後又加以塗改，足證它比那幾個本子要晚，推翻了林語堂先生〈說高鶚手定的紅樓夢稿〉文中，認為這是曹雪芹在乾隆己卯年（二十四年、一七五九）親自修改補訂的底稿的說法。」[43]提出的塗改證據

---

[41] 參見王三慶《紅樓夢版本研究》臺北：中國文化大學博士論文，民國六十九年。頁四二五。

[42] 〈從紅樓夢所記西洋物品考故事的背景〉，收於方豪《方豪六十自定稿》，頁四一五。

[43] 〈從紅樓夢所記西洋物品考故事的背景〉，收於方豪《方豪六十自定稿》，頁四一三。

有八例，其一是在紅樓夢關於鐘錶的記述中，論晴雯房內的鐘和
表時，說：

> 第五十一回記晴雯病時，寶玉去探病，「只聽外間屋裏隔上
> 的自鳴鐘噹噹的兩聲」。「屋裏」原作「房中」。「隔上」原
> 作「十錦隔上」，均被塗去。徐本（《脂硯齋重評石頭記庚
> 辰四閱評過》）仍保留「十錦」二字；「噹噹」下無「的」
> 字，卻添上「打了」兩字，俞校本（俞平伯《紅樓夢八十
> 回校本》）有「十錦」二字，無「打了」二字。晴雯死了以
> 後，寶玉很秘密的向她的兩個小侍女打聽臨終時情形，一
> 個小婢女說出她死的時刻：「我聽了這話，竟不大信，及進
> 來到屋裏，留神看時辰表，果然是未正二刻，他咽了氣。」
> （第七十八回）「及進來到屋裏」，是塗改後的句子，原作
> 「及至進來到房裏」。程乙本作「及進來到房裏」。徐本作
> 「房裏」。（可見百廿回稿必後於徐本和程乙本）。[44]

其二同樣在紅樓夢關於鐘錶的記述中，論寶玉房內的表時，說：

> 第十九回：「只見秋紋走進來說：三更天了，該睡了。方才
> 老太太打發嬤嬤來問，我答應：睡了。寶玉命取表來看時，
> 果然針已指到子初二刻了。」「子初二刻」原作「亥正」。
> 徐本首二句作「快著睡覺罷，三更了，該睡了。」「未正二
> 刻」，仍作「亥正」。無「了」字。百廿回稿之改為「子初
> 二刻」，又可證明他實比徐本晚出。[45]

---

[44] 〈從紅樓夢所記西洋物品考故事的背景〉，收於方豪《方豪六十自定稿》，頁四
二二。

[45] 〈從紅樓夢所記西洋物品考故事的背景〉，收於方豪《方豪六十自定稿》，頁四

其三是在紅樓夢關於西洋工藝品的記述中，論洋漆器時，說：

> 第四十回記探春房中有「洋漆架」；第三回記榮禧堂王夫人常住的東邊耳房，有「一對梅花式洋漆小几」，百廿回稿原作「梅花式樣」，「樣」字經塗去，改為「洋」字。「樣」「洋」音同，「式樣」二字尤易連在一起。徐本亦作「梅花式洋漆小几」，但「漆小几」三字不成句，徐本未改，而百廿回稿已改，可見其為後出。[46]

其四是在紅樓夢關於西洋玻璃品的記述中，論西文玻璃的譯音溫都里納時，說：

> 百廿回稿第七十回原有「溫都里那」四字，卻又塗去，改為「晴雯和麝月兩個人按住芳官那裏隔肢呢」。以下凡「雄奴」也一律改為「芳官」。而徐本仍為「雄奴」，可見百廿回稿乃後起改本。[47]

其五是在紅樓夢關於西洋美術的記述中，論西洋織補法時，說：

> 老太太給寶玉的一件俄國製孔雀氅，第一日就在後襟子上燒了一塊；可是打聽了織補匠、裁縫繡匠、以及女工，都不認得是什麼貨，也都不敢承攬。晴雯聽了半日，忍不住，說：這是孔雀金線織的，如今偺們也拿孔雀金線，就像界線似的界密了，只怕還可混的過去。……晴雯先拿了一根

二二。
[46] 〈從紅樓夢所記西洋物品考故事的背景〉，收於方豪《方豪六十自定稿》，頁四二五。
[47] 〈從紅樓夢所記西洋物品考故事的背景〉，收於方豪《方豪六十自定稿》，頁四二六。

（線），比一比，笑道：這雖不很像，要補上，也不很顯。
寶玉道：這就很好，那裡又找哦囉斯國的裁縫去？晴雯先
將裡子拆開，用茶盅口大的一個竹弓釘牢，在背面再將破
口四邊，用金刀刮的散鬆鬆的，然後把針紉了兩條，分出
經緯，亦如界線之法，先界出地子，後依本紋，來回織補；
補兩針，又看看；織補不上三五針，⋯⋯剛剛補完，又用
小刀慢慢的剔出毺毛來。麝月道：這就很好，要不留心，
再看不出的。徐本「混的」作「混得」。「要補上」作「若
補上」，按百廿回稿原亦作「若」，塗去後改為「要」。「斯」
作「嘶」。「釘牢」作「釘牢」，按百廿回稿原亦作「牢」，
經塗去後，改為「牢」。「本紋」作「本衣之紋」，按百廿回
稿原亦有「衣之」二字，被塗去。[48]

其六是在紅樓夢關於西洋藥品的記述中，論鼻煙時，說：

第五十二回記：寶玉便命麝月取鼻煙來給他嗅些，痛打幾
個噴嚏，就痛快了。麝月果真去取了一個⋯⋯小扁盒兒（見
前關於美術的記述）⋯⋯裏面盛著些真正上等的洋煙。徐
本作「真正汪恰洋煙」，又雙行註曰：汪恰，西洋一等寶煙
也。「嗅些」下有「罷」字。俞校本亦作「真正汪恰洋煙」。
按百廿回稿原亦作「真正汪恰洋煙」，將「汪恰」兩字塗去，
加「上等」兩字，即將徐本的註改為正文。所以程乙本亦
作「真正上等洋煙」，而無「汪恰」兩字。[49]

---

[48] 〈從紅樓夢所記西洋物品考故事的背景〉，收於方豪《方豪六十自定稿》，頁四
三三～四三四。
[49] 〈從紅樓夢所記西洋物品考故事的背景〉，收於方豪《方豪六十自定稿》，頁四
三五～四三六。

其七也是在紅樓夢關於西洋藥品的記述中，論頭痛藥依弗哪時，說：

> 晴雯用鼻煙後，太陽穴依舊沒有止疼，寶玉主張越發盡用西洋藥治一治，只怕就好了。說著便命麝月往二奶奶要去，就說：我說了：姐姐那裏常有那西洋貼頭疼的膏子藥，叫作「依弗哪」，找尋一點兒。麝月答應，去了半日，果然挈了半節來，便去找了一塊紅緞子角兒，鉸了兩塊指頂大的圓式，將那藥烤和了，用簪挺攤上。徐本「越發」作「越性」，「往」作「和」。「果然」無「然」字，「烤和」原稿同，改為「烤化」。俞校本作「越發」「和」。「答應」下有「了」字。「指頂」作「指頭頂」，按百廿回稿原作「指　頭」，後將「頭」字塗去，改用「頂」字，俞氏似兼採兩字。[50]

其八是在紅樓夢關於西洋動物的記述中，論西洋花點子哈巴兒狗時，說：

> 晴雯等人曾以西洋花點子哈巴兒狗嘲笑襲人，見第三十七回。按百廿回稿原作「西洋點子哈八兒狗」，後又加上「花」字，「八」改「巴」，又把「狗」字塗去。徐本作「西洋花點子哈吧兒」。[51]

觀其以上說法，是認為以塗改異文來看《乾隆鈔本百廿回紅樓夢稿》的成書年代，要在八十回鈔本《脂硯齋重評石頭記庚辰四閱評過》（乾隆二十五年秋定本、一七六〇）、一百二十回刻本

---

[50]〈從紅樓夢所記西洋物品考故事的背景〉，收於方豪《方豪六十自定稿》，頁四三六。
[51]〈從紅樓夢所記西洋物品考故事的背景〉，收於方豪《方豪六十自定稿》，頁四三七。

系統之程乙本《紅樓夢》（刊於乾隆五十七年壬子、一七九二）兩版本之後。而林語堂先生〈說高鶚手定的紅樓夢稿〉文中，認為這是曹雪芹在乾隆己卯年（二十四年、一七五九）親自修改補訂的底稿的說法，絕不可靠。但在其第八例證據中，又主張程乙本在百廿回稿之後，其論紅樓夢關於西洋玻璃品之玻璃缸的記述中，也說：「近有人主張百廿回稿比若干刻本還晚，曾據若干刻本修改，看這情形，又未免太過了。」[52]這個「近有人」之人，似指趙岡主張：「百廿回稿曾根據程乙刻本校改手中抄本」[53]。此處又不贊同百廿回稿有據程乙本塗改；和自己的論證根據，前後自相矛盾。

其實，林語堂是認為百廿回稿影本，第三頁題簽是「紅樓夢稿、己卯秋月菫菫重訂」，因此判斷這個稿本為曹雪芹的親筆遺稿。而當時論戰之葛建時、嚴冬陽、趙岡、潘重規等人認為應是「紅樓夢稿、乙卯秋月蓮公重訂」，因此不是曹雪芹的親筆遺稿。後來趙岡又提出改文的主張，論證他百廿回稿曾根據程乙刻本校改手中抄本的看法。[54]方豪此處的作法是實際分析稿本的改文狀況，可惜並不全面，也不完整，還夾有矛盾的主張，功虧一簣。

（二）論《紅樓夢》作者問題

方豪在〈紅樓夢新考〉中，已認為曹雪芹是刪潤先人所遺資料，撰成《紅樓夢》的作者。在〈從紅樓夢所記西洋物品考故事

---

[52] 〈從紅樓夢所記西洋物品考故事的背景〉，收於方豪《方豪六十自定稿》，頁四二七。

[53] 見註41，頁四七五。

[54] 見註41，頁四六九〜四七三。

的背景〉中，提出了潘重規在《紅樓夢新解》中，以高鶚、程小泉在乾隆五十六年的校刻本序言、裕瑞《棗窗閒筆》為依據，認為曹雪芹只是刪改的看法，當作補強自己看法的學術證據。[55]又以曹雪芹的生平來論述，認為曹雪芹的生卒年，是生於康熙五十四年（一七一五），卒於乾隆癸未年（一七六四），其晚年寫作時，身邊已無長物，不可能親見家世的繁華，與如此多罕見、昂貴的西洋物品。況且，曹家在雍正六年籍家時，他只十四歲，以其與南京織造署、北京曹府全盛時代，距離之遙遠，決不可能全部是自傳。推斷他有憑著先人資料、傳聞來書寫《紅樓夢》中的故事。[56]

藉著書中記述西洋物品的分類整理、來源、時代辨別，與他人對《紅樓夢》中節氣、中藥、祭祀禮儀的研究，進一步提出他認為，曹雪芹據以刪潤成書的先人資料內容，一定有下列四類：[57]

首先，應有參考過曆本。據嚴敦傑的考證，《紅樓夢》所記若干年的若干節氣的時刻和擇日，與歷史上某些年的節氣，似是很相同，手頭上必有當年的黃曆。

其次，曹雪芹手中握有不少中國藥方。《紅樓夢》的許多中國藥方，經中醫研究，並非胡謅。曹家那樣的人家，所請的必是名醫，名醫的方子是大家所重視，也渴望獲得的。

其三，必有祖上的家產簿、送禮簿、受禮簿以及元旦、壽辰、婚禮的開支簿。否則，像他那時隨寫隨抄，隨抄隨賣，以換酒米

---

[55] 〈從紅樓夢所記西洋物品考故事的背景〉，收於方豪《方豪六十自定稿》，頁四九〇。

[56] 〈從紅樓夢所記西洋物品考故事的背景〉，收於方豪《方豪六十自定稿》，頁四八八～四八九。

[57] 〈從紅樓夢所記西洋物品考故事的背景〉，收於方豪《方豪六十自定稿》，頁四八九。

的人，不可能對西洋鐘錶、玻璃品、畫、藥品、飲料，寫得如此詳盡。

其四，必有索寧安所著《滿洲四禮集》一類的書。周汝昌《紅樓夢新證》即證明第五十三回所寫除夕祭宗祠，其儀式即和《四禮集》中的〈家祠祭祀儀注〉大體相同。

（三）論《紅樓夢》續作者問題

《紅樓夢》全書是否一人所作？是否前八十回與後四十回是兩人所作？後四十回續書者是否為高鶚？兩人創作、續補的程度為何？本是紅學史上爭論不休的老問題了，藉著西洋物品、海疆知識（沿海用兵）統計資料，方豪提出續作者不肯定是高鶚續作，傾向林語堂的觀點，後四十回是高鶚根據曹雪芹的遺稿而補訂的看法。其論述重點如下：

首先，在論述《紅樓夢》九十二回中，所記漢宮春曉圍屏的來歷時，《方豪文錄》中所收之舊文，很明確的寫：「啟發高鶚想出漢宮春曉圍屏觀念的」。[58] 到了〈從紅樓夢所記西洋物品考故事的背景〉文中，改為「啟發作者想出漢宮春曉圍屏觀念的」。[59]

其次，《紅樓夢》所記西洋物品，只有五種出於後四十回，分別是第一百〇五回，寧國府被抄時所列的清單中的西洋物品；第九十二回所記馮紫英求售的四件洋貨；第八十八回所記的自鳴鐘；第九十回所記的大紅洋縐襖。[60]

---

58 同註 28，頁一三六〇。
59 〈從紅樓夢所記西洋物品考故事的背景〉，收於方豪《方豪六十自定稿》，頁四五一。
60 〈從紅樓夢所記西洋物品考故事的背景〉，收於方豪《方豪六十自定稿》，頁四

　　由西洋物品的統計來看，方豪認為從統計結果來解釋，前八十回和四十回的確不出於一人之筆。但從故事情節的完整性來看統計結果，後期曹家已衰落，第七十二回已有鳳姐賣鐘的敘述，所以後四十回沒有西洋物品記述的空間。綜合兩者來看：「如全書為一人所作，前後照應非常周密；如後四十回出於別人續補，續補的人也很體驗到曹家的後期情形，而有過一番細密的思考」[61]

　　最後，有關海疆知識、沿海用兵的事，全部見於後四十回。方豪認同《臺灣風物》第十卷四期李未秋〈紅樓夢與臺灣〉中意見，認為海疆指閩海。《紅樓夢》所記海疆班師一路騷擾之事，相似於史實中的兩件事，分別是康熙朝施琅、姚啟聖進佔臺灣，用兵之時，沿海一帶頗受騷擾；與乾隆朝福康安平林爽文之亂。[62]

　　由海疆知識統計結果來解釋，後四十回是另一人的手筆，如果後四十回的確是高鶚所續，以他出生於乾隆三年或略早來看，所記之事，極可能是福康安平林爽文的事。如果是曹雪芹一人所作，據周汝昌《紅樓夢新證》考據，乾隆九年巡臺御史六十七、福康安都是曹雪芹的親戚，因此曹雪芹藉著兩人的關係，可以知道許多關於海疆的事。或許「像林語堂先生在〈平心論高鶚〉文結論所說：我相信高本四十回，係根據雪芹原作的遺稿而補訂的」[63]。

　　在續作者的問題上，方豪論證的工具，本是涉外西洋物品統計資料，但在判讀海疆資料時，因為他在撰文前就相信《紅樓夢》

61　〈從紅樓夢所記西洋物品考故事的背景〉，收於方豪《方豪六十自定稿》，頁四九二。

62　〈從紅樓夢所記西洋物品考故事的背景〉，收於方豪《方豪六十自定稿》，頁四八三～四八五、四九二。

63　〈從紅樓夢所記西洋物品考故事的背景〉，收於方豪《方豪六十自定稿》，頁四九二～四九三。

的編著者是曹雪芹，撰〈從紅樓夢所記西洋物品考故事的背景〉時，認為曹雪芹的生卒年，是生於康熙五十四年（一七一五），卒於乾隆癸未年（一七六四），相信吳恩裕推論，他晚年住在北京香山健銳營，此為福康安練兵處。那麼書中海疆事件可能是指姚啟聖、施琅征臺或福康安征臺事件，則資料來源是六十七與福康安。如果續作者是高鶚，以他出生於乾隆三年或略早來看，書中海疆事件，可能是指福康安征臺事件。由此可以看出，最後他的判讀準則，不是以統計資料為主，而是以曹雪芹、高鶚可能的生活史為準則，最後判讀的結果便傾向林語堂的觀點，後四十回是高鶚根據曹雪芹的遺稿而補訂。

（四）論《紅樓夢》故事的真時代

方豪論《紅樓夢》故事的真時代，首先，其判準方式為從統計的西洋物品中，判斷它們的流行程度、來源、年代，繼而根據其作者必於小細節中露出破綻的理論，推論物品的年代，即是《紅樓夢》故事的真時代。

關於書中西洋物品的流行程度，從呢布、鐘錶、工藝品、玻璃品、機件、美術、食品、藥品、動物九類西洋物品的考察中，認為書中的西洋物品為當時清室或貴官府中纔能見到，民間罕見物品。其可能來源有五：[64]

---

[64] 〈從紅樓夢所記西洋物品考故事的背景〉，收於方豪《方豪六十自定稿》，頁四三九～四四〇、四六九。

　　其一，是外國進貢用的物品，如暹羅茶、暹羅豬。《紅樓夢》第十六回中，鳳姐即曾說他爺爺管各國接駕的事。可能因為家中管各國進貢、朝貢之事，而得以享用。

　　其次，是臣民進上用的物品，如木樨香露、玫瑰清露、洋漆器，可能購自廣州十三行。

　　其三，是傳至江南的洋貨，所以薛璠曾從江南帶來洋貨和自行人。

　　其四，是莊頭送來的，如兩對西洋鴨，此西洋種的鴨可能久已傳入我國，莊頭豢養了也許已有好幾代。

　　其五，是來自於西洋教士，當時的西洋教士會餽贈我國士大夫物品，以曹雪芹祖先在南京的地位，南京教士和士大夫交往又最多，又有教士曾到過織造署（指從法文《耶穌會通訊集》、中文《熙朝定案》兩書，發現康熙二十八年，教士洪若、畢嘉曾在南京行宮接駕。而方豪認為當時康熙的行宮，即是織造署，但當時江南織造，並不能確定為曹寅一事）[65]。而且，當時只有西洋教士兩人會修鐘錶（指從法文《在華耶穌會列傳》中，乾隆時入宮之汪達洪司鐸記載：鐘錶在中國不少，但只有吾二人修理句）[66]。所以，西洋教士餽贈之事，極有可能。

　　這些西洋物品中的流傳年代為何？以《紅樓夢》所記鐘錶有：鳳姐侍從隨身帶的表、寧國府上房的時辰鐘、榮國府鳳姐房內的掛鐘、鳳姐所賣的金自鳴鐘、晴雯房內的自鳴鐘和表、寶玉房內、

隨身帶著表、自鳴鐘、向賈府求售的自鳴鐘、樂鐘[67]。從此記述來推斷，方豪以曹家的興盛，可能接觸洋貨、西洋教士的地點為依據，認為其時代背景是康熙年間，可能是康熙初葉至中葉，相當於康熙六年（一六六七，曹璽任江寧織造，曹寅選授侍衛。）、康熙十七年（一六七八，曹璽任江寧織造，曹寅任鑾儀衛。）、康熙二十一年（一六八二，曹璽任江寧織造，曹寅任治儀正。）康熙二十三年（一六八四，曹璽卒於任內，是年帝南巡，以江寧將軍署為行宮，西教士曾進行宮，曹寅在內務府郎中任。）康熙二十八年（一六八九，是年帝南巡，以江寧織造署為行宮，西洋教士畢嘉、洪若曾屢次入宮覲見。）、康熙二十九年（一六九〇，四月曹寅出為蘇州織造。）、康熙三十一年（一六九二，曹寅兼任江寧織造。）康熙三十二年（一六九三，曹寅在江寧兼蘇州織造。）康熙五十一年（一七一二，七月二十三日，曹寅卒。）[68]

《紅樓夢》所記自動物品有自行人和自動船，以同時代的書籍，所記同類物品在清初的流傳狀況來看，方豪認為「這一類自動物品，不論是人、是動物、是船，大多數也流入宮中，而且以康熙時為多；在民間的即使不是絕對沒有，也必非常罕見」[69]。

《紅樓夢》中記有木樨香露、玫瑰清露、鼻煙藥品，以同時代的書籍，所記同類物品在清初的流傳狀況來看，方豪認為西洋藥露在嘉慶以前，是很名貴的，皇帝偶用來賞賜大臣，掌管貢品、

[67] 〈從紅樓夢所記西洋物品考故事的背景〉，收於方豪《方豪六十自定稿》，頁四一九～四二四。
[68] 〈從紅樓夢所記西洋物品考故事的背景〉，收於方豪《方豪六十自定稿》，頁四五八。
[69] 〈從紅樓夢所記西洋物品考故事的背景〉，收於方豪《方豪六十自定稿》，頁四六一。

招待外使的大員，也容易獲得，西洋傳教士也可能以此餽贈中國友人。在康熙、雍正時，鼻煙都是西洋國王、教王進貢皇上的貢品，士大夫如能獲得，必和朝廷或教士直接有關。由此可知全書所記為康熙時情形。[70]

《紅樓夢》中記有洋漆器物、玻璃器物、葡萄酒物品，以同時代的書籍，所記同類物品在清初的流傳狀況來看，教士都有一二，用來呈獻清帝，清帝除了自用外，亦有用來餽送外國君王、賞賜外國使臣、教士的記載。這些記載於康熙、雍正、乾隆三朝都有，而以康熙朝最多。[71]

由書中西洋物品的記述年代，以康熙朝最多，方豪推斷《紅樓夢》故事的時代，則大觀園諸事「大部分事應該發生在康熙二十三年（一六八四）西洋傳教士第一次進行宮，和曹寅四次接駕時，即康熙三十八年（一六九九）、四十二年（一七〇三）、四十四年（一七〇五）和四十六年（一七〇七）。從康熙二十三年到雍正六年，前後凡四十五年。[72]

其次，從所記海疆事、知識來源來看《紅樓夢》故事的時代，上文論後四十回續作者問題時，已提及方豪認為海疆事件，海疆指閩疆，相似於史實中的兩件事，分別是康熙朝施琅、姚啟聖進佔臺灣，用兵之時，沿海一帶頗受騷擾；與乾隆朝福康安平林爽文之亂。如果是指清軍平臺灣，「應該在康熙二十二年（一六八三）年，次年便有康熙帝巡幸濟南、南京，而有西洋教士初次接駕之

---

[70] 〈從紅樓夢所記西洋物品考故事的背景〉，收於方豪《方豪六十自定稿》，頁四六三～四六七。

[71] 〈從紅樓夢所記西洋物品考故事的背景〉，收於方豪《方豪六十自定稿》，頁四六二～四七八。

[72] 〈從紅樓夢所記西洋物品考故事的背景〉，收於方豪《方豪六十自定稿》，頁四六一～四六二。

舉，又五年而有曹寅第一次接駕；後四十回所續，次序雖有顛倒，但情節則合」[73]。如果是乾隆朝福康安平林爽文之亂，應是「乾隆二十年（一七五五）到二十八年（一七六三）」[74]，晚年住在北京香山健銳營時，聞於福康安。

最後，從西洋物品可能獲得的來源之一，由鳳姐的爺爺，專管各國進貢朝賀的事務之便而得來之事，來考證其時間；則趙岡已考證出，清初海禁是在康熙二十二年開放，到二十五年粵海關設立，洋行組織產生，才完全自由貿易。《熙朝定案》亦有記載，康熙二十二年開放海禁。所以，其年代應該是在曹寅接駕期間，和接駕的前後若干年。[75]

綜合以上所述，方豪認為從書中所記西洋物品，來推測《紅樓夢》故事的真時代，結論是：作者原想憑藉其手頭所有的資料，撰寫一部康熙時代某巨族極盛而衰的家庭傳記小說，但由於書撰於乾隆時代，所以也雜有較晚的社會史事。[76]

（五）論《紅樓夢》故事的真地點

方豪論《紅樓夢》故事的真實地點，是從書中所記述之可能曾接觸的西人、西洋鐘錶、西洋鏡、西洋畫內容、《紅樓夢》批語、其他紅學家的主張，六方面來論述。

---

[73] 〈從紅樓夢所記西洋物品考故事的背景〉，收於方豪《方豪六十自定稿》，頁四八四。

[74] 〈從紅樓夢所記西洋物品考故事的背景〉，收於方豪《方豪六十自定稿》，頁四八四～四八五。

[75] 〈從紅樓夢所記西洋物品考故事的背景〉，收於方豪《方豪六十自定稿》，頁四八五～四八六。

[76] 〈從紅樓夢所記西洋物品考故事的背景〉，收於方豪《方豪六十自定稿》，頁四九一。

　　在可能接觸西人方面，《紅樓夢》中趙嬤嬤曾說過：賈家接駕一次，甄家接駕四次。第十六回中，鳳姐也說：我們王府裡也預備過一次，那時我爺爺專管各國進貢朝賀的事，凡有外國人來，都是我們家養活。粵、閩、滇、浙所有的洋船貨物，都是我們家的。方豪認為，此處將接駕與招待外賓併成一事，是作者將南京（織造署）、北京（曹府）的事，含混敘述的最好例子。另外，專管各國進貢朝賀的事，決不是在南京，南京當然也會有外國使臣光臨，需要招待，卻不是長時期，長時期招待外國使臣，應該是在北京的事。[77]

　　在《紅樓夢》中所記西洋鐘錶內容中，有鳳姐侍從隨身帶的錶、寧國府上房的時辰鐘、榮國府鳳姐房內的掛鐘、鳳姐所賣的金自鳴鐘、晴雯房內的自鳴鐘和錶、寶玉房內、隨身帶著錶、自鳴鐘等物品。方豪引用了《嘉慶和珅檔案》中，記載和珅被沒收的家產中，有大自鳴鐘十九座、小自鳴鐘十九座、洋錶一百餘個。又據北平故老傳說，曹雪芹的老宅，是輔仁大學的司鐸書院和女院。根據周汝昌《紅樓夢新證》的研究，輔仁大學司鐸書院、女院現址的沿革歷史，為曹家→和珅府→慶王府→恭王府→輔仁大學司鐸書院、女院。雖然單士元〈恭王府沿革考略〉文中曾否定恭王府與曹家的關係，但是吳柳《散論紅樓夢》裡，記載二十年後，單士元推翻前論，認為應是恭王府遺址。所以，此證據是可信的。又對照和珅家產中的鐘錶物品表，其鐘錶數量比《紅樓夢》中更多，很可能曹家衰弱時，很多鐘錶已落入和珅手中，或者和珅比曹家年代稍晚，所以鐘錶的流傳更多。再加上前述《在華耶

---

[77] 〈從紅樓夢所記西洋物品考故事的背景〉，收於方豪《方豪六十自定稿》，頁四四一。

穌會列傳》中，乾隆時入宮之汪達洪司鐸記載：鐘錶在中國不少，但只有吾二人修理。可見全國會修理鐘錶的西洋教士都在北京，就此來看，《紅樓夢》所記大部分事實發生於北京的為多。[78]

在《紅樓夢》中，知道賈家有自動旋轉的大穿衣鏡，掛在版壁上活像真的凸出的女童像，以及許許多多的西洋陳設，方豪認為這些西洋東西，不適合適用於中國式的建築物上，據《乾隆南巡盛典》中的南京行宮圖來看，似乎完全是中式建築，而輔仁大學司鐸書院、女院，直到民國三十七年，他還見過幾處西洋建築。此外，曹雪芹自幼離開南京，對南京的印象不會太深，寫書時，身在北平，自然會將所在地的家園，加上其他熟識親友名園，聯想構成大觀園。[79]

在《紅樓夢》的批語中，庚辰本第四十三回，「因聽些野史小說便信真了」句下，批語云：「近聞剛丙廟又有三教庵以如來為尊、太上為次、先師為末，真殺有餘辜」！此剛丙廟即在舊燕京大學東大地。[80]

其他紅學家，如趙岡《紅樓夢考證拾遺》，認為大觀園是袁枚的隨園。其證據為曹雪芹好友明義《綠煙瑣窗集》中，有〈題紅樓夢〉詩二十首，引言即說：「其所謂大觀園者，即今隨園故址」[81]。此為大觀園是袁枚隨園說，新增之有力證據。

---

[78] 〈從紅樓夢所記西洋物品考故事的背景〉，收於方豪《方豪六十自定稿》，頁四五五～四五九。

[79] 〈從紅樓夢所記西洋物品考故事的背景〉，收於方豪《方豪六十自定稿》，頁四八七。

[80] 〈從紅樓夢所記西洋物品考故事的背景〉，收於方豪《方豪六十自定稿》，頁四八八。

[81] 〈從紅樓夢所記西洋物品考故事的背景〉，收於方豪《方豪六十自定稿》，頁四六〇。

綜合以上所述，從《紅樓夢》所記鳳姐的爺爺官職、鐘錶物品、大穿衣鏡、西洋版畫、《紅樓夢》批語來看，大觀園應是在北京的恭王府，但是趙岡的證據，又不容忽視。所以，方豪從曹雪芹寫作時的年齡，故事情節的構思，來推測《紅樓夢》故事的真地點，結論是：恭王府和隨園可以並存，南京、北京都是曹雪芹構思中的背景，亦可由此解釋書中「甄」、「賈」二府，至少賈府應該是北京的曹府。作者原想把故事的地點重心放在南京，但受了自己所處的地點的限制，仍然是北重於南。實在也因他離開南方太久，南方對他已很模糊。[82]

（六）論《紅樓夢》故事的真人物

方豪論《紅樓夢》故事的真實人物，是從書中所記述之西洋食品、西洋藥品、西洋自動化機器、鳳姐爺爺的職務、《紅樓夢》故事真實地點中，北京恭王府的匾、順治與董妃傳說六方面，提出《紅樓夢》中寶玉、鳳姐爺爺、王子騰、王夫人、賈政、北靜王水溶六個角色，來論述為歷史上那些真實人物。

在《紅樓夢》書中，寶玉經常以西洋葡萄酒為飲料，觀諸清初歷史文獻，方豪考證有那等人可常吃西洋葡萄酒，經查考《熙朝定案》、《西方答問》、《正教奉褒》、康熙朝西洋人進物的奏摺後，發現西洋教士大量以西洋葡萄酒獻呈康熙帝，康熙帝則早以同樣的酒賞西教士。故像寶玉經常以西洋葡萄酒為飲料，似只有康熙帝才有可能。[83]

---

[82]　〈從紅樓夢所記西洋物品考故事的背景〉，收於方豪《方豪六十自定稿》，頁四六〇、四九一。

[83]　〈從紅樓夢所記西洋物品考故事的背景〉，收於方豪《方豪六十自定稿》，頁四

　　在《紅樓夢》書中，寶玉用以幫晴雯治頭疼西洋膏藥依弗哪，在清初文獻中無法考察出此物為何？何人曾使用？只能考察出清初唯有康熙帝用西藥一則資料。故寶玉的依弗哪，只宮中纔有，寶玉是帝王的化身，也很合情理。[84]

　　在《紅樓夢》書中所記自動化機器，如自行人、自行船，觀諸清初歷史文獻，這一類自動物品，不論是人、是動物、是船，大多數也流入宮中，而且以康熙時為多；在民間的即使不是絕對沒有，也必非常罕見，可見寶玉的身世。[85]

　　寶玉與黛玉乃影射順治與董妃說，方豪認為一方面陳垣在〈湯若望與木陳忞〉、〈語錄與順治宮廷〉兩文中，已證實順治因董鄂妃早卒而哀傷逾恆，乃由茆溪森和尚為之削髮；其後又因玉林和尚之勸而重復蓄髮，但順治確有出家之念，只是出家未遂而已。另一方面，寶玉與黛玉影射順治與董妃說，產生既早，又無法證明其為偽造或誤傳（董妃確非董小宛，但順治確有因董鄂妃早卒，而削髮象徵出家），故寶玉與黛玉乃影射順治與董妃說，可以解釋為：曹雪芹因知有順治與董妃的情史，覺得題材很好，乃穿插到寶玉身上。[86]

　　《紅樓夢》第十六回中，鳳姐那專管各國進貢朝賀的事的爺爺，方豪以考證學家的考證為研究方法，認為趙岡的考證，當時負責管理洋商與執行海禁的人中，只有尚可喜、尚之信、李士楨

七二～四七五、四九一。

[84] 〈從紅樓夢所記西洋物品考故事的背景〉，收於方豪《方豪六十自定稿》，頁四三六、四九一。

[85] 〈從紅樓夢所記西洋物品考故事的背景〉，收於方豪《方豪六十自定稿》，頁四六一、四九一。

[86] 〈從紅樓夢所記西洋物品考故事的背景〉，收於方豪《方豪六十自定稿》，頁四九一。註32，頁二八七八。

三人。據周汝昌的考證，其中康熙十九年新任廣東巡撫的李士楨，與曹家有密切關係。他是李煦的父親，曹寅的岳父。方豪認為從這看來鳳姐的爺爺一定就是李士楨，那王子騰就相當於李煦，王夫人就是李煦的妹妹李氏，賈政就變成了曹寅。[87]

《紅樓夢》中有天香樓，第十四回記：現今北靜王水溶年未弱冠。第十五回記：北靜王攜手問寶玉幾歲？經過實物考察、諡號、改文的研究方法，方豪認為北平故老傳說是大觀園的恭王府內，至今仍存有「天香庭院」一區，為慎郡王允禧所書，又按《清史稿》，允禧是聖祖第二十一子，雍正十三年晉為慎郡王，乾隆二十三年薨，諡曰靖，亦稱慎靖郡王，和曹家是世交。《紅樓夢》所記北靜王水溶，「靜」即「靖」字所改，水溶是允禧嗣子「永瑢」二字各減一筆所致。因永瑢年未弱冠，不能封為郡王，所以雪芹借允禧為郡王。[88]

綜合以上所述，從書中所記述之西洋食品、西洋藥品、西洋自動化機器，在清初的流傳，寶玉身上有康熙帝的身影。從順治與董妃情史穿插到寶玉身上，寶玉這個角色，又有順治的愛情故事，故寶玉可說是帝王的化身。從《紅樓夢》第十六回中，所記鳳姐爺爺的職務，考證歷史上相似的人物，則鳳姐的爺爺是李士楨，王子騰就相當於李煦，王夫人就是李煦的妹妹李氏，賈政就變成了曹寅。從恭王府內，「天香庭院」區的來歷，考證《紅樓夢》第十四、十五回所記相似的人物，則北「靜」王頭銜，乃康熙二

87　〈從紅樓夢所記西洋物品考故事的背景〉，收於方豪《方豪六十自定稿》，頁四八五～四八六。

88　〈從紅樓夢所記西洋物品考故事的背景〉，收於方豪《方豪六十自定稿》，頁四五六～四五七。

十一子，被稱為慎「靖」郡王的允禧，稱號中「靖」字所改，北靜王名「水溶」，乃允禧嗣子「永瑢」二字各減一筆所致。

五、結論：「基督與中國」的宗教中國

　　從以上的分析，我們可以整理、小結方豪的《紅樓夢》論述體系，是視《紅樓夢》為清初中國與其他國家關係史的載體，以史料的考證方法，建構清初天主教傳教士與中國官員的交通史，由此確立文化中國、宗教中國的界域，貫徹其探討中國天主教教會歷史，認識天主教文化（西方文化）與中國文化的衝突，確立明末清初西洋教士適應中國思想，來華傳教主張的合理價值。他認為現代中國的傳教士，應該學習明末清初西洋教士的精神，興教猶興學，當一位現代中國基督人。《紅樓夢》中的天主教傳華西洋物品研究，代表了他所建構的「中國性」內涵，中外各國史料考證方法，代表了他的《紅樓夢》研究的現代性與合理性。保存在《紅樓夢》中的中西交往方式，就是「中國又現代」的基督文化、社會主體。

　　此種詮釋方式，與方豪學思歷程息息相關。身為天主教神父，他對天主教教育、傳教制度有諸多不滿，關心的是如何調和具有中國文化精神的基督信仰，他認為天主教來中國即應中國化，並以明末清初天主教適應中國思想為宣教典範。由認識中國教會歷史，來認識天主教文化與中國文化的衝突、調和，所以，他除了做天主教史研究外，中西交通史中，有極大的篇幅，是研究明末清初來華傳教的教士史，此為其心靈的故鄉改革與認同。身為中國人，方豪重視家鄉的歷史，他所居住之處，皆為其家鄉，因此，

杭州、昆明、遵義、北平、臺灣，都留下以宗教為論述點的研究，此為其人生的故鄉敘述。

方豪以清初天主教傳教士與中國官員的交通史、西洋物品為主，討論《紅樓夢》故事的真時代、真地點、真人物、《乾隆抄本百廿回紅樓夢稿》年代、作者問題時，其實是將《紅樓夢》研究，變成了天主教傳教士與清朝間，中西交通歷史事實研究。在論證《紅樓夢》故事的真時代、真地點、真人物、《乾隆抄本百廿回紅樓夢稿》年代問題的同時，也敘述了《紅樓夢》故事中的中國意象。確立了他主張：明末清初西洋教士適應中國思想，來華傳教的行為，才是正確的傳教行為之合理價值。與現代中國的傳教士，應該學習明末清初西洋教士的精神，興教猶興學，當一位理想的現代中國基督人。

在方豪的筆下，《紅樓夢》雖是一部男女情史，但那個時代（康熙至乾隆）的中國，是一個繁榮、開放的國家，從皇帝到官員，都密切與外籍天主教教士接觸，非常重視天主教教士。而天主教教士，一方面傳教，一方面帶給中國皇帝、官員，許多先進的西洋物品、食品、藥品、藝術品、自動化器械，讓中國皇帝與官員，能得到先進的西方物質文明，與西方精神文明（天主教思想、科學思想），使中國更繁榮、壯大。而且，這些教士也記載許多中國民情、史實、文化，讓西方世界能得知中國民情、史實、文化真相。

這些外籍天主教教士，對待中國人的態度，當然與方豪在浙江神學院，遇到的高高在上，以治理中國教士、教友自居，不懂中國文化，以天主教教義，論斷中國文化之非，不讓中國教士學習中國文化，只因方豪矯正其拉丁文講義錯誤，就將方豪驅逐出院，限居鄉間小教堂的那些外籍教士們，大大不同[89]。那些密切與

---

[89] 同註6，收於氏著《方豪六十自定稿》，頁二五七五。

中國皇帝、官員接觸，帶給中國皇帝、官員，許多先進的西洋物品、食品、藥品、藝術品、自動化器械，讓中國皇帝與官員，能得到先進的西方物質文明，與西方精神文明，讓西方世界能得知中國民情、史實、文化真相的外籍天主教士，才是明末清初來華傳教的西洋教士精神，才是「合理的」、「世界的」、「現代的」基督人。

而「中國的」基督人，就是學習那些引進先進的西方物質文明，與西方精神文明給中國的傳教士，把基督精神、西方文明傳達給中國人民，使中國能回到清朝初年康熙盛世的繁榮、壯大。並且，也讓西方世界能得知中國民情、史實、文化真相的現代中國教士。

總而言之，當方豪以史料之蒐集、整理、考訂與辨偽為中心工作，將《紅樓夢》研究，變成了天主教傳教士與清朝間，中西交通歷史事實研究。在蒐集天主教史料、中國各地方史料後，經由他的歷史判斷，與研究方法的現代性與合理性。建構出《紅樓夢》中「中國性」內涵，是中國皇帝與官員，和天主教教士交往後，中國皇帝與官員，能得到先進的西方物質文明，與西方精神文明。西方世界能得知中國民情、史實、文化真相，中西互蒙其利的圖像。繼而從此圖像中，論證其「合理的」、「世界的」、「現代的」、「中國的」基督人，完美的形象。如此，身為中國人，又是天主教教士的方豪，不僅對天主教文化與中國文化衝突，找到了合理的解決方法，抒解其個人心靈困惑。也論證了其人生的故鄉——「中國」與中國文化的界域，本就是包容萬象，中國人可以吸收新知，可以兼容並蓄，與世界接觸，又成一格。上述種種，就是方豪論述中，「中國又現代」的基督文化社會主體。

第五章
政治、社會、家庭──薩孟武紅學論述

一、前言：社會科學與章回小說的整合者

　　薩孟武（一八九七──一九八四），名本炎，字孟武，以字行世。清光緒二十三年二月初八，即西元一八九四年三月十日，生於福建福州。薩氏遠祖為色目人，姓答失蠻，居住於雁門關外，元代時入關，為元朝官吏，並獲賜漢姓「薩」。後代世為鹽商，定居於福建福州。於福州度過童年、少年時代，青少年時赴日本求學，歷時十一載，獲京都帝國大學政治系法學士學位。返國後歷任南京中央政治學校大學部行政系教授、系主任；廣州中山大學法學院院長等職。民國三十七年，挈眷來臺，任臺灣大學法學院院長、政治大學政治研究所教授。為當代著名政治學學者，專精於中國古代政治制度與政治思想研究，代表著作為《中國政治史》、《中國政治社會史》。其以社會科學為研究方法之文學三書；《西遊記與中國古代政治》、《水滸傳與中國社會》、《紅樓夢與中國舊家庭》，亦頗負盛名。民國七十三年四月十三日，病逝臺大醫院，享年八十八歲。[1]

───────────────

[1]　此處所述薩氏生平，參考資料為：薩孟武《學生時代》臺北：三民書局，民國

　　為了便於理解薩孟武學思歷程特色，下文將藉著他自我敘述生平的資料，分階段探索其思想主題與進程，藉此掌握家庭紅學的研究特色。

（一）新舊交替中的福州童年、少年生活

　　清朝末年，正值中國文化轉變期，新的正要開始，舊的開始變質。在快七歲時，薩孟武入家塾讀書，學習描紅練字，先描「上大人，孔乙己，化三千。」再描「一去二三里，前村四五家，高樓六七座，八九十枝花。」也教讀書，但內容並不是三字經、千字文之類傳統蒙學書籍。第二年所教的書本換成商務印書館出版的小學國文教科書，開始學綴句（即老師寫了一句，中空一字或二字，令學生謄入。）

　　後來社會風氣漸開，進入第二公立小學就讀，所授功課有國文、習字、算術、唱歌、體操；課本用的是與家塾中相同的商務本教科書。一年後，福州發生鼠疫，堂弟因此病歿，全家兄弟均輟學，在親戚家塾讀書，開始在先生教導下作古文、念古文，主要是讀左傳句解，國文因此漸漸進步。隔年回福州老家，入明倫小學，功課有古文、歷史、算術、地理等科；每星期要讀兩篇古文，寫兩篇古文文章，文章有史論及經義兩種，作文題目以史論為多，所讀古文以唐宋八大家文章為主。此時的成績大約是全班第二名或第三名，其中算術一科全班第一，最怕的是地理，作文則每篇必掛，只有一次題目為〈晉假道於虞以伐虢論〉，因為在家

七十八年五版。薩孟武《中年時代》臺北：三民書局，民國七十五年五版。劉紹唐主編〈民國人物小傳〉《傳記文學》第五十一卷第四期，頁一三二～一三四。以後引文除非另有出處，否則將不再加註。

看過《李笠翁文集》，偷用其義，得了破紀錄的一百零五分，可以掛在玻璃櫥中，供給全校學生閱覽。在當時心中只想長大後作蘇東坡，令後人讀我（指薩孟武）的文章，因為做佾生時順便參觀孔廟，發現孔廟中沒有三蘇的名字，其中人名，有一半以上不知道，在心中對進孔廟的價值打了折扣，不願意死後入孔廟。

　　小學時的玩耍是看小說，扮演小說人物。首先閱讀的是《三國演義》，其次是《西遊記》、《封神演義》、《水滸傳》、《包公案》、《春秋列國志》、《後列國志》、《西漢演義》、《聊齋誌異》、《閱微草堂筆記》等書。看了《水滸傳》之後，知道一百零八位好漢均有綽號，與堂兄弟們也各取綽號。最喜歡扮演三國人物大戰一百回合、不分勝敗之事。看了《西遊記》與《封神演義》後想作神仙，與小學同學學習打坐不成。又想學劍俠，練飛牆走壁功、鐵沙掌，因為發現鐵沙掌練成後，不能執筆寫字，將無法成為蘇東坡，又放棄學武功了。後來，又想學兵法，甚想學張良，期盼遇到黃石公，遇有奇怪的人，即加注意。甚至將學校前破屋內之乞丐，當作異人，想向他學兵法，終究未成。

　　小學的最後兩年，讀四書及《左傳》、《尚書》、《詩經》，《禮記》只讀〈曲禮〉與〈檀弓〉，《易經》太過深奧，未曾讀過。暑假之時，每天下午由寄居家中的菲律賓僑生教導英文兩小時。

　　辛亥革命之年冬季，以第一名的成績自明倫小學畢業。照清朝舊制，小學畢業是秀才，高等學校畢業是舉人，京師大學堂畢業就是進士。民國成立後，此制度取消，遂和堂弟本炘進入私立法政附中就讀。

（二）留學日本的青年生活

附中就讀一年後，與四位華僑生，同經上海赴日本留學，是時為民國二年元月，先生年十六歲。該年四、五月間，抵達東京，因學校皆已開學，暫住崗村館，學習日語；待秋天開學後，再入成城中學就讀。學習日語之餘，閒極無事想看小說，即寫信給十叔父，請他購《紅樓夢》寄來日本，看《紅樓夢》至廢寢忘食。除了《紅樓夢》外，也愛看林紓所譯的小說，如《孝女耐兒傳》、《塊肉餘生》、《冰雪姻緣》、《賊史》等。又努力於國文的進修，想多看先秦諸子的書，乃向上海掃葉山房，購買了《老子》、《墨子》、《管子》、《韓非子》等書閱讀。

是年秋天，入成城中學中國學生部就讀，學習日語、英文、代數、幾何、三角各科。民國五年，中學畢業。報考第一高等學校預科，落第而歸。

民國六年，以第一名考入第一高等學校第一部，第一部屬於今日之文法學院；課程有英文、日文、德文、歷史等科。民國七年，由東京前往京都，改入第三高等學校第一部就讀。課餘在日本同學赤松的影響下，開始閱讀馬列主義書籍，如布哈林《唯物史記》、列寧《國家與革命》、考茨基（karl kautsky）《資本論解說》、《唯物史觀》、《社會革命》等書；哲學書籍如康德、尼采哲學，立普斯（Therodor Lipps）的美學；歷史書籍如蘭普勒希特（Karl Lamprecht）《歷史學》等書。[2]

2　考茨基（Karl Kautsky，一八五四～一九三八）德國社民黨和共產黨第二國際修正主義派領袖之一，是第二國際最大的思想家和理論權威。主張資產階級民主，通過議會多數來奪得政權，反對十月革命及無產階級專政，並認為在經濟落後國家沒有建設社會主義的可能性。

　　民國九年高等學校畢業，入京都帝國大學法學部政治系，課程大部分是法律系的課程，而與法律系學生合班上課，小部分是經濟系的課程，與經濟系學生合班上課。政治系特有課程僅政治學、國法學（類似比較憲法）、政治思想史三種。因政治系課程不多，又選修德文、經濟學、社會學課程，爾後著作，這三類書籍影響甚深。至於政治學一課，在大學時，反不甚注意。

　　此時日本經濟學以河上肇（Kawakami Hajime）最負盛名，河上氏為馬克斯主義信徒，著作極多。薩先生幾乎全都看過，同學之中亦頗多受河上著作影響，加入中國或日本共產黨。京都帝國大學文學部的學者米田庄太郎，所介紹西方歷史學、社會學、經濟哲學的書籍，對薩孟武亦裨益極多；影響他之後的歷史研究方法甚深。[3]

蘭普勒希特（Karl Lamprecht）德國歷史學家，主張建立跨學科的歷史學研究，以過去的人類文化作為歷史學研究對象，在方法上除了發揚傳統的歷史研究技術外，還要從經濟學、藝術史、心理學中汲取養分。

立普斯（Therodor Lipps，一八五一～一九一四）德國心理學家，在慕尼黑大學擔任過廿年心理學系主任。從心理學出發研究美學，研究對象為幾何形體所生的錯覺，主張移情說。相關參考資料見朱光潛《西方美學史下卷》臺北：漢京文化事業公司，民國七十一年初版，頁二五四～二六〇。楊豫《西洋史學史》臺北：昭明出版社，二〇〇〇年十月初版，頁六五五～六五七。黃丘隆主編《社會主義辭典》臺北：學問出版社，民國七十八年初版，頁二〇七～二〇八。

[3]　河上肇（Kawakami Hajime，一八七九～一九六四）日本馬克斯主義理論家、經濟學者，被日本政府視為大學教授中最危險的思想家，一九三二年加入日本共產黨革命，一九三三年被捕入獄，一九三七年出獄後專心著書。是影響民初共產主義思想傳播中國的重要人物，著有《貧之物語》正、續卷、《社會組織和社會革命》、《經濟學大綱》、《資本論入門》等書。

米田庄太郎（一八七三～一九四五）日本社會學者，受到美國社會學者沃德（Lester F. Ward）影響，試圖建立理論社會學、組織社會學、綜合社會學體系的社會學說。主要研究方法是從心理社會學立場，對日本社會文化進行考察，為日本心理社會學、形式社會學先驅。著有《現代人心理與社會文明》、《當今社會思想研究》、《經濟心理的研究》、《歷史哲學諸問題》、《歷史哲學體系》。

生平第一篇論文〈論新文化運動〉，也寫作於此時，並投稿上海時事新報，主編張東蓀不僅採用刊登，並於論文之後加註評語，稱讚此文是討論新文化運動文章中，最好的文章，但此文乃是參考蘭普勒希特著《歷史學》一書，觀察當時社會情況而寫成。民國十三年，帝大畢業，獲法學士學位，赴日本各地旅行後，乘船返回中國，結束十一年留日生涯。

（三）雲遊大陸的中年生活

自日本返國後，計住在上海六年，南京七年，湖南一年，重慶八年，廣州二年；其間以撰文、教書為生，實因北伐、清黨、抗戰、國共戰爭之故，而飄泊大陸各處。

上海時期，初以譯書、撰文為生，並至大夏大學兼課，後主編《孤軍》雜誌、《醒獅週報》，兩刊物俱以攻擊共產黨為目標，民國十四年《孤軍》改名為《獨立青年》，卸任主編之職。民國十五年加入反赤大同盟，同年《獨立青年》社解散。民國十六年應陳銘樞之邀，至南京任總政治部宣傳品編寫工作，只任職二個月即辭職回上海。民國十七年又應周佛海之邀，至南京任職軍官學校，編輯部主任，職銜為上校。後因總政治部正、副主任意見不合，再度辭職，返回上海，出任《新生命》雜誌主編，並在上海復旦大學兼課。此時期之代表著作為民國十八年初版《三民主義政治學》。

相關參考資料見程繼隆編《社會學大辭典》北京：中國人事出版社，一九九五年初版，頁一四三。

　　民國十九年任南京中央政治學校大學部，行政系專任教授，開始七年南京教職生活；亦於南京中央大學、陸軍大學、警官學校兼課，後繼梅思平為行政系系主任。民國二十四年與王新命、何炳松、武堉幹、孫寒冰、黃文山、陶希聖、章益、陳高傭、樊仲雲九位教授，發表〈中國本位的文化建設宣言〉，提倡中國本位文化運動，主張不守舊，不盲從，根據中國本位，採取批判態度，應用科學方法來檢討過去，把握現在，創造將來，因此與胡適有一場論戰。此時期之代表著作有：《西洋政治思想史》（民國二十二年）、《水滸傳與中國社會》（民國二十三年）。於民國二十四年開始著手《中國社會政治史》。

　　此後抗戰軍興，民國廿六年隨政校遷往湖南芷江，課餘繼續撰寫《中國社會政治史》。民國二十七年隨校遷至重慶，三十二年在重慶出版《各國憲法及其政府》一書，並至廣州大學、嶺南大學、中山大學、廣西大學講學。

　　抗戰勝利後，於民國三十五年夏天，攜眷返回上海，後攜次子回福州老家，拜謁叔祖。本年九月，任廣州中山大學法學院院長兼政治系教授，至民國三十七年秋天，因國共內戰加劇，赤禍漫延，辭職來臺。

（四）遷居臺灣的晚年生活

　　民國三十七年來臺後，任臺灣大學法學院院長兼政治系教授，四十三年兼任政治大學政治研究所教授。並以舊著《各國憲法及其政府》，囑其學生臺大法學院教授劉慶瑞，添補最新資料，於四十五年十二月出版此書增補修訂版，四十六年十二月出版《西遊記與中國古代政治》。五十四年狂喜電影梁山伯與祝英臺一片，

發起組織凌波俱樂部，並致贈凌波金牌一面。五十六年出版童年至中年生活回憶錄──《學生時代》、《青年時代》兩書。六十一年八月出版《中國政治思想史》增訂版，六十五年一月，出版《社會科學概論》增訂版，六十六年出版《紅樓夢與中國舊家庭》一書。

　　在臺三十六年間，對於臺灣政治學門的發展領域、研究方向、研究成果與學者培養，有一定的影響力；其家庭紅學研究，更為臺灣紅學家庭制度史研究之肇基。[4]

　　透過以上簡要的學思歷程摘要，我們可知薩孟武的一生，經歷著國家憂患的生活處境，與中西文化的接受認同問題。

　　從其童年時期，即歷經了滿清腐敗、列強入侵、國家衰微。少年、青年時期歷經了軍閥割據、政府無能。壯年期正逢日本侵略、八年抗戰。晚年又因剿匪失敗、遷居臺灣。一生所面對的是個人的憂患、國家的憂患、個人的存續、國家的存續問題。

　　他童年期的教育，又是在家塾、新制小學、古文、算術、歷史間擺盪。赴日留學之後，一方面學英文、日語、代數、幾何、歷史、政治學、經濟學、社會學。另一方面自修古代章回小說、林譯小說、先秦諸子書。西方文化的接受與中國文化的理解，就他而言一直是並行不悖的思考領域。

　　由中西文化的思考領域，與國家存續的生活處境出發，形成了他學術研究的基調，那就是〈中國本位的文化建設宣言〉所說：不守舊、不盲從，根據中國本位，採取批判態度，應用科學方法，

4　如陳寬政、賴澤涵〈我國家庭制度的變遷〉臺北：中央研究院三民主義研究所，民國六十八年十一月專題選刊。即引用《紅樓夢與中國舊家庭》書中篇章。周忠泉《紅樓夢中家庭型態之研究》嘉義：中正大學歷史研究所碩士論文，民國八十三年七月。是從《紅樓夢與中國舊家庭》書中，所未深入探討的家庭型態部分研究。

來檢討過去，把握現在，創造將來。觀其學術著作，從第一篇〈論新文化運動〉到《水滸傳與中國社會》、《中國政治史》、《中國社會政治史》、《西遊記與中國古代政治》、《紅樓夢與中國舊家庭》，無一部不是此研究基調的具體呈現。

　　這種結合了西方社會科學方法，中國古代文化詮釋，以批判、檢討、重建新的現代中國文化的思維模式。開啟了一套中國社會政治史研究學，並成為薩孟武學術生涯、學術作品的獨特特色。

二、《紅樓夢》：反映中國民族精神的小說

　　薩孟武認為文學不能離開時代背景，文學是社會意識的反映。他說：

> 《魯賓遜飄流記》乃寫在資本主義初期，當時英國志在開
> 拓海外市場，而獎勵國人出洋，所以就有探險的《魯賓遜
> 飄流記》。到了十九世紀中葉以後，英國的資本主義發達
> 了，人口集中於都市，而貧富懸殊，強盜於茲誕生，由是
> 《福爾摩斯偵探案》又出版了。[5]

　　由此可見，他對文學的定義，主張文學反映了社會現實生活，社會流行探險，作家就創作此類作品；文學也反映了社會人民期望的理想生活，當貧富不均、盜賊茲生時，人民渴望安定，偵探破案作品便流行出版。這種論說其實是假設：「文學產生之先，社會早已存在，作家無可避免地要生活在社會裡，為社會所制約、

5　薩孟武《學生時代》臺北：三民書局，民國七十八年五版，頁八十二。

限制、影響；作家總是努力反映它、解釋它、表達它，甚至於設法改變它；社會也存在於文學之中，我們可以在文學作品中看到它的存在、它的蹤跡、它的描繪。」[6]這種主張強調文學受限於社會外在主體，而沒有探討文學本身的主體性內容。換言之，這是文學社會學概念主導下的文學定義，薩孟武稱之為文學中的社會意識探討。

至於實際的探討方式（文學批評方法論），除了他自稱之社會科學研究方法，還有考證字句的批評法；他舉考茨基《基督教的基礎》（der ursprung des hristentums）書中的批評方法為例：

> 他考證聖經上四部福音書的著作年代，以馬可最早，約在耶穌死後十年，其次為路加，更次為馬太，最後為約翰。由各種福音書的先後出版，說明基督教的思想如何變更。路加福音書中「你們貧窮的人有福了，因為上帝的國是你們的。你們飢餓的人有福了，因為你們將要飽足。」馬太福音書則改為「心中貧窮的人有福了，因為天國是他們的。飢渴慕義的人有福了，因為他們必得飽足。」將「貧窮」改作「心中貧窮」，將「飢餓」改作「飢渴慕義」，意義完全不同了。……由考證而研究基督教思想的變遷，這是有意義的。可惜國人研究孔孟思想，只去查什麼版本用什麼字，不能由版本字之不同，說出孔孟思想之變遷，更不能考證孔子各書之時代先後，由此說明孔子及後儒思想之改變，真是幼稚極了。[7]

---

[6] 何金蘭《文學社會學》臺北：桂冠出版社，一九八九年，頁一一四。
[7] 薩孟武《中年時代》臺北：三民書局，民國七十五年五版，頁八十三～八十四。

　　對於傳統的文字訓詁考證模式，他並不反對，反對的是沒有進一步探索思想的變遷，藉以說明或解釋社會事實或現象。也就是說從個別作品或作家的分析，來分析一個時代或社會的特徵與共相，找出每個時代或社會之間的傳承性及差異性。這類文學批評方式其實類似西方歷史主義批評（historic），即將文學批評重點放在版本、校讎、思想史、社會史、政治史實況的復原，以便重新把握過去的知識形態，文化思想流變。

　　因此，對文學的接納，便有其特殊的角度，他所關注的是保留在文學中的社會意識、思想，自小嗜讀的傳統小說，這種富有社會問題探討資料的文類，於焉出線。其中又以《紅樓夢》、《西遊記》、《水滸傳》、《三國演義》、《封神演義》、《七俠五義》、《西廂記》，這類可以用歷史上的資料，加以互證、說明的明清章回小說，特別受到關注。

　　這樣的研究風格，使得他對小說的文辭風格、藝術特色，少有留心。即使在少數幾篇談論悲劇的作品中，仍是從社會教化與人心的角度詮釋；比如說在一篇〈談悲劇〉的文章中，依照立普斯《美學》一書的說法，將悲劇分為：悲壯、悲哀兩種。認為我國舊小說中，關於悲哀，卻沒有一本寫得很好。以《紅樓夢》為例：

> 林黛玉焚稿斷痴情，應該是悲哀的，但我讀後，乃不覺得悲哀。這是否因為林黛玉太過孤僻，說話尖刻，其人格不值得同情。抑或吾國自古以來，以喜怒不形於色為士君子立身之道，由這情感的隱蔽，影響到文人心理，竟令文人對於悲哀之事，不能活潑潑的描寫出來。[8]

---

[8]　同註5，頁一一九。

　　這種以對小說人物的心態、作者的思想文化環境之理解，來
詮釋我國舊小說悲劇敘述欠佳的策略，正呈現了他的閱讀趣味；
在社會意識、思想、風俗、人心的變遷。

　　採用同樣的閱讀策略，來看其他明清小說，則「《三國演義》
是歷史小說中寫得最成功的，而顛倒事實最厲害的也莫如《三國
演義》。……羅貫中把關羽捧得非常高，自桃園三結義之時始，至
樊城大水，兵敗被殺之時止，無不寫得唯神唯聖。論關羽的武功
遠不及漢代的衛青霍去病，論關羽的盡忠報國比不上宋代的岳
飛。而後人崇拜關羽竟在三人之上。此蓋《說岳》一書寫得不好，
而後人對於霍衛二將之討伐匈奴又沒有寫成小說，為之吹噓。」[9]小
說的社會文化傳播功能，在此徹底突顯出來。一部小說寫作好與
壞，或者完全沒有小說描寫，會影響一位歷史人物的社會地位，
這種論述有其爭議性；但更引起爭議的看法，是他論述《封神演
義》的作法：

> 不是有了封神榜之書，而後民間才有諸神傳說，而是民間
> 先有諸神的傳說，而後才有封神榜一書之出現。即明代陸
> 西星收羅民間關於諸神的傳說，借武王伐紂之事，予以敘
> 述。這種工作不是容易的事，猶如二十四史之著作人，看
> 了各該朝帝王之起居錄，各該朝大臣之傳記、奏議，以及
> 有關的各種筆記，而後才著成各該朝的史。不過二十四史
> 務求其真，封神榜則求其奇，因而有別而已。[10]

─────────────

9　同註7，頁一六一～一六三。
10　同註7，頁一六五。

　　將《封神演義》的作法、成就與二十四史相提並列，並看重它的奇風異俗，不要說是在那個認為舊小說「思想內容實在不高明，夠不上人的文學。」[11]；「妨礙人性的生長，破壞人類的平和。」[12] 的時代。即使在當今學界，恐怕都是驚人之論。

　　而論《七俠五義》，則與《漢書‧酷吏傳》相互參照。[13]《水滸傳》、《西遊記》、《紅樓夢》，成為研究中國社會，關於豪族、士人、農民、土地、戶口、水旱、錢幣、商業資本、官僚組織、軍隊制度等等的資料。

　　從這些小說詮釋看來，則他對郭沫若所說的話，可以替他的文學研究做結論。

> 一國的文學須能表現一國的民族精神，目前新小說大率模倣外國，其價值未必高於舊小說。[14]

　　舊小說的長處，或者舊小說間彼此好壞的分野，就在民族精神，而所謂民族精神，其實就是能反映多少社會制度特徵的資料。文學（小說），和正史一般，都是社會生活的載體，反映了一國的文物制度，只是精準度與方向有差別而已。

　　關於《紅樓夢》，他認為是古典小說第一名，在古典小說中有三大特質，非一般小說所能比肩齊聲。此三大特質，其一是「從空描寫一個富貴人家的日常生活，而不假託古人古事」。其次是「所寫得只是一家瑣屑微末之事，如頑童大鬧書房（第九回）、丫頭互

---

[11]　《中國新文學大系》上海：良友圖書公司，一九三五年，《建設理論集‧導言》，頁三〇。
[12]　同註11，〈人的文學〉，頁一九六～一九七。
[13]　同註7，頁一六九。
[14]　同註5，頁一二九。

相調弄（第三十七回）、喫螃蟹（第三十八回）、開夜宴（第六十三回）、說骨牌詞（第四十回）、劉姥姥湊趣兒（第四十回），諸如此類均寫得極其細膩，吾人讀之，不覺厭煩，只覺得津津有味。」第三「《紅樓夢》雖言情而不誨淫，除了賈璉與多渾蟲媳婦通奸，醜態畢露（第二十一回，三民版一六五頁）之外，不見有絲毫淫穢之辭。而且賈府由盛而衰，黛玉夭折，寶玉出家，寶釵守寡，十二金釵無不薄命，即其結局成為悲劇。在各種小說之中，悲劇最能感動觀眾。」[15]

三大特質，全圍繞著《紅樓夢》所反映的中國古代社會制度、風俗打轉，第三點雖然提到悲劇，但在之後的詳論中，卻又認為這場悲劇是今非昔比之悲[16]。換言之，還是與中國古代社會制度、風俗相關。

對歷來的紅學研究，針對自傳說與索隱說，提出質疑看法，認為兩派都太過武斷。關於胡適自傳說，他說：

> 我們以為任何作者對其所寫小說，多少必參以自己的經歷，而小說比其自己的經歷不免過甚其辭。……難怪某一位小說家謂：法國的左拉一定是個交際花，不然，他怎能寫出〈酒店〉和〈娜娜〉，吾國的吳承恩必定是猴子變的，否則寫不出一部《西遊記》。……但《紅樓夢》作者既自言真事隱去（甄士隱）、假語村言（賈雨村），則是書中未必毫無暗示。其暗示為何，余不欲多談。[17]

---

15 薩孟武《紅樓夢與中國舊家庭》臺北：東大圖書公司，民國八十七年二月五版，頁七～八。
16 〈色與空、寶玉的意淫及其出家〉，同註 15，頁一七一～一七六。
17 〈緣引〉，同註 15，頁七。

　　薩孟武認為《紅樓夢》未必毫無暗示，此暗示自傳派單從作者生平去推測，認為作品故事，必有其相對應的作者生命歷程，如果都以此角度看作品，則描寫酒家女的小說，其作者必是交際花，描寫猴子孫悟空故事的小說，其作者必是猴子變的。由此可知，此種說法太過武斷。對於從歷史人物去探索此暗示，紅學索隱派的看法，也是極有問題與缺失。如蔡元培之《石頭記索隱》說書中本事在弔明之亡，揭清之失，而尤於漢族名士仕清者寓痛苦之意。他認為：

> 清乃「女」真之後，明的皇室則是漢人。世人多以「漢」指稱男子，最通行的則為「男子漢」一語。《紅樓夢》果是抑清捧明，何以寶玉常有捧女抑男的思想。「寶玉素日本就懶與士大夫諸男人接談（第三十六回，二八九頁），這更可證明寶玉如何討厭男子『漢』。換言之，《紅樓夢》果如蔡元培的考證，則《紅樓夢》作者絕不是抑清捧明，反而是抑明捧清。」[18]

　　如同反對胡適自傳說的思考理路，他用諧隱的方法再重新詮釋，得出完全不同的結果。薩孟武對於傳統紅學的批評，其方法皆如此，其態度則是否定的質疑，而無積極的建設，難怪不欲多談書中的暗示。對王夢阮、沈瓶庵的《紅樓夢索隱》之批評，更是此種態度之表達。王、沈二人認為《紅樓夢》乃為清世祖與董鄂妃而作。胡適根據順治與小宛的年齡，以為十四歲的男孩，絕不會愛上二十八歲的婦女。薩先生不贊成王、沈的意見，卻也反對胡適的說法，他的理由是：

---

[18] 〈寶玉的變態心理及其激烈思想〉，同註15，頁五十九～六十。

世上固有畸戀之事，畸戀多發生於兩性關係不大正常家庭
之中。順治之母即孝莊后有下嫁皇太極弟多爾袞的傳
說，……攝政王死於順治六年，則皇太后與攝政王私通，
尋又嫁之，當在順治沖齡之時。順治幼失母愛，及長，愛
上年齡較大的婦女，乃是畸戀的普通現象。[19]

　　用傳說來論證當事人心理，固然只是使謎上加謎；但是這種
以歷史上政治經驗與書中人事互證的手法，卻也是《紅樓夢與中
國舊家庭》書中，主要的批評、論證方法之一，這也證明了薩先
生的紅學研究方法中，仍有政治歷史研究法。

三、社會科學與中、西對話：閱讀《紅樓夢》的終極關懷

　　薩孟武文學研究的獨創性，在於他特殊的研究方法與論題，
那是結合了西方社會科學方法，中國古代文化詮釋，以批判、檢
討、重建新的現代中國文化的思維模式，開啟了一套以文學為底
本的中國社會政治史研究學。在其紅學研究中，其論題是《紅樓
夢》中所反映的中國古代家庭社會問題，並以中國政治、社會史
實加以詮釋、解析。這種方法與論題，在當時紅學界以索隱、自
傳派為主流的思潮中，的確與眾不同。並成為薩孟武學術生涯、
學術作品的獨特特色。

　　那麼，薩氏所謂的社會科學研究，具體內容為何？對《紅樓
夢》的閱讀重點為何？兩者之間有何聯繫？如何建立兩者的互動
關係？構成一套研究方法；是本節的論述架構與重點。

---

[19]　〈寶玉的變態心理及其激烈思想〉，同註15，頁五十六～五十七。

在《紅樓夢與中國舊家庭》自序中，薩孟武說：

> 我是學習社會科學尤其公法學的。研究社會科學的人是將
> 小說看成社會意識表現。因之，研究方法與研究文學的絕
> 不相同，不作無意義的考證，更不注重版本的異同，去檢
> 查那些不重要的字，這一版本是啥，另一版本是啥。[20]

此處很清楚的表明，他的研究目的是探索書中的社會意識；
研究方法是社會科學。但是所謂的社會科學研究的具體內容為
何？除了公法學之外，書中並未敘述。

檢閱薩孟武其他作品，在其《社會科學概論》一書中，將社
會科學分為社會學、倫理學、心理學、理則學、經濟學、政治學、
法則學七大類。據修正三版自序云，初版時並無心理學與理則學
兩類[21]。而公法學即是政治學中的國家憲政、正式政治制度研究[22]。
而其《學生時代》一書，亦提及著作時，總喜歡談到某一現象之
經濟環境，對於法律書不感興趣，社會學與經濟學兩類書籍影響
很深[23]。再加上細讀《紅樓夢與中國舊家庭》之後，除了〈寶玉的
變態心理及其激烈思想〉一文，勉強可說是運用了心理學概念外，
並無發現《社會科學概論》中所表述之倫理學、理則學、法律學

---

[20] 同註15，頁一一二。

[21] 薩孟武《社會科學概論》臺北：三民書局，民國六十九年十一月增定三版。

[22] 參見吳玉山〈政治與知識的互動：臺灣政治學在九〇年代的發展〉一文，文中
指出：當代的政治學的發展是從公法學開始的。因此老一輩的政治學者通常是
憲法學家，例如薩孟武、鄒文海等。他們對於政治學的論述從現在的眼光來看，
大多是集中於國家的正式制度，也就是和憲政研究息息相關。此文收於何思
因、吳玉山主編《邁入二十一世紀的政治學》臺北：政治學報特輯，民國八十
九年十二月出版，頁二十六。

[23] 同註五，頁一六一～一六二。

方法，有運用於詮釋《紅樓夢與中國舊家庭》書中文章。是故，薩孟武所說之社會科學研究，是指以政治學、社會學、經濟學、心理學的方法，研究《紅樓夢》中所反應的中國家庭制度、社會意識。

其中政治學方法研究，主要是描述各種政治組織、制度的研究主題，運用於《紅樓夢與中國舊家庭》一書中，則轉為對古代家庭制度、組織、規則、運作活動的描述。此種政治學研究方法，屬於古典組織論，即透過對組織的研究與探討，掌握政治活動的全貌。[24]

社會學方法的運用，主要是研究社會秩序的維持；特別是社會意識與社會組織的控制。薩孟武認為社會意識就是社會規範，如習慣、宗教、法律、道德、文學都是社會意識的表現。社會規範是依各時代的社會環境而發生，由飲食男女，至待人接物，無不適應當時的環境需要，依一定的模式而為之。任何社會均有其自己的特殊社會意識，由這特殊社會意識，就產生了特殊的社會文化。而社會組織是指能綜合各種規範，向一定目標，謀其協調，而編成的制度[25]。轉換於《紅樓夢與中國舊家庭》的研究中，則是著重家庭內規範的產生、運行與流弊的原因之分析。此種社會學研究方法，近似斯賓塞（Herbert Spencer）對社會制度的分析[26]。其淵源應來自其京都帝大老師米田庄太郎的社會學研究，米田氏

---

[24] 此為張家昀對薩孟武《中國社會政治史》一書研究方法的分析，筆者認為亦適用於《紅樓夢與中國舊家庭》一書的研究方法，故加以引用。參見氏著〈對薩孟武《中國社會政治史》一書的幾點看法〉臺北：《思與言》第十八卷第二期，一九八〇年七月，頁一九一。

[25] 同註15，頁二十五～二十九。

[26] 參蔡文輝《社會學理論》臺北：三民書局，民國七十九年十月再版，頁六十七～七十五。

的社會學研究受美國學者沃德（Lester F. Ward）影響，而沃德之理論，主要受斯賓塞影響。

　　經濟學研究，運用於書中著重在家庭生活所得與消費模式分析。如〈大家庭制度的流弊〉一文，論述家庭公有財產制之壞處。〈賈府的奢靡生活〉一文，論述賈府的經常收入及管理。〈賈府子弟的墮落〉一文，論述賈府子弟的消費模式等等。大抵不出生產、交易、分配，此三項經濟學概念的運用分析，但未見經濟學理論的使用。

　　心理學方法的運用，則是變態心理分析，變態心理在薩孟武的解釋，是外形上心理是正常，既不瘋狂，亦非白痴，而稍加注意，又可發現它是失常的心理。[27]在《紅樓夢與中國舊家庭》一書中，用它來詮釋寶玉的性癖好。

　　而所謂的家庭制度、社會意識的研究主題，是歷史研究法途徑的家庭制度得失研究；即同時以中國其他朝代的情況、制度，來陳述問題的成因與後果。這種歷史社會問題研究法，正是五四運動之後，民初知識分子的主要研究課題與方法論。[28]也正是薩孟武在書中所說：

> 我寫此書與寫《中國社會政治史》的方法相同，初則把《紅樓夢》看了又看，看書中有什麼問題可以提出討論。先決定每節的標題，次將書中所述，細分門類，歸納於每節中。[29]

---

[27] 同註21，頁一二九。
[28] 參見孫本文《當代中國社會學》臺北：里仁書局，民國七十一年，頁八十一。
[29] 〈緣引〉，同註15，頁一。

　　這看了又看的閱讀觀點，提出討論的問題意識基源；便是融合了政治學古典組織論、社會學社會制度研究、經濟學生產、交易、分配模式概念、變態心理分析的歷史研究法，其核心論題為指出中國家庭制度的得失，其目的在改善問題，以鞏固國家基礎。由此亦可見蘭普勒希特史學研究方法論，對薩孟武的影響。

　　《紅樓夢》是傳統中國典籍，家庭制度研究是西方社會科學研究法，兩者的互證、互考與家庭紅學的建構，也顯示了薩孟武看待中學與西學問題的眼光，與中國文化的認同取向。

　　在一篇回憶民國二十四年發表，〈中國本位文化建設宣言〉一文的文章中，他說：

> 在文化運動之時，許多人提倡德先生與賽先生，甚至主張全盤西化。德先生是指文物制度，賽先生是指物質建設。前者可以說是文化，後者只是文明。關於物質文明，我不反對洋化，至於文物制度，似不是一蹴就可以全部改變。[30]

　　在他的觀點中，西方式民主，乃是指西方民主社會政治制度，西方科學文明的發達，是物質文明之強盛，要移植強盛的物質文明到中國，可以使中國國力富強，沒有什麼好反對，要移植西方民主社會制度，就不是一蹴可及。他看待民主與科學、中學與西學的觀點，其實與五四時期的其他學人一致，都是用富國強兵的角度，取西方民主科學之一隅來使用。只是政治系的學術背景，讓他更清楚的論述，自己的研究方向是社會政治制度，全盤西化，在社會政治制度史的研究來看，實不可行，舊材料的新意義於是產生，那是根據中國文化傳統，應用西方社會科學理論，重新檢

---

[30] 同註7，頁六十四。

討古代社會的文物制度、社會意識、社會政治制度，為新中國找
出擁有中國文化特色，又適存於近代世界的新方案。此方案在他
看來首重於中國傳統社會文物制度的研究與評估，他說：

> 我為什麼詳細敘述過去的情形呢？自西風東漸之後，舊的
> 幾乎全部消滅。歷史上的制度可以回憶的很多，而舊制度
> 的最大目的卻在於以親九族。我不泥古，也不崇洋，我總
> 認為過去的制度有的很好，完全洋化，實難贊成。而且敘
> 述舊事，尚可供給後代研究中國風俗者參考。[31]

這段話表明了他的立場，為了證明中國文物制度有其獨特價
值，不需要全面拋棄，接受西方文物制度；敘述、整理、研究、
重建歷史資料，讓中國文物制度中，適合現代中國的制度能持續，
不適合現代中國的制度，可以用西方的制度改良，達成一套符合
中國特色，接軌西方世界的文物制度，是其研究論述的核心價值，
與重要議題。

在此核心價值主導下，寫作《中國政治史》、《中國政治社會
史》，用社會科學理論，解釋、批判古代中國史事，與傳統政治、
社會制度的優缺點；成為其學術生涯的代表性作品。

而文學的價值，與文學研究的方法，也就成為社會意識解析
資料，與社會思想變遷研究，社會史、政治史實況的復原。對傳
統小說的批評策略，也在社會意識、思想、風俗、制度的詮釋，
因此，《三國演義》所顛倒之事實，《封神演義》收集之諸神傳說，
《七俠五義》描述之吏治，《水滸傳》呈現之中國社會情況，《西
遊記》所隱喻之中國政治制度，《紅樓夢》展現的中國家庭生活狀

---

[31] 同註7，頁一九七。

態；成為其閱讀、批評的方向與成果。小說研究也成為中國古代社會史、生活史研究，與建立符合現代中國特色文物制度之實踐方案。

古代政治史、社會史、小說的社會意識研究，代表了他所闡釋的中國本位文化內涵，是指中國的文物制度（社會風俗、社會意識、政治制度）的保存與改革，也是他不泥古的部分，更是他對古代中國的感情與認同。

西方社會科學研究方法，也不只是一種研究的方法、態度與觀念，而是呈現出他對所謂的西方文化、現代文明的認同與取捨，他所認同的是得自日本的政治學、社會學研究方法，即對政治組織、社會規範的分析。他所取用於中國現代化的方案，是西方物質文明的輸入，與文物制度的改革。這是他的學術工具、論述資源，與加強他的中國認同感情的養分。

當他以西方社會科學觀點，來闡明中國社會史料，建立了論述的正當性、合理性、權威性，也實證了自成一格的中國政治、社會史系統，確立了以中國文物制度為本位，參照西方文物制度，輸入西方物質文明的現代中國改革系統。此種西方方法／中國材料、古代中國／現代中國的研究組合，是知新也是溫故，是遭遇世界，也是建立中國本體，是承認過去，也是建立未來。

在這樣的研究方法下，所產生的家庭紅學，其本質仍是《紅樓夢》的歷史研究，其研究方向則不同於胡適為首的自傳派紅學，將研究重心置於作者和他的家世研究。也不同於索隱派紅學，將《紅樓夢》視為清初某一家庭的故事，著重於《紅樓夢》中所未呈現的故事研究。而是將《紅樓夢》書中所呈現的家庭故事，視為社會現象的實際狀況，用以描述中國古代家庭制度的特色，並

用政治學、社會學、心理學的理論，解釋中國古代家庭制度維持的方法與流弊，並說明中國古代家庭和其他社會制度間的關係。[32]

家庭紅學主要研究概念，是家庭組織活動的探討，家庭秩序如何維持的研究，家庭與社會的關係互動。其目的是透過《紅樓夢》的研究，連接古代中國與現代中國，西方文明與中國文明，志在改革中國社會，實證其社會科學理論，進行中國歷史與自我身分的認同活動。

這種研究概念，隨著民國三十七年，薩孟武選擇與國民政府來臺後，又成為另一種復興中國文化的責任。故其面目自然不同於民國初年季新（汪精衛）等人，用反專制、倡民主的社會學角度，來詮釋家庭小說《紅樓夢》，藉以抨擊中國古代社會制度。也不似二十世紀五十至七十年代，中國大陸以馬克思主義為觀點，從階級批判立場研究《紅樓夢》社會學。自有其特殊面目，與紅學史上的獨特地位。[33]

四、政治、社會視野下的中國家庭

綜合以上所言，可知家庭紅學的方法論，是認為小說是傳統中國社會生活史料，以西方社會科學觀點，探討小說中的社會意識、社會思想、社會制度。期望能保存中國社會制度中良善面，檢討中國社會制度缺失處，建立一套符合中國文化特色、接軌西方民主制度的文物制度。視《紅樓夢》為家庭生活狀態之展現，

---

[32] 此處對社會科學研究方法、特徵的解釋，參見註26，頁一～二十三。
[33] 關於季新、中國大陸階級批判紅學的資料，參見陳維昭《紅學與二十世紀學術思想》北京：人民文學出版社，二〇〇〇年，頁一〇九～一三二。

以其研究古代家庭制度。其核心論題為《紅樓夢》中：家庭組織、
婚姻制度、家庭關係、家庭問題描述、解釋、評值，並以之檢討
國家制度問題，構成一幅《紅樓夢》社會政治學。

（一）論家庭組織

　　薩孟武首先由文化因素，來談論中國傳統家庭組織的結構，
認為中國傳統家庭組織結構為大家庭制，其特色是：

> 以孝為德行之本，則由愛敬父母，自應愛敬父母的父母。
> 推此而上，愛敬可達到遠代的祖宗。因之祭祀祖宗也成為
> 吾國的道德行為。祭祀祖宗與祭神不同，祭神出於畏懼心
> 理，祭祀祖宗出於敬愛心理。既然愛敬父母，則對於同根
> 所生的兄弟，自應友愛，推而廣之，凡是同一祖宗生下的
> 昆仲，亦宜予以愛護。在這種道德觀念之下，吾國家庭就
> 成為大家庭。……然而數代同居，未必快樂，傳代既久，
> 血統關係已經稀薄，而人口眾多難免發生磨擦。[34]

　　這是說在中國文化傳統中，家庭是由血緣關係產生之「孝敬
共同體」，此共同體為孝、愛、敬德性之組合，組合的核心是父子
關係，由父子關係延展至祖宗關係、祖孫關係、兄弟關係、家族
關係，靠著骨肉親情連結在一起，成為互助式大家庭組織。此大
家庭組織符合西方社會學分類，是由包括祖父母、父母、未婚子女等
直系親屬，或其他親屬所組成的混合家庭。其缺點是當血緣淡薄時，
孝、愛、敬的動力變小，而家庭中親屬關係又多，彼此間的問題、紛

---

[34] 〈大家庭制度的流弊〉，同註15，頁十一。

爭、磨擦漸生。從《紅樓夢》中，賈氏家族組織情況的描述，便可驗證此狀況。賈家是由榮、寧兩府組成，其重要組成分子為：

> 賈演與榮國公賈源是同胞兄弟，賈演居長，生了四個兒子，寧公死後，長子代化襲了官，代化生敬，敬生一子一女，女名惜春，子名珍，娶尤氏為婦，生子蓉。蓉妻秦可卿，無子早卒。……榮國公長子代善襲了官，代善娶金陵世家史侯的小姐為妻（即書中的賈母，史湘雲是她內姪孫女），生了兩男一女，女名敏，嫁探花林如海，生女黛玉。代善長子賈赦，襲了官，娶邢氏（即書中的邢夫人），生子璉，其妾生迎春。璉娶王熙鳳為妻（即書中的鳳姐），生女巧姐。次子賈政，娶王氏（即書中之王夫人，鳳姐乃王夫人的內姪女），生一女兩男，女元春，選入皇宮為妃，長子賈珠，妻李紈，生子蘭，賈珠早卒。次子寶玉，娶王夫人胞妹薛氏（即書中之薛姨媽）之女寶釵為妻。賈政之妾趙姨娘亦生了一女一子，女探春，子賈環。……賈家兒孫甚多，就榮府而言，合算起來，從上至下也有三百餘口。[35]

由此可知寧府與榮府的家庭組成，寧府為賈演與其子女、孫子女、曾孫子女組成的多偶家庭。榮府為賈源與其子女、孫子女、曾孫子女、非婚生子女、姻親所組成的擴大家庭；兩個家庭合組之人口眾多大家庭組織，即是賈家。

賈府家庭制度之弊為何？薩先生認為兩家內的各家庭成員，因權力、利益關係，而互有嫌隙，衍生出最大弊端有二：其一是財產管理，其次是兩性關係。財產管理之弊為：

---

[35] 〈大家庭制度的流弊〉，同註15，頁十三～十四。

有權勢者從中舞弊，將公產變為私財，鳳姐的作風就是如
此。貧窮者利用紅包，討好富的，假其權勢，分潤微利。
當建築大觀園之時，許多雜務均由賈家子弟擔任，賈家子
弟不是單盡義務而已，蓋欲從中侔利。富者又因財產不是
他個人私有，就閉著眼睛，聽他們營私舞弊。例如賈珍派
賈薔下姑蘇，請聘教習，採買女孩子（訓練為女戲子），置
辦樂器行頭等事。賈璉就笑道，裏頭卻有藏掖的……榮府
家務由賈璉管理。他本人有否侵吞公產，紅樓夢未曾明言，
但抄家之時，由他屋內，抄出許多物件。他之營私舞弊，
觀此略可明瞭。……共產主義之必失敗，為的什麼呢？產
共也。[36]

此處是從政治學權力與義務的角度、命令與服從的機制，解
釋大家庭權力與財產管理之關係。視家庭權力為一種強制力，可
以命令他人，使人服從。而權力的取得關鍵，在財產的控制權，
雖然說財產是共同擁有，但是有管理權的人，便取得控制力，可
以管制眾人。又因有管理權之實，無擁有權之實。亦不負管理責
任之義務，與被監視之機制。便可不負盈虧，任意分配，用來結
黨，或是營私。沒有管理權的人，則亦不視財產為己物，而視其
為可牟利之他物，欲中飽私囊，巴結、討好有權者，形成利益共
生體，結果是以公產之名，行私財之利，使大家庭財產管理一敗
塗地，並藉此推論共產主義必不可行。

---

[36] 〈大家庭制度的流弊〉，同註15，頁十七～十八。

兩性關係的弊端為：

> 大家庭之內，人口眾多，男女同住一個邸舍，曖昧之事，
> 似難避免。焦大罵道：那裏承望到如今，生下這些畜生來，
> 每日偷雞戲狗，爬灰的爬灰，養小叔子的養小叔子，我什
> 麼不知道。……賈蓉說：誰家沒有風流事，連那邊大老爺
> （賈赦）這麼厲害，璉二叔還和那小姨娘不乾淨呢。鳳嬌
> 子那樣剛強，瑞大叔還想她的帳（參閱第十一回及第十二
> 回）。那一件瞞了我。（第六十三回，五五三頁）……柳
> 湘蓮對寶玉說：你們東府裏，除了那兩個石頭獅子乾淨
> 罷了。[37]

此弊端的解釋有兩個方向，一則是從秩序控制的角度，解釋
違反倫常事件之害。大家庭的秩序控制基礎，靠得是血緣、道德
法則，其組成核心軸為父子、夫婦、兄弟，違反倫常的性行為，
崩潰了家庭秩序法則，解組了家庭核心軸關係，造成家庭失序
問題。再則也指出我國大家庭秩序控制法則，偏重於人心的主
體自覺，或是情感自主控制。當人本身自我控制不佳，或大環
境要求不高時，一旦有瓜田李下的時機、對象，曖昧之事，便
會產生。

其次，薩孟武由賈府家庭權力所屬，來討論其家庭組織結構。
他從身分地位、社會角色關係，權力決策權的觀點，來看吾國家
庭組織權力分配，與賈府家庭組織權力分配，結論為：

---

[37] 〈大家庭制度的流弊〉，同註15，頁十九。括號中所標回數、頁碼，為薩先生
使用之臺灣三民書局出版，饒彬校正之一百二十回程乙本《紅樓夢》之回數、
頁碼。

　　吾國古代大率是外事由男主之，內事由女主之。即《易經》
家人卦所說：「女正位乎內，男正位乎外。」亦即《禮記》
所說：「男不主內，女不主外。」此乃分工合作之意，本
來沒有平等不平等的意思。……依《紅樓夢》所述，家庭
之內，女權似比男權為大。在賈府婦女之中，賈母年齡最
長，其輩分亦最高，寧府的賈敬，輩分尚低她一級，因之，
寧、榮兩府主子，尤其管理榮府家務的鳳姐常看賈母眼色，
依賈母之意行事。[38]

　　所謂「女正位乎內，男正位乎外。」，其實是先設定了家庭中
男、女的社會角色，是男主外、女主內，再設定此主外、主內的
對象化活動內容，以及主導權。也就是說先有身分地位，再有職
分職位。[39]先設定了女人的社會角色在家庭內，其職分是家庭內日
常事務決策管理，而男人的社會角色在家庭外之政治社會共同
體，其職分是負責家庭經濟、社會化、未來方向等事務的決策管
理。薩先生依決策管理權的擁有，來論斷我國家庭權力為分工合
作，賈家是女權比男權為大，是從此社會角色及職分職位角度論
述。而女權運動所質疑的是，社會角色的設定內容問題，兩者焦
點其實完全不同，無法比較。

　　以日常事務決策管理權的擁有多寡，看賈家內的權力擁有者
有三：因血緣身分地位，擁有家庭內日常事務決策主導權的賈
母。與因婚姻關係，實際管理榮府家務的鳳姐、管理寧府家務的
尤氏。其中尤氏的權力未見論述之。賈母在薩孟武筆下猶如女皇

---

[38] 〈賈母在賈府中的地位〉，同註15，頁四十三～四十四。
[39] 關於中國家庭名位問題，解釋名位為社會角色、身分地位，係參考林安梧《儒
　　學與中國傳統社會之哲學省察》臺北：幼獅文化事業公司，民國八十五年。

帝，其身旁有鴛鴦，「無異於漢代內朝官，其權力可與尚書令比擬。」[40]家庭內婦女若要知道老太太意思，定要請問鴛鴦，方可討好賈母，好辦事。做為決策者，賈母之弊為寵愛不當，予有心人可乘之機，造成家庭秩序失序。薩孟武舉了她最寵愛的寶玉與鳳姐為例，觀其寵愛寶玉，則知不當處為：

> 其愛寶玉有近於溺愛不明。……寶玉既為賈母所鍾愛，依韓非說：「為人主而大信其子，則姦臣得乘於子以成其私。為人主而大信其妻，則姦臣得乘於妻以成其私（韓非子第十七篇備內）。」因此，賈府的人上上下下對於寶玉，多另眼看待，邢夫人與人落落難合，而對於寶玉乃「百般摸索撫弄」，卒引起賈環心中不自在，暗示賈蘭一同辭別（第二十四回，一百八十五頁）。[41]

看此一段描述，賈母溺愛寶玉，除了造成其父母無法管教，其人人格缺陷外。還造成了因對待不公平，而產生權力分配不均問題。大家庭既然是由父子、祖孫、兄弟，所組成的家族團體，主事者理想上應平等對待成員，至少也應不以情分高低信人、示人，或是收斂個人喜好處事。否則既造成手足不和，又予人可乘之機，不只是攀權、結黨、逞私，甚至凌弱侮小。不僅製造家庭問題，也使家庭決策者，決策方向有偏私。觀賈母寵愛鳳姐，則可知其藏己不當、識人不明、用人不當，其理由為：

---

[40] 〈賈母在賈府中的地位〉，同註15，頁四十五。
[41] 〈賈母在賈府中的地位〉，同註15，頁四十三～四十四。

鳳姐說笑話，哄得賈母喜悅，其例之多，舉不勝舉。商鞅
有言：「凡人臣之事君也，多以主所好事之」（商君書第十
四篇修權）。韓非亦說：「凡姦臣皆欲順人主之心，以取信
幸之勢者也（韓非子第十四篇姦劫弒臣），故曰君無見其所
欲，君見其所欲，臣將自雕琢。君無見其意，君見其意，
臣將自表異」（仝上第五篇主道）。鳳姐能順賈母之心，以
賈母所好，伺候賈母，其深得賈母信任，掌握榮府大權，
自有理由。抄家之後，賈母尚不知大禍之降臨，鳳姐實為
罪魁。[42]

賈母寵愛鳳姐，不僅是權力分配不均，還造成權力的失控。
其疢在於賈母無法喜怒不形於人，以個人喜好處事，讓鳳姐能知
其心、順其意、行己事，而不露出任何形跡，蒙蔽賈母，使賈母
無法掌控全局。如此形容賈母，將之比擬為昏庸無能皇帝，則鳳
姐必定是他身旁的大奸臣。薩先生也的確從君臣權力關係分析鳳
姐，並且認為他「未讀書，深居閨房之中，不知外間情形，一旦
有權在手，便為所欲為，重者禍國，輕者害家。若是男人，出去
做官，也許可以爬上很高的地位，但必是一位奸臣」。[43]此奸臣作
為之惡有三：其一是奸滑，也就是見人說人話，見鬼說鬼話，謀
取個人最大利益，又表裏不一，說一套做一套，表面識大體與人
為善，暗裏又一個樣，做些利己損人的事。除了上文所說逢迎賈
母，而不露出痕跡之事為憑外，還由處理賈璉納小事可知，「賈璉
偷娶尤二姐，給鳳姐知道了，一方賺他入住大觀園，和顏悅色，

---

[42] 〈賈母在賈府中的地位〉，同註15，頁五十三～五十五。

[43] 〈鳳姐的專權及其末路〉，同註15，頁七十七～七十八。

滿嘴裏好妹妹不離口，又說，倘有下人不到之處，你降不住他們，只管告訴我，我打他們。同時又嗾使丫頭善兒不要聽他使喚，沒了頭油，不拿。肚子餓了，連飯也懶端來給他吃了。或早一頓，晚一頓，所拿來的東西，皆是剩的。鳳姐又到寧國府大鬧，嚎天動地，大放悲聲，弄到尤氏賈蓉不知如何對付」[44]。其城府之深，身段之軟，由此可證。

其次是狠毒，也就是完全無道德良知，凡不利我者，不分青紅皂白，必定是千方百計置之死地而後快，尤二姐吞金自殺，就是鳳姐的傑作。其手法為「既誆騙尤二姐入居大觀園，同時又悄悄命其心腹旺兒買收尤二姐的未婚夫張華，往衙門告狀，告賈璉仗財依勢，強逼退親，停妻再娶。……害得賈珍賈蓉利誘威逼，打發張華回其原籍。鳳姐想到張華倘或再將此事告訴別人，豈不是自己害了自己，因此，復又想了一個主意，悄命旺兒遣人尋著了他，或訛他做賊，和他打官司，將他治死，或暗使人算計，務將張華治死。……鳳姐又進一步欲置尤二姐於死地，嗾使丫頭虐待尤二姐，剛好此時賈璉已由平安州回來，賈赦見他辦事中用，便將房中丫鬟秋桐賞給賈璉為妾，鳳姐雖恨秋桐，且喜她可先發脫二姐，用借刀殺人之法，坐山觀虎鬥，等秋桐殺了尤二姐，自己再殺秋桐」[45]。由此可知鳳姐居心不正，可謂是又狠又毒。

其三是貪財，也就是營私舞弊，收受賄賂，買賣職缺，「做得極其高明。王夫人房中，因金釧之死，須補一位大丫頭，月錢每月銀子一兩，一兩銀子在當時是很優厚的，許多僕人常來孝敬鳳

44　〈鳳姐的專權及其末路〉，同註15，頁七十九。
45　〈鳳姐的專權及其末路〉，同註15，頁八十。

姐東西，鳳姐心想他們送什麼，我就收什麼，橫豎我有主意」[46]。也以職缺收買人心，賈璉乳母趙嬤嬤為她兩位兒子謀事，來求鳳姐，賈蓉也為賈薔下姑蘇辦事，求鳳姐幫忙，她先向賈璉保薦賈薔去姑蘇，復又向賈薔討差事，推薦趙嬤嬤為她兩位兒子就差，使兩方均感戴其恩。此為其公器私用途徑之一，再來是不顧法令、專擅職權，將自己體己錢、各房月錢拿去放高利貸，取利息私用。幾年間「只拿著這一項銀子翻出有幾百來了」。[47]

最後是假託先生之名義，包攬詞訟。此事始於秦可卿喪事時，鳳姐下楊饅頭庵，受老尼靜虛之託，拿三千兩銀子，假託賈璉之名，修書一封，囑奴才來旺送往長安節度使，幫欲強佔民女長安府太爺小舅子李衙內，欲悔婚的女方張家，免了一場官司，卻造成原欲嫁娶之新郎、新娘殉情身亡，鳳姐坐領三千兩銀子，「自此，鳳姐膽識愈壯，以後所作所為，諸如此類不可勝數」。[48]竟真當起司法黃牛來了，不知造成了多少人命官司。又因深居內庭，不便在外行走，故重用奴才來旺，代之奔走辦理不法之事，來旺因而可要脅鳳姐，為所欲為。「他的兒子酗酒賭博，而且容顏醜陋，要娶王夫人房中丫頭彩霞為妻。彩霞固不願意，賈璉亦說：我聽見那小子大不成人。鳳姐笑道：我們王家的人，連我還不中你們的意，何況奴才呢。有了鳳姐的話，賈璉屈服了，而來旺兒子的婚事也成功了（第七十二回，六三十七頁）」。[49]

觀薩孟武所言，鳳姐之惡，全是權力兩字所造成。其能獨攬家中大權，是靠逢迎賈母，博取絕對信任，掌握日常事務分派，

---

[46] 〈鳳姐的專權及其末路〉，同註15，頁八十一。
[47] 〈鳳姐的專權及其末路〉，同註15，頁八十一。
[48] 〈鳳姐的專權及其末路〉，同註15，頁八十六。
[49] 〈鳳姐的專權及其末路〉，同註15，頁八十六。

與經濟大權，使鳳姐能大展所長，結黨營私，在家庭之內都橫行無阻，中飽私囊。但其能掌權是因其為賈璉之妻的身分，故對可動搖其家庭地位的第三者尤二姐，與事件配角張華、秋桐等人，也絕不手軟，必置之死地而後快。復因權力薰心，重用惡奴，靠著賈家的權勢，在外為非作歹。卻又因此為惡奴所脅，助其行惡，絕對的權力造成絕對的腐化，莫過於此。

　　總而言之，賈家此一由血緣關係組成之大家庭，其家庭內日常事務權力運作模式，為賈母決策，鳳姐實際執行，當賈母寵愛不當，權力分配不均、權力失控後。執行的鳳姐又倚仗權勢，用種種狠毒手段，謀取個人最大利益，遂造成賈府的種種問題，與直接瓦解。

（二）論婚姻制度

　　由血緣關係產生之家庭組織，因其組成為父子關係軸之血緣團體，婚姻制度的設計也著重鞏固父子關係、團體秩序，與家族綿延。

　　在選擇婚配對象時，對通婚家族的選擇，首在維持己家家族的身分地位，不與寒素之家通婚，此即所謂門當戶對，互通婚姻。賈家與薛、王、史家皆有姻親關係，此四家並稱金陵四大望族，論其家世地位，則賈家「寧榮兩府，寧國公賈演之子賈代化曾任京營節度使，代化之子賈敬曾中丙辰科進士（第十三回，九十九頁），榮國公賈源的兒孫於仕宦及科舉方面，均不如寧府，……祖宗建了功勳，因蔭而食祿。」史家「先代也有功勳，所以史鼎世襲了忠靖侯之爵（第十三回，九十九頁），後來又委遷了外省大員（第四十九回，四一〇頁）。」王家「在鳳姐祖父時代，似在理藩

院內服務，又似兼漕運之事……到了鳳姐叔父王子騰，先為京營節度使，旋即陞了九省統制，奉旨出都查邊（第四十回，三十二頁）。又陞為九省都檢點（第五十三回，四四四頁），最後復陞了內閣大學士，奉旨來京（第九十五回，八四〇頁）。薛家「是皇商，本是書香濟世之家，領著內帑錢糧，採辦雜料，家中有百萬之富。（第四回，三十一頁）。[50]故四家的姻親關係，可以富貴兩字形容，大抵賈、王、史三家，以從政求得富貴，薛家從商取得富貴，四家通婚後，形成政商共同體，為世盛門。

寶玉的婚姻對象，薛寶釵、林黛玉、史湘雲三人，亦與四家有關，薛寶釵有王、薛兩家血統，林黛玉母親為賈代善之女賈敏，代善之妻（賈母）即史家之女，史湘雲是他的內姪孫。寶玉的母親王夫人，來自王家，寶玉兼有賈、王兩家血統，此四人為表兄妹關係。

「在昔，婚姻是依父母之命，媒妁之言的。然薛、林、史三人均與寶玉有親戚關係，而又朝夕相見，則媒妁之言，固無必要，而父母之命卻能決定寶玉的親事。榮府之中，賈母的地位最高，她的意見最有權威。但王夫人是寶玉之母，鳳姐極受賈母的寵愛與信任，所以鳳姐的意見常可影響於賈母。總之，寶玉的親事乃決定於賈母、王夫人與鳳姐三人。」[51]就血統親疏關係而言，薛、林、史三人，黛玉與賈母最親，寶釵與王夫人、鳳姐最親，湘雲與三者的關係，都頗疏遠。以親疏關係而言，湘雲最早出局，不在選擇之列。

50　〈賈家的姻戚〉，同註15，頁九十三～九十四。
51　〈寶玉與其三位表姊妹〉，同註15，頁一〇〇。

「吾國之婚姻，是以傳宗接代為第一目的，個人只是宗族譜牒的一階段。個人與誰結婚，不依個人的意思，而以全家幸福為標準。」[52]於是，生子易否及相處易否？便成為薛、林兩人婚配寶玉的依據。

就此兩點觀之，黛玉「身體面貌雖弱不勝依，卻有一段風流態度，便知她有不足之症。醫生謂其多疑多懼，不知者疑為性情乖誕，其實因肝陰虧損，心氣衰耗。」寶釵「生得肌骨瑩潤，舉止嫻雅，行為豁達，隨分從時，深得下人之心。」[53]由此兩點評之，娶寶釵為婦，實是必然之決定。

對於非正式的婚姻制度所納之妾，為避免諸子繼嗣爭端，故雖然可納妾，但妻、妾地位有別，又依其母為妻或妾，而定嫡庶之別。妾的地位極低賤，其所擁有之管教權及所受之待遇，甚至比未嫁的丫頭及年老的佣人還差上一截。

以賈府為例：「他（賈政）有一妻兩妾，妻是王夫人，妾是周姨娘及趙姨娘，周姨娘無出，趙姨娘生一女探春，一子賈環。……賴大不過榮府的老佣人而已，他可以教導寶玉，寶玉見他，即欲下馬。……林之孝家的是老佣人林之孝之妻，她可以勸導寶玉，寶玉對他亦極有禮貌。此種體面，妾是沒有的。趙姨娘為人邪惡，固然不值得人們尊敬，然既生了一女一子，似應給她留些面子，然她在榮府中，竟然毫無地位，死時，只有賈環一人在側。難怪周姨娘想到做偏房的側室下場不過如此，況她還有兒子，我將來死的時候，還不知怎樣呢。」（第一百十三回，九八九頁）。[54]

---

[52] 〈寶玉與其三位表姊妹〉，同註15，頁一○二。
[53] 〈寶玉與其三位表姊妹〉，同註15，頁一○三～一○四。
[54] 〈由趙姨娘說到紅樓夢中妾的地位〉，同註15，頁一一七～一一八。

　　就出席家族宴會，每月支領月錢、佣人數而論，妾的待遇亦不如府內得寵的子女。「一切宴會，不問節日的家宴或誕辰的壽誕，姨娘均不上席，……姨娘月錢每人二兩，丫頭兩人，月錢人各五百錢（第三十六回，二九〇頁以下）。至於上頭姑娘如迎春等，月錢多少？據探春說：偺們一月已有二兩月錢，丫頭們又另有月錢。（第五十六回，四七三頁）。即姨娘的月錢乃與上頭姑娘相同，而其所用丫頭數比之上頭姑娘，少得不能相比。……丫頭的月錢又與寶玉所用小丫頭相同，月僅五百錢（第三十六回，二九一頁）。即比上頭姑娘所用的大丫頭，如探春的侍書少些，最多也不過相同。」[55]

　　為了鞏固家族秩序，妾的兄弟也不因此而成為親戚。妾對子女也沒有管教權，她的子女也只認嫡母為母，更不認兄弟為姻親。如「探春說過：我只管認老爺太太兩個人，別人我一概不管……什麼偏的，庶的，我也不知道。」[56]嫡母、髮妻的正統地位，由此可見。

　　總而言之，婚姻制度是以延續家族生命、鞏固家族地位、維持家族和諧為標的。故其婚配首重家世的匹配與互補，次重婚配對象能否綿衍子孫、操持家務，維持一家和諧。對於妾，則嚴守妻妾有別，以妻為一家之母，擁有管理家務權，及崇高的家庭地位。妾的地位、經濟不僅比不上未嫁的丫頭及年老的佣人，妾的親戚也不能因此獲得地位、經濟上的利益。

---

[55] 〈由趙姨娘說到紅樓夢中妾的地位〉，同註15，頁一一九。
[56] 〈由趙姨娘說到紅樓夢中妾的地位〉，同註15，頁一二〇。

（三）論家庭關係

　　賈府中亦有非血緣關係的入住，其與賈府主要分子的互動關係，所反映的社會現象，是薩孟武論述的焦點。所及者有三：其一為帶髮修行尼姑妙玉與寶玉的曖昧情愫，其次為府中之奴才與主人的關係，其三為清客劉姥姥與主人的關係。

　　妙玉是經由榮府禮聘入住大觀園櫳翠院，薩先生從社會生活狀況，來分析賈家與妙玉的宗教信仰。斷言請妙玉入住，反映了賈家的宗教迷信，其原由來自於當時認為信仰佛道神仙，可治病長生的思想。妙玉為尼，乃因幼時多災多病，欲治病故入空門帶髮修行，妙玉之入住，其意在寶玉而不在佛法，故自認高潔的他，「劉姥姥吃過的茶杯，嫌它腌臢，寧可砸碎，而自己常用的茶杯卻斟與臭男子寶玉。……嫌劉姥姥入櫳翠院不潔，卻又許最濁臭逼人的男子寶玉進入。……寶玉生日，妙玉用粉紅箋紙，上面寫著：檻外人妙玉恭肅遙叩芳辰。……聽了寶玉的話：今日何緣下凡一走，忽然把臉一紅，既又更見紅暈起來。心有所思，必形之於臉色，妙玉凡心動了。晚間聽到貓兒叫春，又想起日間寶玉之言，不覺心跳耳熱。妙玉春心動了，終至走火入魔。」[57]妙玉帶髮修行，其心本不誠，其動機為謀己身之利，其行為則是故做尼姑之樣罷了。所以一遇寶玉，經不起心魔試探，先毀原則，次破誠律，終究走火入魔。故薩孟武認為妙玉走火入魔之前的高行，不過是假清高。

---

[57] 〈假清高的妙玉〉，同註15，頁一一二～一一五。

論府中之奴才與主人的關係，則是先論歷代社會的奴隸狀況，次論賈府奴才的來源與性質，再論奴才的管理，最後論奴才與主人的主僕感情。

薩孟武認為古代利用奴隸，是為了家庭勞動、生產勞動、軍事作戰之用。由宋代至清代，社會上的奴隸只剩從事家庭工作的奴隸。賈府的奴才來源可分兩種：向外面人家買來的，與自家奴才的後代。「買來的奴才多屬女性而為丫頭，家生的奴才，男女均有，女的仍是丫頭，男的少時為小廝，大時，凡有才幹而為主子所賞識的，可管理家事，如寧府的賴二（第七回，六十一頁），榮府的賴大、林之孝等。」[58]奴才的契約管理也分兩種方式，買來的奴才，其契約有兩種，一是死契約，不能贖回，如襲人即是死契約。一是活契約，可以贖回。自家奴才的後代，可以由主子將其解放為平民，如賴大之子賴尚榮後來做到了知縣。[59]

賈府的丫頭，有大丫頭、小丫頭兩等級，實際上，大丫頭又依其才貌、主人地位、有無權力，地位又有不同。「賈母房中，鴛鴦是有權的，賈母的金銀珠寶均由他保管。……王夫人房中最有權的，最初似是金釧，金釧投井自殺，王夫人於心不安，就提拔金釧之妹玉釧，破例每月給以月錢二兩（第三十六回，二九一頁）。怡紅院內的襲人也有感情，寶玉房裡小丫頭墜兒偷了平兒的金鐲，此時襲人因母喪回家，晴雯知道了，就要攆墜兒出去。宋嬤嬤說：雖如此說，也等花姑娘回來，知道了，再打發他（第五十二回，四四一頁）。」[60]

---

58 〈賈府的奴才〉，同註15，頁一二四～一二五。

59 〈賈府的奴才〉，同註15，頁一二六～一二八。

60 〈賈府的奴才〉，同註15，頁一二八～一二九。

主僕間因為常有接觸，自不免有感情，薩孟武論述重點是：「忠義」的倫理觀，一種士為知己者死的名分義務。所論述的是主人對僕人待之以禮、情，僕人報之以忠心，互相信賴、生死與共之情，且並不因主人失勢而消失，不因主人死亡而結束，肝膽相照、盡己、守節的忠心行為。所論斷之例是紫鵑之忠誠不渝與襲人之虛偽欺騙。紫鵑是侍候黛玉的丫頭，其真心為黛玉打算，絕對忠誠之實為：在黛玉的戀情未有結果前，先是妄稱黛玉回蘇州，試探寶玉的真心。及至寶玉要娶寶釵，黛玉發起瘋傻，守在她身邊的惟有紫鵑一人。黛玉既死，紫鵑先撥至寶玉房裡，等到惜春出家為尼，紫鵑主動請求服侍惜春，其對王夫人云：「我服侍林姑娘一場，林姑娘待我，也是太太們知道的，實在恩重如山，無以可報。她死了，我恨不得跟了她去，但只她不是這裡的人，我又受主子家的恩典，難以從死，如今四姑娘既要修行，我就求太太將我派了跟著姑娘，服侍姑娘一輩子。」[61]紫鵑不因黛玉失勢離他而去，甚至在黛玉死後，還為他主動離開賈家，出家修行的行為。在薩孟武認為是：「板蕩識忠臣。」[62]相反的，襲人深得寶玉信任，為寶玉房中主事丫頭，且與寶玉有肉體上的關係，雖未收為妾，待遇卻分外不同。在寶玉出家前，聲稱也願意跟四姑娘去修行，寶玉出家後卻是：「死在賈府，恐弄壞太太的好心，死在花家，恐害了哥哥，死在蔣家，恐辜負了人家一番好意。結果呢？不死，嫁給蔣玉函了」。[63]襲人的行為，可謂是與人謀而不忠、與人言而無信、與人親而不節的僕人。

---

[61] 〈紫鵑的修行與襲人的出嫁〉，同註15，頁一八〇。
[62] 〈紫鵑的修行與襲人的出嫁〉，同註15，頁一七七。
[63] 〈紫鵑的修行與襲人的出嫁〉，同註15，頁一八二。

　　論劉姥姥與賈府的關係，論述重點是「俠義」的倫理觀，一種受人一口，報人一斗的濟弱扶傾行為。所論述的是村婦劉姥姥不因賈府家道中落，無畏藩王權勢，只因賈府曾接濟他，便定計救巧姐免於為妾一事。劉姥姥乃賈府中之清客，蓋清客者，主人養來之賓客也，「不過幫助主人消遣餘閒，他們的人格未必清高，對其主人有依阿取媚之狀。」[64]既是村婦又是清客的劉姥姥，對於他的行為本不應期望太高，但劉姥姥一聽巧姐之事，不知害怕，就趨人之急，脫人之厄的行為。在薩孟武認為可以和「朱家郭解相比」，[65]是俠客的行為。

（四）論家庭問題

　　賈府家庭問題，論述重點是賈府家道中落問題，所論述的是家庭經濟管理，子女教育不當問題。首先指出經濟管理最大問題是：收入不敷支出，年年有赤字預算，終至家業虧空。其原因有三：其一是生活浪費，特別事故如「秦可卿病時，有三、四位醫生輪流來診，一天有四五遍來看脈，每來一次，可卿就換衣服，坐見醫生。賈珍道：這孩子也糊塗，何必又脫脫換換的。孩子的身體要緊，就是一天穿一套新的，也不值什麼。……鳳姐拿兩百兩銀子，給旺兒媳婦，去辦八月中秋的節（第七十二回，六三六頁）。過節用去兩百兩銀子，以當時物價言之，不能謂不多」。[66]其二是用人太多，男僕女婢職事又空閒，消耗太多人事費用。光是處理寶玉盥沐、灑掃房屋、來往使役之事，「竟有丫頭大小十六人，

---

[64] 〈榮府的清客及女清客劉老老〉，同註15，頁一三六。
[65] 〈榮府的清客及女清客劉老老〉，同註15，頁一四○。
[66] 〈賈府的奢靡生活〉，同註15，頁二十三。

小廝至少四人」。[67]其三是人事舞弊，經手日常物品購買的買辦，拿現錢，不去現買物品，而是留下來周轉己用，拖延購物時間。或是以一流之價錢，買三等之貨物。帳房更是主子得一全分，就扣得半分。而賈府主事者，賈赫只管淫樂，賈政只管看書下棋，賈母只依靠鳳姐，鳳姐無處理能力，無人善盡管理之責[68]。雖然其中經歷探春的短暫改革，力行節用、興利政策，也是獨木難支[69]。在生活浪費、重排場，用人繁多、職缺不當，人事舞弊、管理不當的情況下，經常收入抵不過經常開銷，家庭經濟損失、虧空是必然之事。

家業虧空是因人事管理不當，人事管理不當主因是子弟無才、無行，子弟無才、無行是因不注重教育所致。賈府之子弟教育，學校教育就有問題，從擇師便可知焉。寶玉上學時，家塾老師是年老學問中平的賈代儒，代儒因事告假，代課的長孫賈瑞，「是個圖便宜沒行止的人，每在學中，以公報私，勒索子弟們請他。後又助著薛蟠，圖些銀錢酒肉，一任薛蟠霸道橫行」。[70]學校已經學不到什麼東西了，那家庭教育呢？寧府的賈赫本身好色兼好貨，「賈府子姪種種不正行為多開始於寧府，我們姑不提寶玉夢作雲雨之事，是在寧府（第五回）。寶玉會秦鐘，後來似有龍陽之嗜，也在寧府（第七回、第九回、第十五回）。賈瑞遇到鳳姐而起淫心，是在賈敬壽辰開夜宴之時（第十一回、第十二回）。賈璉偷娶尤二姐，是因賈敬歸天，出殯未葬，而賈蓉包藏禍心，極力慫恿（第

---

[67]〈賈府的奢靡生活〉，同註15，頁二十五。

[68]〈賈府的奢靡生活〉，同註15，頁二十七～三十。

[69]〈探春的改革〉，同註15，頁一四五～一四六。

[70]〈賈府子弟的墮落〉，同註15，頁三十五～三十六。

六十四回、六十五回）。這種醜事無不發生於寧府。其最不堪的，如開賭場、玩男妓等等無一不由寧府作俑。」[71]在耳濡目染，上行下效之下，子孫的行為怎會尋規蹈矩。寶玉雖深居簡出，但仍多方鍾情，陶醉在脂粉堆中。於男色方面，似有變態愛好「他看到秦鐘眉清目秀，粉面朱唇，身材俊俏，舉止風流（第七回，五十八頁），即動了遐思。他在馮紫英家裡，遇到蔣玉函，見他嫵媚溫柔，心中十分留戀，取出玉玦扇墜相贈，蔣玉函亦解下一條大紅汗巾以報（第二十八回，二二七頁以下）」。[72]於女色方面，其變態心理為獨鍾「言語尖刻，胸襟狹隘，多愁多病，肺病已入第三期的林黛玉」[73]。除此之外，對黛玉、湘雲、寶釵、平兒、香菱也有所鍾，其欲聞黛玉之袖、吃湘雲之胭脂、瞧寶釵雪白的胳膊、替平兒簪髮鬢、拿襲人的裙子，給香菱換，將兩人手中的花草，掩埋至坑中等等行為，都是意淫的行為。故其最後出家為僧，乃是傷心之極，而不是看破紅塵。所傷之事為：家抄窮了，許多美女死的死，嫁的嫁，守寡的守寡，有的為賊劫去，有的出家為尼，今昔比較下的傷心。[74]

　　總而言之，賈府之家庭問題，始於府中上下無行，不好讀書、好男、女色、好賭、重排場、生活奢糜、營私舞弊、帳目虧空。追究這些行為之基源，實為子女教育失敗、經濟管理無方，造成家道中落。

---

[71] 〈賈府子弟的墮落〉，同註15，頁三十六～三十七。
[72] 〈寶玉的變態心理及其激烈思想〉，同註15，頁五十七～五十八。
[73] 〈寶玉的變態心理及其激烈思想〉，同註15，頁五十九。
[74] 〈色與空、寶玉的意淫及其出家〉，同註15，頁一七一～一七六。

（五）論國家制度

薩孟武在書中，其實處處藉著賈府家庭管理問題，來比擬國家制度管理問題，論證他齊家猶如治國的主張。如以賈府公有財產管理弊端，認為主張財產公有之共產制度必失敗。以韓非、商鞅尊君之術，來分析賈母的權力問題。以鳳姐專權亂家，比擬後宮掌權，政治混亂等等。其中有三篇文章以《紅樓夢》人物與社會的互動，分析我國古代國家制度問題，〈寶玉的變態心理及其激烈思想〉一文，論考試、監察制度問題。〈紅樓夢所描寫的官場現象〉一文，論豪門吏胥的管理問題。〈紅樓夢記事不忘吃飯〉一文，從吃飯制度論禮制意義與民眾團結問題。

論考試、監察制度問題，其重點在於寶玉兩段話的詮釋，寶玉說：

> 還提什麼念書？我最討厭這些道學話。更可笑的，是八股文章，拿它誆功名，混飯吃，也罷了，還要說代聖賢立言。好些的，不過拿些經書湊搭湊搭罷了。更有一種可笑的，肚子裡原沒有什麼，東拉西扯，弄的牛鬼蛇神，還自以為博奧……他念兩句書，記在心裡，若朝庭少有瑕疵，他就胡彈亂諫，邀忠烈之名。[75]

薩孟武詮釋這兩段話的意義為：時人做官為發財，當時以八股文取士。寶玉反對士大夫，反對祿蠹，反對四書，反對八股，反對道學，反對痴臣。反對四書是認為寶玉所說：拿些經書湊搭湊搭罷了之語，指得是當時考試用的朱註四書，其編輯內容矛盾

甚多。這是採用了王充《論衡》中的意見，認為《論語》、《孟子》兩書，乃門人記錄老師的言行時事，其文前後，年代次序矛盾甚多。而《大學》、《中庸》的注疏與《論語》矛盾處甚多。朱熹不察，合而為之註。反對八股是認為寶玉所說：八股文章，拿它誆功名，混飯吃，也罷了之語，是知八股文不能窮理，約束思想，敗壞人才之革命性的見解。反對道學是認為寶玉所說：我最討厭這些道學話之語，是指反對宋、明理學家，玄之又玄的無極、太極等等概念，其說無救於國，有害於民。反對痴臣是認為寶玉所說：若朝庭少有瑕疵，他就胡彈亂諫，邀忠烈之名之語，是指反對士大夫毛舉細故，以死相諫，是沽名釣譽，於國有害而無益。[76]其實，與其說這是寶玉的思想，不如說是薩孟武自己認為：用四書、八股文取士不可取，用理學家思想治國不可行，用諫官監察政府不可採。

　　論豪門吏胥的管理問題，是認為由《紅樓夢》中可見，我國的文官管理制度，存在著公務人員以利、以權為規則，上層公務人員不敢得罪豪門，上層公務人員與豪門勾結，下層公務人員脅制主管，在外撞騙，官員互相勾結，御史制度不彰等等弊病，實不可取。上層公務人員不敢得罪豪門之例為：賈雨村靠著賈家起復為應天知府，遇到薛蟠殺人案，本想秉公判案，但聽了門子之言，看了護官符後，便徇情枉法，胡亂審完案件，且修書與賈政、王子騰，請他們不必過慮。上層公務人員與豪門勾結之例為：賈赫又假手應天府尹賈雨村，強奪石獃子的扇子。賈珍開賭場，引誘世家子弟賭博。鳳姐假託賈璉之名，修書一封，囑奴才來旺送

往長安節度使，幫欲強佔民女的長安府太爺小舅子李衙內，欲悔婚的女方張家，免了一場官司，卻造成原欲嫁娶之新郎、新娘殉情身亡，鳳姐坐領三千兩銀子。原本職司監察的御史，卻也收錢了事，絲毫不理。下層公務人員脅制主管之例為：賈政外放江西糧道，一概不收州縣餽贈，擋了差衙財路，結果管門的李十兒，夥同差衙全體怠工。賈政最後聽信李十兒所言：外官貪瀆，是普遍現象。放任李十兒自作威福，在外招搖撞騙。最後因做得太過火，被節度使參劾下臺。豪門之於官員，雖有如此大的權力，但一旦失去權勢，落井下石的卻也是官員，如賈雨村復職因賈府的關係，在賈府被參時，狠狠的踢了賈府一腳，使賈家抄家抄到底了的人，卻正是賈雨村。[77]

　　從吃飯制度論禮制意義與民眾團結問題，是從賈府平素吃飯分家各爨，翁媳、姑姐妹不同桌而食，並不是古代男女之防嚴於今日，是因為古代男女之亂甚於今日，社會越淫亂，禮禁越嚴格。而賈府家宴時的坐法不一，或三人一席、五、六人一席，或僅一人占一几，與今人或用八仙桌，八人一席，或用圓桌，十人一席，完全不同。今人的坐法，是熟人自成一團，桌與桌間不相聞問，繼而養成喜歡組成小組織的習慣，此習慣不消除，則全國團結，亦難做到，對反攻大業有不良影響。[78]

　　由上觀之，雖然幾篇文章都在檢討國家制度的缺失，認為中國的考試制度無法選才，文官制度無法管理，家庭吃飯制度顯示男女關係混亂，吃飯的坐法顯示中國人無法團結。但其中洋溢著濃厚的愛國情操、救國情切的心情，卻也不言而喻。

---

[77]　〈紅樓夢所描寫的官場現象〉，同註15，頁一五八～一六八。
[78]　〈紅樓夢記事不忘吃飯〉，同註15，頁一五二～一五六。

五、結論：「家即國家」的政治中國

　　從以上的分析，我們可以整理、小結薩孟武的《紅樓夢》論述體系，是視《紅樓夢》為中國民族精神的反映，而所謂民族精神，由他從德國、日本、英國、美國，獲得的政治學、社會學、經濟學、心理學的知識視野看來，其實就是社會政治制度。《紅樓夢》和正史一樣，都是中國社會生活的載體，反映了中國的文物制度、社會意識、社會政治制度。他認為中國的「現代性」，需要根據中國文化傳統，應用西方社會科學理論，重新檢討古代社會的文物制度、社會意識、社會政治制度，為新中國找出擁有中國文化特色，又適存於近代世界的新方案。《紅樓夢》的政治、社會、社會意識研究，代表了他所建構的「中國性」內涵，西方社會科學理論，代表了他的《紅樓夢》研究的現代性與合理性。被篩選出可以保存的中國文物制度（社會風俗、社會意識、政治制度），就是「中國又現代」的文化、社會主體。

　　《紅樓夢與中國舊家庭》一書，出版於民國六十六年，是薩孟武學術生涯出版的最後一本書，在這本書中，薩孟武採取的書寫位置，依舊是結合了西方社會科學方法，詮釋中國古代文化，以政治學專家的立場，批判、檢討、重建新的現代中國文化的思維模式，書寫出中國社會政治現實研究的主流論述，建構出想像的新中國。但是，這次的書寫行為，其背後的生存處境焦慮，已經與昔日大不相同。民國二十三年，薩孟武書寫《水滸傳與中國社會》一書，隔年，他與九位教授，一起發表〈中國本位的文化建設宣言〉，提倡中國本位文化運動，主張不守舊，不盲從，根據中國本位，採取批判態度，應用科學方法來檢討過去，把握現在，

創造將來。那是五四學人共有的「感時憂國」傳統，為了對抗西方帝國主義對中國的壓迫，在中國的現實處境，處於世界的邊緣時，書寫中國文化中心價值。而這個中心價值的書寫，又以「西方」做為知識的標準，所以，「中國性」、「西方性」、「現代性」，便成為學術研究的終極課題，也成為學術檢驗的普遍真理。

隨著民國三十七年，攜家帶眷，選擇與國民政府，從大陸來臺後，擔任臺灣大學法學院院長兼政治系教授的薩孟武，面臨著生命中另一個「中國性」危機。除了臺灣以外的「中國」，已經被共產黨政權赤化。對他而言，這表示中國文化再次出現危機，中國社會再次出現動盪，中國政治制度再次出現問題。中國文化再次等待重建，中國社會再次需要安定，中國政治制度再次需要檢討。所以，在《中年時代》一書自序中，他說：「但過去人情風俗，盡量敘述，因為反攻復國，返到大陸之時，這種人情風俗也許都改變了[79]」。《紅樓夢與中國舊家庭》一書自序中，也提到寫《紅樓夢》是因為「三民書局劉振強先生要我寫一本有關《三國演義》的書，我把《三國演義》看了之後，只擬定第一節的標題：孰是正統，寫了之後，細讀一遍，認為太過學究的，就放棄不寫[80]」，最後決定寫《紅樓夢》。其中〈大家庭制度的流弊〉一文，提到共產主義之必失敗，為的什麼呢？產共也。〈紅樓夢記事不忘吃飯〉一文，論述今人的坐法，是熟人自成一團，桌與桌間不相聞問，繼而養成喜歡組成小組織的習慣，此習慣不消除，則捨小異而採大同的全國團結，亦難做到。由此可知，當時人處於臺灣的薩孟武，從中國危機的角度，把中國約化為被兩種力量壓迫的受害者。

---

[79] 同註7，頁一。
[80] 同註15，頁一。

在此觀點下，中國一方面受西方帝國主義的壓迫尚未完全解除，另一方面又蒙受共產主義奴役。在臺灣居住的中國學者，要以臺灣為基地，復興中華文化，鞏固中國文化價值中心。因此，臺灣成了「文化中國」的中心，臺灣學者需要持續建構「真實的」、「中心的」、「現代的」中國文化中心論述，讓現代、自由、文化的「中國」得以延續，繼而可以解救奴役、殘害中國文化、社會、人民的共產「中國」。

總而言之，薩孟武把自己對中國的焦慮、中國文化的焦慮、中國政治制度的焦慮，用「家即國家」的方式，竭盡所能地詮釋《紅樓夢》中，中國文化、中國社會制度、中國政治制度的善與弊。藉著用西方社會科學知識檢討《紅樓夢》，來建立「中國又現代」的文化、社會主體。就其詮釋成果而言，那是具備孝、愛、敬德性、互助性、忠義性、俠義性、團結性倫理道德觀，可取的中國家庭組織精神。去除以人治為基礎、人心自治為自我控制方法，沒有外在約束力，不可取的家庭、政治管理制度。以有名無實的共主管理財政，形成大家浪費共產，沒有制度、效率的管理財產。以長輩為教育的管理者，造成上樑不正下樑歪的家庭風氣。這些不可取的管理制度，建構出具有中國家庭道德觀，西方政治管理制度的中國文化、社會主體。

參考書目

（依作者姓氏筆畫順序排列）

一、紅學四家文本

方豪《方豪六十自定稿》臺北：自印本，民國五十八年。

方豪〈我所認識的姚從吾先生〉臺北：《傳記文學》，十六卷五期，一九七
　　〇年。

方豪〈與勵耘老人往返書札殘剩稿一〉臺北：《傳記文學》，十九卷五期，
　　一九七一年。

方豪〈六十年來之中西交通史〉臺北：《華學月刊》，二十五期，民國六十
　　三年一月。

林語堂《平心論高鶚》臺北：文星書店，民國五十五年。

林語堂《無所不談合集》臺北：開明書店，民國六十三年。

林語堂《林語堂的思想與生活》臺北：金蘭出版社，民國七十三年。

林語堂著，郝志東、沈益洪譯《中國人》香港：三聯書店，二〇〇二年。

潘重規《中國古代短篇小說選注》臺北：學生書局，一九七四年。

潘重規《紅樓夢新解》臺北：三民書局，民國七十九年。

潘重規《紅樓夢新辨》臺北：三民書局，民國七十九年。

潘重規《紅學六十年》臺北：三民書局，民國八十年。

潘重規《紅學論集》臺北：三民書局，民國八十一年。

潘重規《亭林詩考索》臺北：東大圖書公司，民國八十一年。

潘重規《紅樓血淚史》臺北：東大圖書公司，民國八十五年。

薩孟武《社會科學概論》臺北：三民書局，民國六十九年十一月增定三版。

薩孟武《中年時代》臺北：三民書局，民國七十五年。

薩孟武《學生時代》臺北：三民書局，民國七十八年。

薩孟武《紅樓夢與中國舊家庭》臺北：東大圖書公司，民國八十七年二
　　月五版。

中國藝術研究院紅樓夢研究所主編：《紅樓夢研究稀見資料彙編》北京：人
　　民出版社，二○○一年八月。

二、後人研究四家書籍、專文

王三慶《紅樓夢版本研究》臺北：中國文化大學博士論文，民國六十九年。

牟潤孫〈敬悼先師陳援菴先生〉香港：《明報月刊》，一九七一年十月。

李東華〈史學與天主之間：方豪的志業與生平〉，臺北：《歷史月刊》，一
　　九八八年八月。

李東華〈方豪與中國現代史學的轉變〉臺北：《臺大歷史學報》，一九
　　九七年。

李東華《方豪年譜》臺北：國史館，民國九十年十二月初版。

余英時《紅樓夢的兩個世界》臺北：聯經出版公司，一九七八年。

何思因、吳玉山主編《邁入二十一世紀的政治學》臺北：政治學報特輯，民
　　國八十九年十二月。

林太乙《林語堂傳》臺北：聯經出版公司，民國七十八年。

秦賢次〈當代作家研究資料彙編之一：林語堂卷二〉臺北：文訊月刊，二十
　　二期，民國七十五年二月。

康來新《遺民血淚──臺灣戰後的索隱派紅學》臺北：國科會計畫報告，民
　　國八十八年。

游志誠《敦煌石窟寫經生──潘重規教授》臺北：文史哲出版社，民國八十
　　八年。

陳智超《陳垣來往書信集》上海：上海古籍出版社，一九九○年。

陳維昭《紅學與二十世紀學術思想》北京：人民文學出版社，二○○○年。

黃一農〈明末清初天主教傳華史研究〉臺北：《新史學》七卷一期，一九九
　　六年三月。

張家昀〈對薩孟武《中國社會政治史》一書的幾點看法〉臺北：《思與言》
　　十八卷二期，一九八〇年七月。

張寶坤編《名家解讀紅樓夢》山東：山東人民出版社，一九九八年。

馮其庸、李希凡主編《紅樓夢大辭典》北京：文化藝術出版社，一九九一年。

劉夢溪《紅樓夢與百年中國》河北：河北教育出版社，一九九九年。

三、其他專著、文部份

（一）中文著作

王汎森〈清末的歷史記憶與國家建構──以章太炎為例〉臺北：思與言，三
　　十四卷三期，一九九六年九月。

王德威《小說中國：晚清到當代的中文小說》臺北：麥田出版社，一九
　　九三年。

王晴佳《臺灣史學 50 年》臺北：麥田出版，民國九十一年。

白盾主編《紅樓夢研究史論》天津：天津人民出版社，一九九七年。

朱光潛《西方美學史下卷》臺北：漢京文化事業公司，民國七十一年初版。

何金蘭《文學社會學》臺北：桂冠出版社，一九八九年。

余英時《史學與傳統》臺北：時報文化公司，一九八二年。

余英時《歷史人物與文化危機》臺北：東大出版公司，民國八十八年。

李紀祥《時間、歷史、敘事──史學傳統與歷史理論再思》臺北：麥田出版
　　社，民國九十年。

林安梧《儒學與中國傳統社會之哲學省察》臺北：幼獅文化事業公司，民國
　　八十五年。

周錫山《王國維美學思想研究》山西，中國社會科學出版社，一九九二年。

周策縱《紅樓夢案──棄園紅學論文集》香港：中文大學出版社，二〇〇
　　〇年。

桑兵《晚清民國的國學研究》上海：上海古籍出版社，二〇〇一年。

胡適《胡適文存》臺北：遠東圖書公司，民國六十四年。

胡適《胡適紅樓夢研究論述全編》上海：上海古籍出版社，一九八八年。

俞平伯《紅樓夢研究》臺北：里仁書局，民國八十六年。

孫本文《當代中國社會學》臺北：里仁書局，民國七十一年。

孫承希《戊戌變法時期之時務報》臺北：臺灣師範大學碩士論文，民國八十
　　七年。

曹之《中國古籍版本學》臺北：洪業文化事業有限公司，一九九四年。

程繼隆編《社會學大辭典》北京：中國人事出版社，一九九五年初版。

許冠三《新史學九十年上冊》臺北：唐山出版社，民國八十五年。

陳國球等編《書寫文學史的過去──文學史的思考》臺北：麥田出版公司，
　　民國八十六年。

陳平原、夏曉虹編《二十世紀中國小說理論資料（第一卷）一八九七─一九
　　一六》北京：北京大學出版社，一九九七年。

陳平原《中國現代學術之建立──以章太炎、胡適之為中心》臺北：麥田出
　　版社，民國八十九年。

陳平原〈懷念「小說的世紀」──新小說百年祭〉中壢中央大學：新小說一
　　百年研討會，民國九十一年十月三十日。

陳麗芬《現代文學與文化想像》臺北：書林出版社，二〇〇〇年。

張京媛《文學批評術語》香港：牛津大學出版社，一九九四年。

張德勝《思入風雲──現代中國的思想發展與社會變遷》臺北：巨流圖書公
　　司，民國八十六年。

張誦聖《文學場域的變遷》臺北：聯合文學，二〇〇一年。

黃丘隆主編《社會主義辭典》臺北：學問出版社，民國七十八年初版。

黃克武《一個被放棄的選擇：梁啟超調適思想之研究》臺北：中央研究院近
　　代史研究所，民國八十三年。

黃克武〈發明與想像的延伸：嚴復與西方的再思索〉臺北：思與言，三十六
　　卷一期，一九九八年三月。

彭明輝《疑古思想與現代中國史學的發展》臺北：臺灣商務印書館，民國八
　　十年。

彭明輝《臺灣史學的中國纏結》臺北：麥田出版，民國九十年。

陶東風主編《文化研究》第一輯，天津：天津社會科學院，二〇〇〇年六月。

楊澤主編《閱讀張愛玲：張愛玲國際研討會論文集》臺北：麥田出版社，民國八十八年。

楊豫《西洋史學史》臺北：昭明出版社，二〇〇〇年十月初版。

趙園《明清之際士大夫研究》北京：北京大學出版社，一九九九年。

趙建文《叔本華》香港：中華書局，二〇〇〇年。

蔡文輝《社會學理論》臺北：三民書局，民國七十九年十月再版。

鄧安慶《叔本華》臺北：東大圖書公司，民國八十七年。

劉榮傑《紅樓夢隱語之研究》臺北：中國文化大學碩士論文，民國六十八年六月。

劉紀蕙編《他者之域──文化身分與再現策略》臺北：麥田出版社，二〇〇二年。

劉龍心《學術與制度──學科體制與現代中國史學的建立》臺北：遠流出版社，民國九十一年。

戴知賢《毛澤東文化思想研究》北京：中國人民大學出版社，一九九二年。

羅志田《民族主義與近代中國思想》臺北：東大出版公司，民國八十七年。

龔鵬程《漢代思潮》嘉義：南華大學，一九九九年。

林毓生著穆善培譯《中國意識的危機》貴州：貴州人民出版社，一九八八年。

張灝著，崔志海、葛夫平譯《梁啟超與中國思想的過渡（一八九〇──一九〇七）》南京：江蘇人民出版社，一九九七年。

施耐德著，梅寅生譯《顧頡剛與中國新史學》臺北：華世出版社，民國七十三年。

Benedict R.O'Gorman Anderson 著，吳叡人譯《想像的共同體：民族主義的起源與散布》臺北：時報出版公司，二〇〇〇年。

Edward W. Said 著，王志弘等譯《東方主義》臺北：立緒出版公司，民國八十八年。

Jerome B. Grieder（格里德）著，魯奇譯《胡適與中國的文藝復興》江蘇：江蘇古籍出版社，一九九六年。

John Higham 著，黃俊傑譯〈思想史及其相關學科〉臺北：食貨月刊，七卷三期，民國六十六年六月。

（二）英文著作

Lydia H. Liu（劉禾）《Translingual Practice: Literature, National Culture, and Translated Modernity — China,1900—1937 》 Berkeley: University of California Press,1996。

國家圖書館出版品預行編目

渡海新傳統──來臺紅學四家論 / 蕭鳳嫻著. --
一版. --臺北市：秀威資訊科技, 2008 .12
　　面；　公分（語言文學類；AG0099）

BOD 版
參考書目：面
ISBN 978-986-221-108-3(平裝)

1. 紅樓夢　2.紅學　3. 研究考訂

857.49　　　　　　　　　　　　97020181

語言文學類　　AG0099

渡海新傳統──來臺紅學四家論

作　　者 / 蕭鳳嫻
發 行 人 / 宋政坤
執行編輯 / 賴敬暉
圖文排版 / 郭雅雯
封面設計 / 陳佩蓉
數位轉譯 / 徐真玉　沈裕閔
圖書銷售 / 林怡君
法律顧問 / 毛國樑　律師
出版印製 / 秀威資訊科技股份有限公司
　　　　　　臺北市內湖區瑞光路 583 巷 25 號 1 樓
　　　　　　電話：02-2657-9211　　　傳真：02-2657-9106
　　　　　　E-mail：service@showwe.com.tw
經 銷 商 / 紅螞蟻圖書有限公司
　　　　　　臺北市內湖區舊宗路二段 121 巷 28、32 號 4 樓
　　　　　　電話：02-2795-3656　　　傳真：02-2795-4100
　　　　　　http://www.e-redant.com

2008 年 12 月 BOD 一版
定價：250 元

讀 者 回 函 卡

感謝您購買本書，為提升服務品質，煩請填寫以下問卷，收到您的寶貴意見後，我們會仔細收藏記錄並回贈紀念品，謝謝！

1. 您購買的書名：＿＿＿＿＿＿＿＿＿＿＿＿＿＿＿＿＿

2. 您從何得知本書的消息？

□網路書店　□部落格　□資料庫搜尋　□書訊　□電子報　□書店

□平面媒體　□ 朋友推薦　□網站推薦　□其他＿＿＿＿＿

3. 您對本書的評價：(請填代號　1.非常滿意 2.滿意 3.尚可 4.再改進)

封面設計＿＿＿　版面編排＿＿＿　內容＿＿＿　文/譯筆＿＿＿　價格＿＿＿

4. 讀完書後您覺得：

□很有收獲　□有收獲　□收獲不多　□沒收獲

5. 您會推薦本書給朋友嗎？

□會　□不會，為什麼？＿＿＿＿＿＿＿＿＿＿＿＿＿＿＿

6. 其他寶貴的意見：＿＿＿＿＿＿＿＿＿＿＿＿＿＿＿＿

＿＿＿＿＿＿＿＿＿＿＿＿＿＿＿＿＿＿＿＿＿＿＿＿＿

＿＿＿＿＿＿＿＿＿＿＿＿＿＿＿＿＿＿＿＿＿＿＿＿＿

＿＿＿＿＿＿＿＿＿＿＿＿＿＿＿＿＿＿＿＿＿＿＿＿＿

讀者基本資料

姓名：＿＿＿＿＿＿＿＿＿　年齡：＿＿＿＿　性別：□女 □男

聯絡電話：＿＿＿＿＿＿＿　E-mail：＿＿＿＿＿＿＿＿＿

地址：＿＿＿＿＿＿＿＿＿＿＿＿＿＿＿＿＿＿＿＿＿＿

學歷：□高中(含)以下　□高中　□專科學校　□大學

　　　□研究所(含)以上 □其他＿＿＿＿＿＿＿

職業：□製造業 □金融業 □資訊業 □軍警 □傳播業 □自由業

　　　□服務業 □公務員 □教職　□學生 □其他＿＿＿＿＿

(請沿線對摺寄回,謝謝!)

秀威與 BOD

BOD（Books On Demand）是數位出版的大趨勢，秀威資訊率先運用 POD 數位印刷設備來生產書籍，並提供作者全程數位出版服務，致使書籍產銷零庫存，知識傳承不絕版，目前已開闢以下書系：

一、BOD 學術著作—專業論述的閱讀延伸
二、BOD 個人著作—分享生命的心路歷程
三、BOD 旅遊著作—個人深度旅遊文學創作
四、BOD 大陸學者—大陸專業學者學術出版
五、POD 獨家經銷—數位產製的代發行書籍

BOD 秀威網路書店：www.showwe.com.tw
政府出版品網路書店：www.govbooks.com.tw

　　永不絕版的故事・自己寫・永不休止的音符・自己唱